お狐様の異類婚姻譚

元旦那様に恋を誓われるところです

糸森　環

TAMAKI　ITOMORI

一迅社文庫アイリス

CONTENTS

壱・群の隠事のかむサマの 8
弐・けうに目出度しおまつりひ 82
参・どんどんひやらひやら 171
肆・御座に見よかむさまの 191
伍・めぐりめぐみし群茉莉 221
陸・どんどん来やらきやら 250
漆・聞きていざり八蜘蛛立つ 306
あとがき 319

白月《しろつき》……
八尾の白狐の大妖で、雪緒の元夫。
人型時は白髪金目の美丈夫の姿。紅
椿ヶ里の長で、郷全体の頭領である
御館の地位にある。一見穏やかそう
だが、本性は怪らしく苛烈で残酷。
お狐様の
異類婚姻譚
元旦那様の秘密の里に
連れ去られるところです
雪緒《ゆきお》……
幼い頃に神隠しにあい、もののけた
ちが暮らす世界で薬屋をしている少
女。黒髪黒目。素直な性格でのんび
りしている。人間の世界にいた当時
の記憶はほとんどない。

宵丸《よいまる》

大妖の黒獅子。人型時は目元の涼しい文士のような美男子だが、手のつけられない暴れ者として悪名高い。白月との離縁後、雪緒に絡んでくることが多くなった。

三雲《みくも》

祭事で雪緒が出会った鬼。角や牙はなく、一見すると人間の青年に見える涼やかな目元の美丈夫。胸に梵字の刺青を入れている。

伊万里《いまり》

梅嵐ヶ里で薬屋を営んでいた少女。人間と梅精の間に生まれた子で雪緒と同年代。

耶花《やか》

美しい姿をした鬼。見た目は若いが、格が高く鬼たちの上位に位置する。

五穀絹平《ごこくきぬひら》

大鷲の妖。技芸の伝達者。五枚羽に青墨の髪。艶聞の絶えない色男。

由良《ゆら》

白桜ヶ里の元長の子。本性は鵺。口は悪いが、良心的で誠実な性格。過去に雪緒に救われたことがある。

設楽の翁《しだらのおきな》

童子の姿をした古老の怪。雪緒の育ての親。己の天昇後に一人になる雪緒の身を案じ、伴侶に白月を選んだ。

井蕗《いぶき》

赤蛇の妖。見た目は美女、中身は脳筋気味。雪緒を慕っている。

天昇［てんしょう］
怪が地上での死ののち、天界に生まれ変わること。怪としての格が上がる。

十六夜郷［いざよいごう］
七つの里にひとつの鬼里、四つの大山を抱える地。

紅椿ヶ里 あかつばきがさと］
十六夜郷の東に位置する、豊かな自然に囲まれた里。

梅嵐ヶ里［うめあらしがさと］
十六夜郷の南に位置する里。梅の花が咲く風流な地。

白桜ヶ里［しろざくらがさと］
十六夜郷の南東に位置する里。かつては桜の花香る美しい地だった。

綾槿ヶ里［あやむくげがさと］
十六夜郷の西に位置する里。田畑が多く豊かな地で、木槿が咲き乱れる。

紺水木ヶ里［こんみずきがさと］
十六夜郷の南西に位置する最古の里。水木が多い地で安定している。

黒芙蓉ヶ里［くろふようがさと］
十六夜郷の北西に位置する里。果実がよく育ち、金物製品細工物が盛んな地。

鋼百合ヶ里［はがねゆりがさと］
十六夜郷の北に位置する里。よそとは交流しない隔絶された地。

葵角ヶ里［きづぬがさと］
鬼穴の向こうにある鬼の里。

御館［みたち］
郷全体の頭領のこと。それぞれの里には長が置かれている。

耶陀羅神［やだらのかみ］
怪が気を淀ませ変化した、邪の神。自我がなく、穢れをまとう化け物。

悪鬼［あっき］
他者を害することにためらいがなく、災いをもたらす存在。

獬豸［かいち］
郷に存在する瑞獣。頭頂部には角があり、犬のような羊のような体をしている。

イラストレーション◆凪かすみ

お狐様の異類婚姻譚　元旦那様に恋を誓われるところです

OKITSUNESAMA NO IRUIKONINTAN

◎壱・群《むら》の隠事のかむサマの

「ぎやん祭りの加護でもって、白桜ヶ里《しろざくらがさと》を再建しましょうか」

雪緒《ゆきお》は考え考え、そう提案した。

❁

十一月。あちらこちらを逍遥《しょうよう》し、多彩極まる世変《せいへん》の様をご覧になっておられた神々も、ようやく守護地へお戻りになる神楽月《かぐらつき》。

神がその地に居付いて見守ることから、社《やしろ》の類《たぐ》いの創建にふさわしい月ともいわれている。家庭を築くのもよい。神々の霊験もいやちこなることはまこと明らかでしかなく、その瑞光《ずいこう》は、守るべき民の上に夏日の恵雨のごとく降り注ぐだろう。よって婚儀を挙げるなら神楽月に限る。賢者の顔を作ってそう嘯《うそぶ》く民もいる。

――多分に俗信の気のあるこうした古説をよりどころにしたわけではないだろうが、この晴れがましい月に一組の夫婦が誕生した。

鬼の頭領の一人……〈ひがし〉の領域を統《す》べるあずま衆の頭、女鬼たる耶花《やか》と、鵺《ぬえ》の種族の由良《ゆら》が契《ちぎ》りを結ぶに至った。ただし彼らの婚儀は、いまの段階では仮初のものにすぎない。

雪緒も、「白桜ヶ里を代表する長《おさ》」として二人の婚儀の場に参席する運びとなった。凡庸《ぼんよう》な人間にすぎぬ小娘がひとつの里を治める主《あるじ》になろうとは、なんとも皮肉な話ではあった。

そもそも雪緒は、この世界の者ではない。

神隠しの子である。

十年以上も前になるだろうか。どんな因果が働いたのか、郷の東側を占める紅椿《あかつばき》ヶ里《がさと》に迷いこみ、設楽《しだら》の翁《おきな》と名乗る古い怪に雪緒は拾われた。

ここは十六夜郷《いざよいごう》と呼ばれる世、人と妖《あやかし》が共存するふしぎな世界だ。そこで出会うのはまさに御伽噺《おとぎばなし》の住民ばかり。獣形の妖怪《ようかい》から神霊、精霊と、種族も生じ方も千差万別な人外の者たちが当たり前のように暮らしている。

しかし、両者仲睦《なかむつ》まじく支え合って生きているとは言い難く、互いの勢力の天秤《てんびん》がつり合っているともまた言い難い。種の勢いも総数も、妖側が圧倒している。

幻想の霧に覆われた十六夜郷には、七つの里にひとつの鬼里、四つの大山が存在する。里は方位盤を模したような配置で、これらの背面には目もくらむ険しい霊山が、さらにその向こう側にはまたべつの郷がつくられているという。もっと先には神秘に包まれた〈外《と》つ国《くに》〉があると聞く。

〈外つ国〉をこちらの世では〈藩《はん》〉と呼ぶが、そこがおそらくは雪緒の本当の故郷だろう。

だがあちらの世へ渡る方法は、いまも解明されていない。

それに雪緒自身、設楽の翁に拾われる以前の記憶も定かではない。『雪緒』という名さえ、こちらの世で与えられている。そんな状態だから、記憶があれば多少なりとも芽生えていただろう郷愁の念すら遠く、そちらの世は夢物語にも等しい場所という乾いた認識しか抱けずにいる。

むしろ育て親たる翁との離別のほうが、当時はよほど切実な問題だった。

彼がこの世を去ったあとの雪緒といえば、悲嘆に暮れる暇もないほどに様々な騒動に巻きこまれている。

そうして波乱の日々をすごすうち、気がつけば、隣里たる白桜ヶ里の長の座におさまっていた。我ながらまったく奇妙な運命だと雪緒は感じている。


「雨は嫌いじゃないが、こんなの、もう怪異の域だろ。俺《おれ》好かん」

鬱陶《うっとう》しげな目つきでそう評したのは、雪緒の隣にいる宵丸《よいまる》だ。

怪異を体現しているような男がなんか言っている……と、雪緒は思った。

「鬼ってなにかにつけ雨にこだわるよな。無理やり降らせて結婚するとか、なに。無駄にじめじめしやがって」

宵丸の悪態が止まらない。

しかし、彼の指摘は聞き流せないものでもあった。確かに、鬼の婚儀は雨日に行われる。狐《きつね》の嫁入り時に見られるやわやわとした天気雨ではない。ざあざあ降りの雨だ。そうでなくてはいけない。

なぜかというと、鬼の婚儀は本来、水無月《みなづき》に行うと定められている。

これが、現時点では、由良たちの結婚が仮初のものでしかない理由だ。

忘れもしない鬼の嫁入り行列……〈ものみ〉行列。雪緒も先の六月に開催されたその怪奇的な祭事の最中で攫《さら》われたり襲われたりと、散々な目にあった。

鬼の嫁入り行列とは、言葉を濁さずに言えば、祭りの日限定で行われる合法的な勾引《こういん》の儀だ。

通常の婚儀とは様相が異なる。

また、鬼の嫁入り行列は、各戸に水を分配する〈みかど〉行列と同日に進行される。これは、鬼が、祭神たる水分神《みくまりのかみ》の正式な神使と認められている由による。今回は由良側からの「婿《むこ》入り」となり、鬼側が攫いに行くわけではない。が、それにしたって――。

「例外的な事態ですよね、今回の結婚は……」

雪緒は恐れとともにつぶやいた。

「例外ねえ……」と、宵丸が意味深に返す。

「いまは神楽月だからな」

六月ではなく、十一月。雨を招いたのは、指定月のズレを理由に水分神の不興を買わぬようにするためだ。この雨を、『水分け』、つまり水が広く満ちる意の『見立て』とした。合致する条件を重ねることで異例の婚儀の正当化を狙《ねら》っている。

婚儀の場は、以前にも一度訪れた鬼里《おにざと》……葵角ヶ里《きづぬがさと》の入り口だ。連なる白い鳥居の先に続く東方大路《ひがしかたおおじ》、そこを進んだ果てにある隧道《すいどう》の手前で秘儀は粛々と進められる。

雪緒は、いまや自身の守護者となったこの黒獅子《くろじし》の大妖たる宵丸と、事情あって身を預かることとなった梅精の伊万里《いまり》という娘とともに、『くるま』を利用してこちらを訪れた。

後列のくるまには祝いの品を山と積み上げている。雪緒たち側のくるまはいわゆる人力車のような形、荷を積む側は屋形車に似た作りをしている。

鬼の領域にある隧道は、奇怪の一言に尽きる。

「この隧道って龍神の抜け殻が石化したものなんですよね」

雪緒が言うと、宵丸は舌打ちした。

「俺も脱皮くらい楽勝だ」

「そこ張り合います……？」

隧道入り口の両脇《りょうわき》には、二体の巨大な像が番人のごとく置かれている。そう、でっぷりと肥えた力士像が――。

「……いや、なんで力士像じゃなくて、もがみ像に変わっているの？」

雪緒は唖然《あぜん》とした。

以前の訪問時に見たのは、迫力たっぷりの勇ましい力士像であったはずだ。

ところがいま、雪緒の目の前にあるのは、「かんのんさま」の姿によく似た麗しいもがみ像。

およそ対極の姿に変わっている。

もがみ、とは母神のことだと、耶花の弟である三雲《みくも》から以前に説明されている。

優美な二体の像の手には、花のついた枝が載せられていた。

また、隧道の左右に散らばる大きな石製の蓮《はす》はどうやら椅子《いす》の代用品として置かれているようだが、そこに人の姿は見えない。

というのに、雨音にも負けぬざわめきがあたりに広がり、その浮かれた空気が雪緒にもはっきりと感じ取れる。

本日の主役である由良と耶花は、隧道の入り口を塞《ふさ》ぐようにして並べられている一際立派な二つの蓮の椅子に座っている。この二つのみが赤く、ほかの蓮形椅子はすべて白い。そこに座す二人が濡《ぬ》れぬようにか、屋根のように大きい蛇の目傘が置かれている。

姿が確認できるのは由良たち二人だけだが、おしゃべりをしている様子はない。

(なら、このざわめきの正体は)

雪緒はすぐに考えるのをやめた。例によって、人の常識を超えた「ふしぎ」というやつだろう。

くるまを降りた雪緒は、独特極まりない婚儀の作法に戸惑い、しばらくまごついた。

なにしろ人間同士の祝言とは大分違う。声を発してもかまわないのか、二人に近づいても平気なのか、そもそも彼らに視線を向けても問題にならないのか……、そんな些細《ささい》な行為にも細やかに注意を払う必要がある。高を括《くく》ってひとつ配慮を怠れば、その瞬間に災いがこちらへ押し寄せてくるかもしれない。

(慌ただしい出発だったので、なんの心構えもできていないし……)

同乗中も、くるまを降りたのちも、ずっと傘をさしてくれた宵丸が、正しい振る舞いに悩む雪緒に気づいてか、耳元に口を寄せてきた。

「そこの、左側の手前の席が空いている。座れ」と、小声で教えてくれる。

「えっ、どこです？　あそこ？」

「違う違う。猪男《いのししおとこ》の膝の上に座る気か。不届者め。そこじゃなくて、あっち」

「全部空席にしか見えないんですよ！」

「んなわけあるか。盲目すぎんだろ」

宵丸が急に辛辣《しんらつ》になる。

(猪男の姿なんて、どこに!?)

雪緒の目には、主役の二人だけがこの場に存在しているように映る。ところが宵丸には、白い蓮形椅子に着席している参列者の姿がちゃんと見えているらしい。

鬼の結婚の席にふさわしい恰好《かっこう》について詳しく教えてくれたのも、宵丸だ。

雪緒は横に並ぶ彼をちらりと見た。青みを帯びた黒髪は高い位置ですっきりと結い上げられている。軽く身じろぎするたび、髪を結ぶ白い飾り紐《ひも》の房がゆれる。目元は涼しげで、文士のような理知的な雰囲気がある。若く見えるが、実年齢はその容姿通りではないという。

黙っていれば冷静沈着な面持ちの色白の美青年、しかし気性は見事にその端正な外貌《がいぼう》を裏切ってくれる。喧嘩《けんか》っ早く、手のつけられない暴れ者と里でも評判の野蛮な怪《かい》だ。実は大きな神に連なるほど高位の存在なのだとか。

そんな癖の強い大妖を雪緒はこれまで兄のように慕い、信頼もまた寄せていたのだが、どうしたことか、彼の心情に変化が起きてしまったらしい。ほかの怪にしか恋を捧げぬ頑固な雪緒に、彼は次第に恋着し始めた。

(なんだか信じがたいことだけれども……)

目が合うと彼は、「おん？　なにこっちの全身をじろじろと見てやがる。俺が用意した装束に文句でもあんのか？」と、脅すような表情を向けてきた。……いや、本当にこの不遜《ふそん》な大妖《たいよう》様は自分に恋着しているのだろうか。嘘《うそ》のような気がしてきた。

雪緒はそっと視線をそらした。

自分たちはいま、白地の水干を着用している。後尾のくるまを降りて雪緒の背後に控える伊万里もだ。これが参列者の正しい恰好だという。無柄ではない。袖《そで》や袴《はかま》に雨模様が入っている。

(……模様がひとりでに動いているというか、布地のなかでまことに雨が降っている)

雪緒は微妙な気持ちで自分や彼らの着物を見つめた。各々の身にまとう着物のなかの雨は、勢いが異なる。雪緒の柄はしとしとと雨で、りゅうぐうのつかいのような魚――まさかと思うが星啼文庫《せいていぶんこ》――や大鯉《おおごい》が遊泳でもしているのか、時折ひょこりと現れる。宵丸のほうは土砂降りの雨、伊万里のほうは霧雨らしく、そちらの生地にもまさかと目を疑う影がよぎったりする。

「早く。猪男に色目使ってんじゃねえぞ」と、不機嫌さを隠さぬ宵丸にせかされ、雪緒は蓮形椅子に腰掛けた。宵丸と伊万里は座らず、雪緒の後方に控える。

「色目なんて使ってませんからね。人聞き悪いです」

「振り向くな。前を見てろ」

冷たく叱《しか》られて落ち着かない気分になり、雪緒はもぞもぞと座り直した。ふと近くの席を眺めれば、いったいいつこちらに駆けつけたのか、見知った顔の男がそこに端然と座っていた。

「このあいだぶりね、子兎《こうさぎ》ちゃん」

雪緒たちと同様の装束に身を包んでいるその男がこちらに顔を向け、器用に片目を瞑《つぶ》って挨《あい》拶《さつ》する。

「はい、お久しぶりです」

「相変わらずぎこちないわねえ、あなたったら。そんなに俺が恰好よすぎるわけ?」

男が笑みを浮かべた。

この独特な話し方をする男を、烏那《からすな》という。十六夜郷の南西を占める紺水木ヶ里《こんみずきがさと》の生まれで、ケモノエボシの怪なのだとか。彼とは、七月に行われた祭りで知り合った。

烏那は雄々しい外見を持つ怪だ。年は、人でいえば四十前後か。宵丸よりも背が高く、胸も厚ければ腰も太い。袖から覗《のぞ》く手も分厚く、筋張っている。女の頬《ほお》などすっぽり包んでしまうに違いないと思わせる、色気を秘めた大きな手だ。濃茶色の髪は短めで、眉《まゆ》や目はきりりと凛々《りり》しく吊《つ》り上がっている。

どこをとっても男らしいので、否が応でも自分との性差を意識させられる。年若い娘であれば彼の立派な容姿に羞恥《しゅうち》を抱かされ、気後れしそうだ。が、彼は相手の心情になんかいささかも頓着しない。とにかく明るい笑顔でぐいぐいくる。

親しみやすいが、押しも強い。そういう強烈な個性の怪だ。

「もう、子兎ちゃんってば俺を見すぎ。でもいいわ。許してあげる。存分に見惚《みと》れなさい！」

雪緒は愛想笑いを作ったが、内心ではかなり戸惑っていた。

なぜ烏那が鬼の婚儀の場に？

狐の嫁入り以上の秘儀と評される鬼の結婚式に、一介の民が招待されるわけがない。

（紺水木の長の代理としてやってきたとか？）

先の祭りで功績を上げて長の寵《ちょう》を得た、とかの理由だろうか。

ひとまず可能性のありそうな仮説を立てた雪緒の目に、また新たな参列客の姿が映る。雪緒たちから離れた位置にある石椅子に化天《かてん》がいる。彼もやはり、いつやってきたのか、気がつけばそこに座っていた。

化天との出会いも、やはり七月の祭りでだ。烏那同様に大匠《おおたくみ》の怪だが、出身は異なる。十六夜郷の北西にある黒芙蓉ヶ里《くろふようがさと》の生まれだと聞く。

化天は雪緒とそう変わらぬ年頃《としごろ》のように見えるが、妖怪たちの外見年齢ほど当てにならないものはない。おそらくは彼も自分よりずっと年上だろう。晴れた日の空を映したような水色の目は、すっとした奥二重。髪はふんわりしていて、毛先にかけて青みが増している。頬の輪郭は滑らかで、白磁を思わせる。お公家様のような雰囲気を持つ、品のいい青年だ。

雪緒は困惑を深めた。いや、だからなんで化天までが参列を？

「子兎ちゃん、そう畏《かしこ》まらずに声を出しても大丈夫よ！」

烏那がおもしろそうに雪緒を見て言う。

畏縮《いしゅく》しているわけではなかったが、雪緒はひとつうなずいた。

「あの、どうしてお二人が――」

問う途中で雪緒は口をつぐむ。

答えを聞かずとも察しがついた。少し間を置き、ふたたび口を開く。

「――あなたは、匠の者ではなくて長だったんですか？」

「ははは、子兎ちゃんてば、純真よね本当に」

烏那が心底楽しげに笑う。

これはもう、この瞬間まで気づかないとはまったく鈍感だな、と揶揄《やゆ》されたも同然だ。

雪緒は少しばかり恨めしい思いで烏那と化天の姿を交互に見た。

七月、祭り絡みの騒動に立ち向かうなか、気安く接してきた二人が、重い責任を背負う里の長その人だとどうしてすぐにわかるだろう。

「我こそ古史読みの怪、紺水木の頭領、烏那翁《おきな》である」

烏那は一瞬、仄暗《ほのぐら》い目つきで雪緒を見た。いや、見たというより、見下ろした。友好的とは言い難い、ぬらっとした粘り気のある眼差《まなざ》しでもあった。

雪緒は歯を食いしばり、半ば意地になって彼を見つめ返した。

過去を振り返れば、そうと気づくところなどいくつも鏤《ちりば》められていただろうとわかる。ただの匠と呼ぶには肝がすわりすぎている。波乱まみれだった七月の白桜でも、烏那はいささかも冷静さを失ってはいなかった。

彼は、自身も長の一人だったからこそ崩壊寸前の白桜ヶ里の未来を憂慮していた。匠という身軽な無名の立場で現れたのも偵察のためだ。白桜の腐り具合が他里にどういう影響を及ぼすのか。気にならないわけがない。

九月のいざかし月見祭《つきみさい》でも、面布で顔を覆った紺水木と黒芙蓉の長がなぜか親しげに雪緒に手を振ってきていたが、それも中身が彼らだったというのなら納得だ。

（烏那さんが紺水木の長というなら、化天さんが黒芙蓉の長か）

雪緒はついでに、とうに真相を知っていたに違いない背後の宵丸のことも恨《うら》めしげに見やった。宵丸は「はあん？　その反抗的な目はなんだよ。噛《か》むぞこら」と、脅すような凶悪な表情を浮かべた。……この大妖様は態度が悪すぎないだろうか。自分の味方がいない。彼の隣に立つ伊万里なんか、ちっとも視線を合わせてくれないし。

「長同士、化天ちゃんともども、今後もよろしくね！」

烏那が表情を親しげなものに戻し、爽《さわ》やかに言う。

惚《ほう》けながらうなずいたあとで、雪緒は慌てた。

通常、長同士が密に連絡を取り合うことはない。が、新米も新米の長である自分が年長者に気遣われてどうする。おまけにいま、多少なりとも烏那に牽制《けんせい》された。

無知による不敬であろうと、それで相手が気分を害せば、文字通り蹂躙《じゅうりん》の恐れが出てくる。怪は、人間よりももっと過激で残忍だ。

「いえ、紺の方、これまでの失礼な態度をお許しください。私の就巣《しゅうそう》の際にもお力を貸してくださったこと、まこと喜びの念に耐えず、蒼穹《そうきゅう》を仰ぐ思いでありますのは相違ございません。寛大なる紺の方、この上でなおも厚かましくお願い申し上げることは、いまだ白桜の地は悲嘆の場、非業の炎に焼かれ続けている次第で、哀《あわ》れな民の流出も止められず――」

「はいはいそこまで！」

烏那が頬を歪《ゆが》めて、自分の膝《ひざ》を一度叩《たた》いた。

「やめなさいね子兎ちゃん。調子に乗って恰好つけた俺が悪かったから、そう萎縮しないで」

「いえ、きちんとご挨拶と感謝とお詫《わ》びを――」

「おやめ！　堅苦しい物言いを聞くと俺、眠たくなるのよ！　もうね、里でも生意気な下僕どもに長様はいっつも不真面目《ふまじめ》でろくに仕事をしてくれないとがみがみ文句を言われ――くそぉどうでもいいわそんな話！　ここは鬼たちの祝いの場よ、面倒な挨拶はまた今度ね」

よほど嫌なのか、烏那は早口で雪緒を嗜《たしな》めた。べつの話題を探すようにきょろきょろと目を動かす。

「ほら、あれあれ、見てごらんなさい、立派な花婿たる由良ちゃんのあの顔を！　……って、いや、ぜんっぜん顔が見えないわね。なんであんな、白丸のついた真っ黒い面布つけてんの、あの子たち」

烏那がつまらなそうに鼻白む。

「もっと派手にすりゃあいいのに、鬼の結婚式って地味すぎない？」

「奇怪という意味ではダントツ――」という雪緒のつっこみは、拾われなかった。

「大量の花火を打ち上げるとか、美男美女の花剣舞を披露するとか、見応えのある催しがいくらでもあるじゃないの」

意外とこの方は俗物的というか人間臭い発想をするよなあ、と雪緒は失礼な評価を下した。

「はーんなるほど、ひょっとしてこれは俺の出番なのかしら」

その発言に、雪緒は背筋が寒くなった。

なにかとんでもないことをやらかしそうな気配を感じる。

わくわくと目を輝かせ、いまにも駆け出そうとする烏那の袖を、雪緒は腰を上げてとっさに掴《つか》み、無理やり蓮形椅子に座らせた。

「どうぞこのまま」

「あっちに突撃しなきゃ。祝いの楽も盛大に奏でてあげないと」

「だめですってば、おとなしくしてください！」

「俺の美貌《びぼう》がおとなしくしてくれないのよ。困っちゃう」

「なに言ってるんですか。紺の……烏那さん、動かないでくださいったら！」

静かにしてくれないと、こちらまで止められなかった責任を取らされそうだ。

雪緒の必死さも知らず、烏那は振り向くと、にやついた。

「もーお、しょうがないわねえ、そんなに必死に俺にしがみついちゃって。俺がそばにいないと寂しくて耐えられないって？　わかる、俺ってこの世の素敵の集合体みたいな存在だもの」

「はいもう比類なき集合体ですので、化天さんに手を振るのはやめましょう！　ほら、耶花さんがこっちを睨《にら》んでますよ、絶対に！　面布で顔を隠していてもわかります！」

雪緒は礼節と決別した。お行儀のよい態度では自由奔放な烏那を止められない。

背後に控える宵丸にもぜひ手伝ってほしかったが、彼はわざとらしく顔を背けており、ちっとも協力してくれそうにない。さしもの黒獅子様もこの底抜けに陽気な男には弱いようだ。宵丸の横にいる伊万里も、鬱陶しげな顔をするだけで雪緒を助ける意思さえ見せなかった。

「だって鬼の結婚は、不気味すぎるのよ」

烏那は不満げに言って、雪緒を見た。

雪緒は大きく息を吐くと、ようやく自身の席に座り直した。

「家畜の解体じゃあるまいし、『客』を切り分けて参列者に渡すって、ねえ？」

「しっ、あちらに聞こえるじゃないですか、声を小さく……えっ、解体？」

雪緒はぎょっとした。客を切り分ける？

聞き間違いであってほしかったが、烏那は無情にも深々とうなずいた。

「そうよ」

「……一応うかがいますが、『客』というのは、私たち参列客のことではなくて、鬼様方の領域をいつも気ままに散策している、巨大な鶏や蝶《ちょう》をさしていますか」

「そうそう、その客」

「ちょっと待ってください。客って、祭り……九月に行われた九豊祭《くぶさい》などで重要なお役目を持っている存在でしたよね？　それを解体？」

祭りの定めの内で厳重に保護されている存在に手をかけた場合、神罰が下ったりしないのかとか、そもそも客の腹には異物が入っていなかったかとか、それらはじゃあどうなるのかとか、あとからあとから疑問がわいてくる。

「鬼の頭領の一人が結婚するのよ、当然それなりの贄《にえ》が必要になるじゃないの」

おかしそうに言われたが、さっぱりわからない。

「……雪緒、『客』というのは、様々な異界から流れてきたもの……あるいはそれらを反映した影、亡霊のような朧《おぼろ》げな存在だ。だが、たかが亡霊と称すれども、その身には大いなる恵みを抱えている」

話についていけずにいる雪緒にこれ以上恥をかかせまいとしてか、背後の宵丸が身を屈《かが》め、耳元で囁いた。雪緒は振り返らず、視線のみを動かした。

「大いなる恵み？」

「ああ。異界の知恵、歴史、技術なんかだ。つまり客を切り分け、分配することは、その身に抱えていた貴重な『異界の知恵』を得られるという意味にもなる」

「異界の知恵……」

それはとても貴重なものだ。

「こうした機会は滅多にあるものじゃない。……鬼は災いをもたらす種族だが、一方で得難い福もまたもたらす。だから、十六夜郷の者どもはどれほどやつらを忌み嫌おうと、滅亡までには追いこめない」

雪緒は指先でこめかみを押さえた。そうだ、以前に鬼里へ足を踏み入れた際に白月《しろつき》も似たような話を口にしていた。鬼里、葵角ヶ里の消滅は許されない。かの地がもしも崩壊すれば、郷《さと》全体が瓦解するという。要するに鬼里は郷の要《かなめ》の地なのだ。

（鬼里には妓楼《ぎろう》型の建物が多い。確か大鷺《おおさぎ》の五穀絹平《ごこくきぬひら》様も、あちこちの里に妓楼を造られたんだっけ）

雪緒はふと思い出した。鬼里内の楼については絹平が建てたのではなく、独自で発展したものだろう。以前に聞いた話だが、絹平が手がける妓楼は学舎的な側面のほうが強いのだとか。鬼衆だけでは伝え切れない技芸を授ける役目があるらしい。

このことから、両者の妓楼は同様の役割を担いつつも、異なる道を辿《たど》ってきたとわかる。

絹平は、異界の『藩』から、自身の形を変容させずに流れてきた特殊な怪だ。

鬼の守護神にあたる水分神もまた、本当はべつの世――おそらくは『藩』――から、存在をゆらがせることなくこちらに流れてきているという。

絹平と水分神の在り方も、よく似ている。共通点が多いというのが妥当か。

無関係に思えていた話が少しずつつながり、この世界の全容が見えてくる。それはどうしてか、雪緒には少し恐ろしく感じられる。ここは、自然発生した世界とは違うのだろうか。

「あら、黒獅子ちゃんったら丁寧に説いてあげるなんて、ずいぶんと過保護ね」

烏那が明らかに揶揄を含んだ声音を聞かせる。同時に、長となっても垢抜《あかぬ》けない雪緒の無能ぶりを詰《なじ》ってもいた。

雪緒はその淡い蔑《さげす》みを察し、ひやりとした。やはり以前までとは、ほんのわずかに烏那の態度が違う。ひとつの里の長として、まるで嬲《なぶ》るように雪緒を眺めている。

それに、嫌な法則を思い出してしまった。

(そういえば私は、鳥の類いの怪とはあまり相性がよくない)

烏那も、その名から察せられる通り、鳥形の怪だ。さらには化天も。

「俺は雪緒の守護者なんだよ」

宵丸はそっけなく答える。

「守護者ねえ。ものはいいようとでも笑うべきかしら。それとも、大妖が人間の女に傅《かしず》く様を見られようとはと感心すべきか、いや臆したかと詰るべきか……」

うぅむと烏那が唸《うな》る。

「あん？　俺に喧嘩売ってんのか？」

宵丸はどこまでも宵丸だった。そして烏那もまた一筋縄ではいかない怪だった。いまにも噛みつきそうな宵丸に、ぎらつく瞳《ひとみ》を向けている。敵意がぶつかれば、それは野蛮な戦意に化ける。

雪緒は、暴れたがりの二人の意識をそらすべく、声を上げた。

「烏那さんたちもお祝いに来られたということは、ほかの長の方……鋼百合《はがねゆり》の方もこちらに来ていらっしゃる？」

「綾槿《あやむくげ》ヶ里《がさと》や梅嵐《うめあらし》ヶ里《がさと》の長は不在なんで、代理の者が来たみたいだけれどね！　人って不便ねえ。妖力《ようりょく》がないとなにも見えないのね」

烏那が憐《あわ》れむように言った。そこに関しては雪緒自身の努力でどうこうできる問題ではない。

「化天ちゃんにあとで声をかけてあげるといいわ。子兎ちゃんの目にとまるように、わざわざ形を顕《あらわ》したみたいだし。あの子って堅物でしょ、友だちができにくいのよねえ……」

なるほど、化天本人の善意で、彼の姿がこちらの目にも映るようになったのか。

（あれっ、だったら烏那さんもそうなんじゃないかな）

という事実に雪緒は遅れて気づいたが、ここで指摘してもごまかされそうだ。

「食らう目的以外で鬼がだれかを攫うことももちろんあるにはあるけどねえ、その場合でも正式な婚儀は水無月まで待つのが普通じゃない？　鬼ちゃんはあれで真面目だもの、水分神の定めた法を自分たちの都合で歪めたりなんかしないわ。本来ならね」

これも烏那は憐憫《れんびん》を覗かせて語った。が、どこかに嘲《あざけ》りも含んでいたように雪緒には思えた。だれに対する嘲りかを雪緒は真剣に考えた。

「たとえ真似事《まねごと》にすぎずとも、由良さんが鬼のもとに婿入りしたという事実を早急に作る必要があるんですよね」

雪緒が小声で答えると、烏那は軽く眉を上げた。

そこらへんの事情は雪緒も承知している。

そう、仮の結婚——人間の世界に照らし合わせると婚約式と呼ぶのが一番近いだろうか——をなんとしても強行する必要があった。次の水無月を待つ余裕がなかったとも言える。

その理由はひとえに、由良の怨念《おんねん》の強さだ。

(由良さん自身でもどうにもならないほど、怒りと恨みが膨れ上がってしまった)

雪緒は苦い気持ちを抱く。

——先の月の出来事だ。十六夜郷全体を統べる御館《みたち》の大妖、白狐《びゃっこ》の白月の身内が、由良の兄弟を食い殺した。そもそも、由良の生じた地である白桜ヶ里が壊滅寸前まで追いこまれたのだって、白月の妹狐である鈴音《すずね》が原因だ。

故郷の地を隅々まで穢《けが》され、さらには兄弟までが奪われた。どちらも狐一族、現御館の身内に。

(そりゃあ、狂うくらい恨みもするよねえ)

由良の胸中は想像するにあまりある。

深まる恨みのために、どの里にも置けないほど由良の性《しょう》は変質しつつあった。

のんびり静観していたら近いうちに彼は確実に堕《お》ちる。ただ堕ちる程度なら放置もできようが、怪たちが事情あって気を歪ませた存在……耶陀羅神《やだらのかみ》に化けるのみではとどまらず、さらなる上位のモノ、祟《たた》り神と成り果てる。両者では、もたらされる禍《わざわい》の格が違う。

なにより警戒すべきは、由良の怨念に、死した白桜の霊たちが取りこまれることだ。どれほど巨大な祟り神となるのか、想像もできない。

この空恐ろしい未来が訪れる可能性を、一刻も早く摘んでおかねばならない。

現在の由良がかろうじて情を抱く相手は、仲間意識というか同じ被害者の括りにされている雪緒だ。それと、白月と真っ向から対立する鬼衆。そこに補足するなら、耶花の弟の三雲は、雪緒に恋情を向けている。由良にとって鬼はもはや恐れるべき存在ではない。

もともと、雪緒に同情していた由良が、代わりに鬼を引き受けるという流れができかけていた。その話が持ち上がったときよりも状況は悪化しているが、異論を挟む者などもういるはずもない。

隔絶された唯一の里、鬼里に由良を幽閉する。仮の婚儀はこのためだけに行われるといっても過言ではなかった。

「かわいそうな由良ちゃん。あの子はこれで、鵺という種も失うわ」

今度ははっきりと嘲りを示す声で烏那が言った。滴《したた》るような悪意があった。

「……どういうことですか？」

雪緒が眉をひそめると、烏那がこちらに視線を向けた。が、答えをくれる気はないらしい。

ややして、背後から溜《た》め息が聞こえた。

「鬼に攫われたのではなくて、由良さん自らが望んで鬼にくだるようなものでしょう？　だとしたら、その身も鬼の色に染まるわ」

鈴を鳴らすような愛らしい声に、雪緒は振り向いた。不機嫌そうな伊万里と目が合った。

「彼、影を奪われるわよ、間違いなく。そうして鬼もどきに成り下がるわ」

「影……？」

「ええ。おのれの魂の鏡。影とはそういうものよ。……由良さんって、鵺という特殊な怪なんでしょ。もとよりまざり物の種だわ。多色の存在はふしぎなことに、まるで人であるかのような心を持つ」

伊万里の声には、深い同情がこめられている。

そういえば、以前に伊万里から、怪は心を持たない化け物なのだという話を聞いた覚えがある。一切のまじりけを持たぬ大妖などは、とくに化け物のなかの化け物なのだと。その説でいくと、まざり物の種と断じられる鵺の由良は、純血の怪よりはまだ心があるのか。

混血の伊万里とはどう違うのだろう。由良の場合は種それ自体が先天的にまざっているという意味なのだろうか。

「由良ちゃんの影は、客の解体とはまたべつに、この後に切り刻まれ、分配されるわ。で、きっと鬼ちゃんたちに食べられちゃうわね」

烏那の声は、伊万里とは対照的に喜《よろこ》びがうかがえる。

「大事な仲間を失った怒りで鬼と結びつくはめになったのに、いずれ鬼に成り果てればその情さえも消えるってわけね。異なる種族が鬼に変わるって、実のところ驚異的なことなのよ」

烏那の説明に雪緒は息を呑《の》み、それから寄り添う夫婦を見た。

また視線を烏那に戻す。烏那も雪緒を見つめ返す。薄闇《うすやみ》を思わせるこの眼差しは苦手だな、と雪緒は思った。

「しかたないわねえ。怪の在り方を理解しきれない子兎ちゃんに、もう少しわかりやすく教えてあげる」

烏那は、楽しげな調子を崩さずに言う。

「そこの女が言ったように、今日の結婚は、『ぼくは鬼になりたくてなりたくてたまらないのです。神罰を受ける覚悟で我が身を捧げますので、どうかぼくを受け入れてください』と、由良ちゃんのほうから水分神に懇願する形を取っているわけ」

嫌な言い方だ、と雪緒は不快なものを感じた。

「でも違法の月の婚儀である事実は動かせない。水分神は由良ちゃんに神罰を下す。神って融通がきかないけれども、従順な者には慈悲をかける。『そこまでいうなら受け入れるが、ただしおまえも鬼となれ』ってね。この神罰こそが目的よ」

「神罰が？」

言葉の強さに、雪緒は唖然とした。

「由良ちゃんは鬼に化ける資格を得るわ。その結果、種族が変われば、魂の形も当然のこと、変わる。するとこの瞬間でさえ猛烈に身を苛《さいな》む怨念からも、無事解放されるって寸法よ」

「解放？　……いえ、待ってください、私が予想していた内容とは違う——怨念が薄まるまで守護の強固な鬼里に隔離するという話ではなくて？」

雪緒は自分の思い違い——甘すぎた推測に気づいて顔を強張《こわば》らせた。

鬼の結婚は水無月にしか行われないという戒律を、無意識下で軽視していたようだ。神との約定が絡む話なのに、あくまでも水無月の祭りのための決め事としか見ていなかった。

「やだ子兎ちゃん。あの子は腐っても前長の子よ」

烏那は、歯を見せるようにして笑った。粗野な笑い方だった。

「こうまで怨念が深まれば、もう隔離なんかじゃすまないわ。現に先の祭りもあの子の恨みつらみでぐちゃぐちゃになっているのよ」

先の祭り？

十月の祭りについてを話しているのだろうか。しかし、先月の祭りの由良は、悲劇が起きるときまではむしろ協力者の立場を取っていなかったか——。

雪緒は胸にわいたその疑問をいったん保留にした。いま重要なのは、そこではない。

決して由良の能力を侮っていたつもりはない。だが、大妖と呼ばれるほどには円熟していないのに……いや、この決めつけこそが無意識に由良を侮っていた証拠なのか。

「ああ、べつに鬼に成り果てたからってね、変質前の過去を全部忘れるわけじゃないのよ。ただ、そうね、たとえるなら、前世の記憶みたいな位置付けになるのかしらね。確かに自分の過去なんだけれども、どこか他人事《ひとごと》のような感覚におさまるっていうか。形だけなら天昇《てんしょう》に近いかも。ただし強烈な苦痛を味わうし、代償だって凄《すさ》まじいけども」

聞いていられなくなり、雪緒はとっさに立ち上がろうとした。

鬼里に隔離するための結婚だと信じていた。

だが、そうじゃないとは。

（まさか種を作り替えるようなものだったなんて！）

怨念を薄める目的とはいえ、それで兄弟への情までも失《な》くしてしまうのなら、本末転倒ではないか。もはやそれは、『由良』ではない。『由良』が殺されてしまう。

新郎席の由良のもとへ駆け寄ろうとして、しかし背後に控える伊万里の手で雪緒はふたたび蓮の席に戻された。雪緒は驚愕《きょうがく》しながら伊万里を見た。

「子兎ちゃんてば、まさかこの結婚を止めるつもりなの？」

烏那は悠然と腕を組み、笑みを浮かべて雪緒を見た。しかしその目は少しも笑っていなかった。

「黒獅子ちゃんに倣って、いちから丁寧に説明してあげたのに、人ってどうして不可解な行動を取ろうとするのかしら。これは由良ちゃんを救うための婚儀なのよ。祟り神にならずにすむ。鬼ちゃんって慈悲深いわ」

これを慈悲というのか。いや、憤慨する自分が浅慮なのか。

「……次の水無月まで、婚儀を引き延ばせませんか」

延期が叶《かな》えば、少なくとも「普通」の状態での婿入りとならないか。種を変えずとも許されるのでは。

「そこまで由良ちゃんの正気が持たないわ。わかっているでしょうに」

そう、猶予はないと判断されたから、こうして無理にでもこの月に婚儀を——。

「ですが、それだと、いまの由良さんの心は、救われないまま打ち捨てられることになります」

胸が痛い。

「私には、死に等しく感じられます」

「死？　これが？　……人って、まことにおもしろい」

烏那はその言葉を、吐息まじりに、掛け値なく興味深いという声音で告げた。

「どうしたら……」

いまなにができるのか。雪緒は爪痕《つめあと》がつくほどきつく拳《こぶし》を握った。

焦燥感ばかりが強くなる。早く婚儀を中断させなければと思う。だが、止めて、そのあとはどうする。祟り神に近づく由良を、どうすれば——。

雪緒は振り向いた。宵丸を見上げる。

「私が、祓《はらえ》の儀を行います。由良さんも、怨霊《おんりょう》と化しているご兄弟も堕ちぬよう、浄化します。そうすれば、少なくとも時間稼ぎにはなりませんか」

なにか答えかけた宵丸を遮って、烏那が両膝を打ち、笑う。

「はは、浄化！　当たり前のように宣言するのね、高みにおわす神であるかのように！」

「そんなつもりは——」

「とにかく、だめよ。白月ちゃんと誓いを交わしたでしょうが。子兎ちゃんはもう白桜の長なのよ。一時の憐れみで目を曇らせてどうするの」

「ですが、これではあまりに……っ」

由良に救いがなさすぎる。

彼がいったいどんな悪行を繰り返したのだろう。由良ばかりが苦しむのはおかしい。——おかしいと叫ぶ自分が異常なのか。

（なんだか気持ちが悪い……っ）

認識の違いという軽い言い方ではすませたくない暗さを感じる。それがとても気持ち悪い。

「慣れなさい、子兎ちゃん」

「慣れる……？」

消化できない雪緒の憤りに、怪である彼らはだれも寄り添えない。寄り添う気もない。

いや、伊万里だけは、人の血も継ぐ彼女だけは痛ましげに、そして少し羨《うらや》むように雪緒を見ている。けれどもやはりそこ止まりだ。「雪緒さんの無念は由良さんにも伝わっているでしょう」と、囁き声で慰めてくる。ただそれだけ。

その優しい慰めは、雪緒の求めていたものではなかった。一緒に抗議はしてくれない。由良への憐憫の念は確かにあれども、彼女もまたこの道以外にないと割り切っている。

だが雪緒は割り切れない。割り切っていいわけがない。友を救いたい。

「私は白桜の長となりました。長は民を守るもの。まだ由良さんは私の里の民です。自分の民を取りこぼす無能な長を、いったいだれが迎え入れてくれるんでしょう」

袖のなかで、握る手に、さらに力をこめる。放つ言葉にもどうか人を動かす力が宿ればいい。そうできる存在にならなくてはいけない。

「子兎ちゃん」と、烏那が強い語調で呼ぶ。

「いい加減烏滸《おこ》がましい。情で訴えるだけの長こそ最たる無能と知れ」

きっぱりと否定され、雪緒は頬が燃えるほど熱くなった。

「時としてそれは有効な策だ。認めよう。なにしろ人は、情が深い。人から情がなくなれば、それはただの人でなしだものね。ああ、わかっているとも。おまえのように、か弱い者がひたむきに乞《こ》う、その健気《けなげ》な姿に俺たちのような力ある『人でなし』は動かされる。だが、いまのおまえはただのか弱い者ではなくなった。はりぼてだろうが、長だろう。目先の苦痛に惑わされるな」

低い声でもたらされた烏那の叱責《しっせき》は、雪緒には受け入れがたいものだった。まだ頬は屈辱感と怒りで熱い。

だが、反論すら許されなかった。烏那は鞭《むち》打つように次の言葉を投げつけてきた。

「長は民を守るものだと？　ばかばかしい！　――この郷は、人の暮らしの基盤をなぞっているわ。だからおまえの持つ観念、いや、価値観とやらに合わせて教えてやろう。施しに傲《おご》る存在こそが、おまえが、守りたいなどと薄っぺらく嘯《うそぶ》く民だ。だれもが、もっともっと楽をさせろとせがむ」

――露悪的すぎはしないか。

「統制とは、適度な貧困と労働を基にする。支配が民の従順を維持してくれる。喜びなんてほんの一滴でいい。思考させる暇など安易に与えるな。苦難の連続を日常と錯覚させろ。これが結局は、里を安寧に導く。……ああ、だが俺たちは人ではなく、妖怪だわ。綿のようにやわい人の法則ばかりを用いては、野蛮な者どもを御しきれぬ。さらなる苛烈《かれつ》な裁定でなくば、それこそだれが従うものか」

雪緒は全身に力を入れ、小さく首を横に振った。頭の芯《しん》がひどく痛む。

(だめだ、負けてしまう)

しょせんは世間知らずの小娘だ。わけのわからないまま長の座に担ぎ上げられただけの傀儡《かいらい》。いや、供物か。そんなふわふわした調子で、困難にもへこたれぬ鮮やかな才覚がおのれの内にいきなり実るわけもない。政事のいろはすら呑みこめていない。

そうであっても雪緒はこの場で自分の無知を痺《しび》れるほどに強く恥じたし、浅慮を恨んだ。現実を突きつけてくる烏那のことも、本当に嫌になった。

流されずに自分の意志を持ち続けていたいのに、実際はどうだ。

宵丸も彼らの結婚の顛末《てんまつ》をとうに知っていたし、最善と考えていたに違いない。

(だけど、婚儀以外の代案は本当にないの)

人であるから、雪緒は懲りずに救出手段を探した。自身が味わった恥ずかしさは二の次だ。どうしても、このままにはできない。

由良は、雪緒にとって少しばかり特別な立ち位置を占める存在だ。

恋情を向けているわけではないが——なんだか放っておけない。

最も近いのは、家族に向けるようなむず痒《がゆ》い感情だろうか。兄、いや、弟がいたらこんな感じかもしれない。由良だけがいつもまっすぐに雪緒を心配してくれた。差し出される労《いたわ》りの言葉に裏はなかった。見返りのない親愛を雪緒は確かに感じていた。

もしかしたらだが、由良のほうも身内に抱くような情を雪緒に向けていたのではないか。

由良がいたから、雪緒は怪という種全体を嫌悪せずにすんだ。

いま思えば、白月への恋を抱き続けることができたのも、由良が見せてくれた清廉《せいれん》さのおかげかもしれない。

どうすれば、と袖越しに自身の両膝を掴んだときだ。婚儀の場に新たな一行が近づいてきた。

十六夜郷の御館、白月を抱えた行列だ。

この行列に白月以外の狐族の姿は見当たらない。彼にいつもくっついている子狐の千速《ちはや》すら参列を控えたらしい。御館の彼に付き従うのは、腹心の楓《かえで》に、半神の沙霧《さぎり》などだ。

由良に対する配慮として、狐族の列席を白月は禁じたのだろう。

白月と視線が交わった。

相変わらず美しい怪だ。絹糸のような白い髪に同色の狐耳。太く長い尾も同じ色。瞳は、いかにも獣らしい金色をしている。目尻《めじり》を彩る赤い隈取《くまど》りがまた妖《あや》しい。心をざわめかせるような色っぽさがある。

彼らもやはり雪緒たちと同様の白い装束を身にまとっている。

白月と会話を交わすことはなかった。彼らの姿は、蓮形椅子につくと同時に霞《かす》んだ。

「――そら、御館ちゃんが揃《そろ》ったなら、いよいよ由良ちゃんに神罰が降るわよ」

烏那の言葉に、意識を引き戻される。

「神罰」

雪緒は口のなかで小さく繰り返した。それを烏那は聞き逃さなかった。

「ええ、神罰。人たる子兎ちゃんには、神罰と言われても具体的にどういうことなのか想像しにくいかもね。神罰とは、一個の神が特定の罪人に独断で振り下ろす槌《つち》。まあ、狭義なものよね。天罰と混同してはだめよ。天罰は、公の断罪だもの」

――はじめて聞いた。

こめかみが脈打つほど頭が痛くなってくる。必死に彼の説明を咀嚼《そしゃく》する。

そうか、鬼の祀《まつ》り上げる対象が水分神。その水分神が鬼の婚姻法も制定している。だから今回は、水分神がいわば個人的な判断で、違法の月の結婚を願う由良を罰する。あくまでも個人的な法の範疇《はんちゅう》での違反のため、与える罰が外へ広がることはない。この場に集められた里長たちは、正式に罰が下されたと認める証人でもあるのだろう。

「だから子兎ちゃん、不用意に手を出してはだめなのよ。神罰が意味を変えてしまう」

「……おい、この烏野郎《からす》。さっきからなんなんだ。雪緒を責めるな」

背後の宵丸がたまりかねたように威嚇の声を上げ、俯《うつむ》く雪緒の肩に手を乗せる。

(しつこく婚儀を行う以外の手段を考えていると伝えても、味方してくれるだろうか)

そう考える雪緒をよそに、宵丸は文句を言い続けた。

「こいつを楽にさせるために、俺は長の座に据えようと決めたんだ。部外者に責め立てられる謂《いわ》れはねえ」

「はあ?　黒獅子ちゃん、あなたまさか、この子を傀儡の長にしたいの?」

烏那が訝《いぶか》しげに宵丸を振り向いたときだ。

突如、地中からねじれた水柱が勢いよく出現した。細い鎖を束ねたような水柱だった。それがあちこちで噴き上がり、雨雲に覆われている暗い天と地をつなぐ。

「お出ましよ」

烏那が調子を変えて言った。

いきなり噴き上がった水柱のことを指しているのかと思ったが、そうではなかった。

地中を魚影の群れが巡っている。

そのうちの一匹が、地上にぴょんと跳ねた。

空中で、手のひらに乗るくらいの球体になったと思いきや、歪《いびつ》に捻《ねじ》れ、膨れ上がって、どこかで見た覚えのある老人の姿に化ける。

どこでこの老人を見ただろう。雪緒は急いで記憶を辿った。

そう、そうだ。確か――。

「カヒケ池の、飴《あめ》売り？」

無意識につぶやくと同時に、背後に控えていた宵丸と伊万里から焦った様子で、ばっと口を塞がれる。雪緒は目を白黒させた。隣の席の烏那が、「うわこの子、アレを呼ばわるなんて正気？」というような引いた目で雪緒を見てくる。そんな目で見られても困る――と言いたかったが、二人に口をがっちりと覆われているので話せない。

それに、注目を集めてしまった。

地中を泳いでいた黒い魚影の群れ、それから、つい呼んでしまった老人がこちらを見ている。

自分がかなり危うい発言をしてしまったのだと気づくも、あとの祭りだ。

しかし、そこで雪緒が着る白い装束のなかを悠々と泳いでいた鯉が、急に、ぱしゃっと尾鰭《おひれ》の音を大きく響かせた。白と黒の竜紋の鯉だ。ちょっと睨まれた気もする。これもなんだか見覚えのあるような鯉だった。

地中の魚影群は、鯉の尾鰭の音で散らされたが、老人はまだしつこく雪緒を見ている。

新郎席に腰掛けていた由良が面布を外し、突然ふらりと立ち上がった。

参列者の席のほうへ歩み寄り、中央の位置あたりで頽《くずお》れるかのようにその場に座りこむ。そこでやっと老人が雪緒から視線を外した。

以前に会ったときのカヒヶ池の飴売りは質素な袍《ほう》を着用し、小型の籠《かご》二つと提灯《ちょうちん》をぶら下げた天秤棒を肩に担いでいた。今日《きょう》もやはり痩《や》せた肩に、手垢《てあか》で黒ずんだ天秤棒を乗せている。引きずるほどに長い白髪に古びた下駄。枯れ木のような乾いた雰囲気。無欲の仙人を思わせるような風貌《ふうぼう》だが、ふしぎなことにその長い髪は腰の位置から蔓《つる》に化けており、ちらほらと薄青の朝顔を咲かせている。

最も奇怪なのは、飴売りの足元に延びる影だろう。

雨日であるのに、くっきりと黒い影が生じている。それも扇状に三つ。ひとつは本体通りの人形の影。もうひとつは四つ足の獣の影。最後のひとつは阿修羅に似た形をしていた。

飴売りは梟《ふくろう》みたいに「ほーう、ほーう」と鳴いた。それからその鳴き声に合わせて、振り子のごとくゆっくりと頭を左右にゆらした。

するとと地中を忙《せわ》しなく泳ぎまわっていた小さな魚影群が、頭を垂らして座りこんでいる由良へと一斉に接近した。餌《えさ》を啄《ついば》むように群がっている。

雪緒は目を瞬《まばた》かせた。これは、餌を啄んでいるというより――座りこんでいる由良の下から、強引に「彼の影」を引っ張り出そうとしている。

いや、そんなばかな。影なんて、好き勝手に引っ張り出せるわけがないし、そもそもが伸縮するものでもない。というのに、魚影群は確かに四方八方から由良の影の端をその小さな口で咥《くわ》えて、引きずり出し、広げようとしていた。

（そう強く引っ張ったら、影がちぎれてしまう）

ありえない光景に唖然としながらも雪緒はそんな焦りを抱いた。とても不吉な光景だ。阻止しなくてはいけない行為だ。しかし、雪緒が由良のほうに駆け寄ることを、また一言でも言葉を発することを、背後からしがみつく宵丸と伊万里は決して許してくれなかった。

伊万里のかすかな震えが雪緒の体に伝わってくる。紛れもない恐怖の震えだった。

無数の魚影によって無理やり引き出された影は、由良を中心に、醜《みにく》い結晶のように大きく地に広がった。本体である由良の体に強い負担がかかっているのか、不規則にびくびくと手足が痙攣《けいれん》していた。

ほーうほーうと鳴き続けている飴売りの影のひとつ、阿修羅めいた影がふいに動いた。飴売りの足元から勝手に離れて、地中を軽々と歩き始める。

雪緒は不気味な影絵でも眺めているような気分になった。

阿修羅の影の、蜘蛛《くも》の足に似た細い腕、その手に握られている刀が、強引に広げられていた由良の影をなんの躊躇《ちゅうちょ》もなく切り裂いていった。細切れだった。

切り刻まれた影の破片が花びらみたいに地中に散らばった。哀れな由良は、大きく呻《うめ》き、仰《の》け反った。一瞬、雪緒と目が合ったような気がした。偶然かもしれない。

すぐに彼の目は、発狂したようにぐるんと上空を向いた。か細い苦痛の喘《あえ》ぎが由良の喉から漏れていた。血色の泡が口の端を汚しているのが見えた。雪緒は、いつか目にした怒れる馬の頭部を思い出した。神々の領域の光景だ。いまも、そうだった。

気がつけば、地中で切り刻まれたはずの由良の影の破片は、枯れ葉のように地表に浮き上がっていた。飴売りが鳴くのをやめた。阿修羅の影も老人の足元に戻っていた。

飴売りは、無造作に籠につっこんでいた熊手《くまで》を取り出すと、枯れ葉のような影の破片をのんびりと集め始めた。時間をかけてそれらを天秤棒の籠二つに入れる。

破片を集め終えた籠のひとつを新婦の前に置く。もうひとつの籠は彼のものにするらしかった。地中を泳ぐ魚影群を引き連れながら、老人は立ち去った。

彼が消え、地から噴き上がっていた水柱も消え去る頃《ころ》には、雨も上がっていた。この間、だれも口を開かなかった。

手が届きそうなほどの位置に虹《にじ》が出た。その虹の根元から、孔雀《くじゃく》の形をした、屋根より大きな体躯《たいく》の『客』が現れる。

来ないで、と雪緒は願った。当然、その祈りなど、どこにも、だれにも届かなかった。

この後、『客』も解体される。細切れにされた由良の影同様に。

雪緒は、ぐらぐらと頭をゆらしている瀕死《ひんし》のような状態の由良の姿をひたすら見つめ続けた。もう二度と救えない優しい男。私の知る由良さんはこの瞬間に死んでしまったと雪緒は確信した。自分の心から大事なものが剥《は》がれ落ちたようなひどい気分だった。これを婚儀と呼ぶ者たちの気がしれなかった。どう見ても葬儀でしかない。

❁

――『客』の解体後、雪緒たちは鬼の領域から引き揚げた。

その少し前に、見送りに来てくれた三雲と話をした。今日の主役である耶花の親族だからか、参列者の雪緒たちとは色の異なる水干を彼は着用していた。真珠玉のように光沢のある灰色の水干だ。袖括りなどの紐は朱色で統一されていた。

「こんばんは、雪緒」

「……ええ、こんばんは、三雲」

まずは飄々《ひょうひょう》と挨拶をされて、雪緒は眉を下げた。

鬼衆は、意外にも、といっていいのか、礼儀にこだわる。

「耶花の儀に来てくれてありがとう」と、三雲が続けた。雪緒は微笑を返した。

彼は雪緒を真似てうっすらと微笑《ほほえ》み、「ことほぎはくれないのか」と、言葉をつないだ。雪緒はごまかすために小首を傾《かし》げた。疲労感が雪緒の理性を鈍らせていた。

あんな怖《お》じ気《け》立つ神罰の様を見せつけられて、だれが素直に祝えるだろう。

本来鬼とは忌避すべき対象だ。人も妖も食う。気安く握手ができる相手ではない。

雪緒の背後に控えている宵丸の気配も刺々《とげとげ》しく、三雲を警戒しているのがわかる。彼の隣に並ぶ伊万里も緊張しているようだが、こちらは鬼たちの気にあてられでもしたのか、頬がいつもより青白い。長話はできないと判断し、雪緒は要件のみを三雲に伝えることにした。

「三雲、あなたさえよければ、いずれ私を娶《めと》ってはくれませんか」

告げた直後、「おいこら」と、後ろの宵丸に強めの力で後頭部をつつかれ、雪緒はよろめいた。せっかくの髪型が崩れたらどうするのか。雪緒はこの場にそぐわぬ憤りをもって振り向いた。宵丸を見る前に唖然とする伊万里と目が合ったが、雪緒はすぐにそらした。

「俺に相談なくぶっ飛んだ発言をするんじゃねえ！」

「熟考の末の発言なんですが」

「やー！　ほんっと人間わけわかんない、そんなに生き急ぐ必要あんのか？」

宵丸が腰に両手をあて、めらりと怒気を放って雪緒を責め始める。

「いやもう、まことにおまえどういうこと？　ここ最近の俺っておまえに心臓をぐっちゃぐちゃにされてねえ？　ひょっとして実は大禍なす魔神かなんかの生まれ変わりだったりする？翻弄《ほんろう》される宵丸さんかわいそ〜、とかそういう優しい気持ちになんないのか？」

「私は無害な人間です」

「胡散《うさん》臭い顔を見せやがって……、人間、嘘つき！」

兎みたいに足をダンダンと鳴らす宵丸にかまっていたら話が長引くので、雪緒は視線を正面側に戻した。

三雲は、伊万里のように呆気《あっけ》に取られた顔をして雪緒を見下ろしていたが、ふいに声を上げて笑い出した。歯を剥《む》くような粗野な笑い方だ。雪緒は怯《ひる》み、首をわずかに仰け反らせた。

「雪緒は、読めないなあ！」

「うっせえ、勝手に読もうとすんな。無礼。いいかこいつ、忠告しておくが、雪緒の戯言《ざれごと》を真に受けんなよ。受けたら引っ叩《ぱた》く」

宵丸がぎゃんぎゃんと言い返すが、三雲は気にせず笑いを漏らす。

それにしても魅力のある鬼だ。雪緒は一歩引いた目線で感心した。体格もよく、顔立ちも美しい。きゅっと切れ上がった瞳と揃いの薄茶色の短い髪は、前髪を後ろへ流して額を出すような形で整えられている。向き合うだけで圧倒される雄々しさがある。いつもは大胆に胸をはだけさせて派手な格好をしているから、荒事を好む武神のようにも見えるが、今日はかしこまった水干を着ている。そのおかげでどこか近寄りがたい空気が漂っている。

「娶れとせがむのなら、どうせならもっと女の目をしてくれ」

　三雲が笑いをおさめて言う。

「あーん？　調子乗んなよこの鬼野郎が。なんならそこの草むらで屍《しかばね》になってみるか？」

　宵丸が片手で強引に雪緒を下がらせ、まるで輩《やから》のように顎《あご》をクイッと突き出して挑発した。

　調子が悪そうだった伊万里までもが額に皺《しわ》を作り、上唇をめくって歯を剥くという怒りの表情を浮かべ、三雲を睨みつける。もうちょっと自分の美貌を大事にしてほしい……、と雪緒は密《ひそ》かに残念になった。

　あからさまに敵意をぶつけられた三雲はというと、彼らをまったく相手にしていなかった。この場には自分たち二人しか存在しないとでもいうように、一心に雪緒を見つめている。

「もーほんっとやだ、この自己中鬼野郎！　俺は雪緒の背後霊……いや敬われるべき偉大な守護神だぞ！　雪緒に関わる問題は俺にも全部関係すんの！　一蓮托生《いちれんたくしょう》！　次にこの距離で俺を無視したら、全身の皮を剥ぐからな！」

　宵丸が目尻に薄く朱をはき、片足で何度も地面を蹴《け》りつけた。まるで癇癪《かんしゃく》を起こした童《わらべ》だ。

　三雲は少しばかり煩わしげに頬を歪めたが、それ以上の反応は見せなかった。目線すら宵丸に向けようとしない。

悪いと思いつつも、「ぐああ」と、呪《のろ》いの呻きを聞かせる宵丸を、雪緒も無視した。

「雪緒はすごいな。心の星が壊れてもまだ御館を重んじている。おまえを求める三雲に婚姻を持ちかけることで、鬼の災いを堰《せ》き止める心算だな。その請願だけでも抑止力になる」

三雲は耳をいじりながら、本当に感心したという口調で言った。

「……そうです、三雲」

雪緒は否定しなかった。するものでもなかった。

「私の中心にはいつだって白月様が存在します。そこはもう変わらない……、だれに卑怯《ひきょう》と笑われようと、悪神かと恨まれようと、白月様が守る郷のために、私は生きます」

「なるほど。白桜は雪緒にそう誓わせるほど荒れ果てているのか。浄化に鬼の力も借りたいか」

こちらの意図などお見通しのようだ。

事を急がねばならないほどに白桜には猶予がない。これも否定しない。

「——由良の婚儀に不服か、雪緒」

「はい。あんなふうに、由良さんを……痛めつけてほしくなかった」

強い口調にならないよう雪緒は注意した。が、感情は隠し切れない。

三雲がゆったりと腕を組む。全身を強張らせている雪緒とは対照的だった。

「よくわからないな、由良はおまえにとってそこまで重要な者なのか?」

「由良さんは、私の良心の形をしていました」

「良心？　あれが？」

訝しむ三雲にうなずく。

「由良さんに何度も心を救われました。私のほうが比べようもないほど弱いのに、それでも守りたいと感じる方……感じさせてくれる方だったんです」

「ふうん……」

「私は由良さんを取り返すことができますか？」

「できない」

こちらの願いを三雲は迷いなく退けると、わずかに憐れみを目に乗せた。

「そうか、白月への助力を願うばかりでなく、由良に対する贖罪《しょくざい》の意味もあって鬼への輿《こし》入れを望んでいたのか。……しかし、おまえの心は、いつもなにかに後悔しているな」

三雲の言葉に裏はない。彼は感じたままを素直に口にしている。

だからこそ苦しいものを雪緒は感じた。そうだ、自分の選択にはいつも後悔がつきまとう。

単純に力不足で、認識も甘い。経験も度胸も、なにもかもが足りない。

「三雲は」と、彼は躊躇《ためら》うように言って、乾いた唇を舐《な》めた。

「先の誘いが打算によるものであろうと、三雲はただ雪緒を愛するだけだ。だからおまえが娶ってほしいと真に望むのなら、あえて断る理由もない。でもな」

断れよこらっ、と噛みつこうとする宵丸を、彼よりはまだ分別のある伊万里が抑えている。彼女はこの話の行方《ゆくえ》が気になるらしかった。

「でも、雪緒自身の幸せは？」

三雲が困ったように尋ねてくる。

「雪緒の幸せと希望はどこにある？　それは本当に雪緒自身の望みなのか？」

優しい声音に息が詰まる。

ちょっと気遣われた程度で簡単に動揺してしまう自分が恨めしい。

しかしすぐに、いやこれは「正解」の反応だ、と雪緒は冷静に考えた。人間らしく心をゆらし、迷う様子を積極的に周囲の者に見せるのだ。そう決めている。

「私が幸せじゃないように見えるのなら、いつか三雲が幸せにしてください」

「……すごい殺し文句だな」

三雲が苦笑する。

「まあ、そうせがまれるのも悪くはないが。うん、そうか、三雲がおまえを幸せにすればよしと」

頬を薄桃色に染めてはにかむ三雲の様子に、雪緒は毒気を抜かれた。

この鬼様と会話をすると調子が狂う。こわがるべきなのに、ほっとしそうになる。

「おいこらあ……背中の痒くなるようなふわっふわした気配を漂わせてんじゃねえぞ、この鬼野郎が……」

宵丸が歯をぎりぎりと鳴らして三雲を威嚇する。こっちはこっちで好き勝手な発言をするし……、と雪緒は項垂《うなだ》れる。自由な彼らを見ていると、時々、自分の悩みや決意なんて河原に転がる石ころのひとつと変わらないくらい小さなもののように思えてくる。

「……悪いけど、宵丸さんが警告されたように、いまの雪緒さんの誘いはなかったことにしてもらえる？」

硬い声でそう割りこんできたのは、背後に控えている伊万里だ。

ゆるみかけていた場の空気をふたたび緊張させる拒絶だった。伊万里は雪緒の腕を掴んだ。背後に視線を流せば、伊万里は、三雲を厳しい目で見つめている。

伊万里さん、と雪緒はつぶやき、若干の疎ましさを覚えながら視線を三雲側に戻した。

彼女の意見は、いまの雪緒にとって余計なものでしかなかった。

「いえ、伊万里さんの発言は気にせずに――」

「だめよ。あなたまで鬼に嫁ぐなんて許さないわ」

伊万里は即座に言葉をかぶせてきた。

いいぞ押せ押せ、と宵丸が両手の人差し指をくねくねと動かし、適当な応援をする。

「なんだ、この女」

三雲はたったいま伊万里の存在を認識したとでもいうように、不審げに彼女を見下ろした。

悪びれる様子もない三雲のそうした傲慢《ごうまん》な態度に屈辱を抱いたのだろう、背後の伊万里が怒りを呑みこむ空気を雪緒は感じ取った。

「梅花の匂いがする」

三雲はそう独白すると、急に雪緒へと大きく一歩を踏み出した。と思いきや、ぎょっとする雪緒の横をすれ違うようにしてさらに一歩踏みこみ、自らのほうへ伊万里の肩を乱暴に引き寄せる。

「ちょっと、あなた！」

一拍遅れて振り向いた雪緒の目に映ったのは、なんとか転倒しないよう踏みとどまる伊万里と、その彼女の首筋あたりの匂いを嗅《か》ぐ三雲の姿だった。

「三雲、なにをしてるんですか！」

ひょっとして獣のように伊万里の首に噛みつくつもりか。惨事を予感し、雪緒は焦ったが、三雲はすぐに顔を上げ、考えこむような仕草を見せる。

「半精」

と冷淡な声で断言し、

「雪緒にとってこの女はあまりよいものではないか？　不義の囀《さえず》りが聞こえる……だが、難しい。これはどうも……。いや、もう面倒だな。とりあえず食っておくか」

自問のあとにそんな短絡的な結論を出す。

まさか鬼に予知の力でもあるわけではないだろうが、伊万里の匂いから三雲はいったいなにを知り得たのか。どうであれ、しっかり考え抜いた末の答えではないはずだ。

こういう浅慮と間違われるほど面倒がって、早々と無慈悲な決断を下すところなんか、隙《すき》あらば人を食いたがる耶花とそっくりだ。さすがは鬼の姉弟。

「不義って、どっ……どういう意味よ！　なんの関わりもない者が、勝手に私を判断しないで！」

三雲の奇行に怯え切っていた伊万里が我に返って反論の声を上げ、前に出てきて、雪緒の腕を掴む指に力をこめる。

「声がうるさい……」

「確かにいままでの私は、この人にとって善《よ》き者ではなかったかもしれないけど……、そういう巡り合わせにあったのかもしれないけどっ、こ、これからは、違うっ！　違うように、変えていくつもりなのよ！」

伊万里の必死な宣言を聞いて、雪緒は、おっ、と意外に思った。

伊万里は、先ほど三雲が漏らした不穏な独白を、未来予知ではなく過去を覗いた末の判断である、という形に捉えたようだ。

その上で、雪緒と対立する定めなら、それに抗《あらが》い、未来の道を変えたいと望んでいる。

「邪魔をしないでちょうだい、あなたなんか、あなたたちなんかに、もういいように利用されたりしないわ！」

　しかし、ぶるぶると身を震わせるくらいの伊万里の懸命な反駁《はんばく》も、基本は無情な三雲には効果がない。すっかり興味をなくしたという怠《だる》そうな表情を浮かべ、雪緒を見る。

（この目、『もう食っていいか？』と、訴えてきているに違いない……）

　雪緒は頭を抱えたくなった。

　視線ひとつのみだろうと一応はこちらに断りを入れてくれただけましってもの、と感謝すべきだろうか。鬼との付き合い方って本当に悩ましい。

「伊万里さんは……この半精は私付きの者です。私のもの、所有物なんです。食べたらだめですよ」

　雪緒は彼女の立場を明確にし、擁護した。

　しっかり牽制しておかないと、目を離した隙にぱくっとやられそうだ。

「雪緒憑き？　これが？　この程度の女が？　なぜ？」

　伊万里は、先の祭りの『戦利品』であり『報酬』なのだが、その事実を本人のいる前で告げるのは少々ためらわれる。それに、微妙に異なる意味に解釈され、かつ、軽視された気もする。

「私が、私に必要だと思って、手に入れた人です」

　手出し無用の意思を婉曲《えんきょく》に伝えると、三雲にはすこぶる不満そうな顔をされた。

　宵丸からは「大ばか人間野郎め」と、低い声でぼそっとつぶやかれたし、雪緒に所有物扱いされた伊万里からは、それどういう気持ちなのかと聞きたくなるような奇妙な表情を返された。だれにも自分の奮闘を理解されなかった雪緒は、いや、こうでも言わなきゃあなた殺されるんだけど、と内心やさぐれた。

ともかくもここらで非道な会話は終了したかったのに、三雲は止まってくれなかった。

「面倒事は食うに限る」

「限りません」

雪緒の否定にかぶせるようにして、それはちょっとわかる、と小声で鬼に同調したのは宵丸だ。だよな、とはじめて宵丸を認める顔を三雲も見せる。こんな邪悪な意気投合はやめてほしい。

「なんっ……なの、この鬼……！」

伊万里が苛立《いらだ》ちの声を上げる。だが得体の知れぬ三雲への恐怖は、そう簡単には消せないようだ。半歩ずつあとずさりし、雪緒の背に張りつく。再度強く腕を掴んでくる。

「雪緒さん、どうにかして……！」

こちらに触れている伊万里の手には、情を捧げた存在を……雪緒を守ろうとする覚悟が立ち昇っている。一方で、助けてほしいと縋《すが》り、雪緒を盾にしているようにも思える。

自分よりも格上の相手に言い返す度胸はあるのに、あと一歩が足りない――雪緒の背から出られない。そこに伊万里の無自覚の弱さが滲《にじ》んでいる。この姿を媚《こ》びと取るか、健気と取るかは、人によるだろう。

（伊万里さんも私と同じくらい、いつもなにかに腹の底から怯えて、必死だ）

望まぬ共通点にふたたびの疎ましさを抱く。雪緒は自分の腕から伊万里の手を外した。その行動を拒絶と勘違いした伊万里が傷ついた表情を浮かべる前に、彼女の手をさっと握りしめる。

（そりゃ、こわいよね。人の常識でははかり切れない、まことの『人外』と対峙《たいじ》しているんだもん）

冷酷非情な鬼相手に言い返せる勇気は本物だ。そこは素直に賞賛すべきだ。雪緒はそう自らを宥《なだ》めた。なのに、そのそばから同情と、仲間意識と、姉妹に向けるような淡い愛《いと》おしさ、どろっとした嫌悪感が胸中に流れこんでくる。最後のは、同族嫌悪で間違いなかった。

どうも雪緒は、伊万里に対してだけは子どもじみた反発心を隠すことができずにいる。同性の友人だとは純粋な気持ちで言い切れない。

「……話し合いは、このへんでいいでしょう。私たちはそろそろ」

これ以上は埒《らち》があかない。雪緒は自身への溜め息をこらえ、やんわりと辞去の意を三雲に伝えた。三雲は、きょとりとした。

「耶花と由良には会っていかないのか。本来は同輩以外の接触など許さないが、雪緒なら」

特別だと言いたいのだろう。だが――本当に人外の心模様はどうなっているのか。

比較的雪緒に甘い三雲でさえ、本質はこうだ。雪緒が彼らの婚儀に反対しており、ひどく傷ついてもいるとわかった上で、平然とそれを聞く。

あんな光景を見て、会いたいわけがない。会えるわけが……。

「いつか、取り返したい」

雪緒は囁いた。由良を、ではなくて、切り刻まれた彼の影を取り返したい。耶花との結婚だけなら、呑みこむことができる。

「無理だ」

三雲は、雪緒の望みを正確に読み取り、短く退けた。

そこは甘くなってくれないんだな、と雪緒は失望した。だが今日の自分は長として鬼の婚儀に参列を果たしている。情けなく項垂れては面目が立たない。

――長といっても、利用価値があるってだけのつまらないお人形のくせに。

そう自分を嘲笑《あざわら》う声が腹の底から響いてきた。心が生み出す濃厚な悪意を、深呼吸でねじ伏せる。利用価値があったおかげで、ここまで生存できたのだ。

三雲に別れを告げ、すっきりしない表情を浮かべる二人を伴って、重い足取りで歩き出す。

「くるまを呼ぶ」と、大きな鳥居の手前で宵丸がそう言い、傍らにずらりと控えているくるまのほうへ近づいていく。雪緒は、伊万里とその場に待機した。

参列客の帰りを待つくるまの列から大して離れているわけではない。雪緒のそばにはこうして周囲を警戒する伊万里が残っており、危険という危険もない。

けれども雪緒はふと、よそ見をした。なにかに呼ばれたような気がした。白い鳥居の向こうは、霧がかった薄闇に覆われていて見通せない。そのはずが、ぼおっと提灯のような赤い光が鳥居の向こうに浮かび上がった。雪緒は暗い井戸を覗きこむように、目を凝らした。狐火《きつねび》だ。ぼおっ、ぼおっ、ぼおっ、円を描くように狐火が五つほど鳥居のなかに浮かび上がる。ああ祟られた、と雪緒は瞬時に察した。いや、これは神隠しの合図か。

慌てて宵丸を呼ぼうと振り返れば、すでに景色は一変していた。

「……白月様」

「やあ、ついうっかりと……じゃなくて無論故意ではあるが、うん、おまえ様をめくらましの罠《わな》にかけちゃったな」

そう明るく不穏な発言をしたのは、当然ながら白月だった。

彼は狐尾をゆらゆらと動かし、にんまりした。

「ほら雪緒もご存じだろうが、俺って献身的で愛にあふれた狐様だろ？　でもこんなに貞淑な俺だって、たまにはかわいらしく嫉妬《しっと》を表に出してしまうこともあるんだ」

「かわいらしく」

「は？　なんだよ文句でもあるのか？　雪緒が不用意にも由良を必要以上に気にかけたせいなのに……。で、不義理を知れば、狐の性分として祟らずには……隠さずにはいられないだろ」

切なげに俯いた次の瞬間には、キッと雪緒を睨みつける。

「おいおまえ様、どういう了見で由良のやつにそこまで心を砕きやがる。事と次第によってはこんな気軽な感じじゃなくて、もっと真剣に祟るぞ。いい加減にしろよ」

「言い訳をするのか怒るのかはっきりしてくださいい……っていうか、やっぱり祟りのほうじゃないですか、この状況。そんな気軽な調子で祟ることってあります？」

「両方だ。祟って、のち、ちょっと隠した。でも案ずるな。すぐに溶かす」

お狐様が無邪気に耳をゆらしてはにかむ。

雪緒なんかちょろいからこれで騙《だま》せるだろ、というひどい思惑がうっすら透けて見えるような表情だったが、確かに言い返す気はなくなった。このお狐様は妙な場面で演技をする。ただし蝋《ろう》が燃え尽きるより早く飽きがきて、本性を露《あら》わにするが。

雪緒は平べったい目で白月を見やったのち、周囲の状況をさっと確認した。

――まったくどういう趣向か、ほんの一瞬前まで白い鳥居の前にいたはずが、雪緒たちはいま、巨大すぎるほどに巨大な水墨画の上に座っている。視認可能な範囲の地面が画紙に変化しているというべきか。趣のある水墨山水画だ。薄灰色に煙る山には、白蛇のようなうねりを見せる滝が流れている。細かな飛沫《しぶき》が靄《もや》を生み、ますますの幽遠な情景を作り出している。

奇怪な話だが、そこに描かれているものはすべて生きていたし、動いていた。山を貫く滝も、草むらに消えていった縞《しま》模様の白い虎も。風にあおられた枝葉もまた、わずかにゆれている。少し離れた位置に描かれている岩石や木々の一部などはとうとう物量を得て実体化し、地表に飛び出していた。雪緒たちの場所から遠ざかるにつれ、地表に突き出る傾向が強まっているようだった。

「……それで白月様、私を祟った本当の理由はなんでしょうか」

雪緒は座り直して恐々と尋ねた。と同時にさりげなく図画の表面を指先で撫《な》でてみたが、感触的にはただのざらついた荒目の紙にすぎなかった。もしこの画紙に穴を開けた場合、その下はどうなっているのだろう、と雪緒は少し気になった。

「まことの理由はさっき言った通りだ。単なる悋気《りんき》」

白月がむっとしたように答える。

そんなわかりやすいごまかしを……と雪緒は眉間《みけん》に皺を寄せたが、白月は訂正しない。

変な空気が流れた。白月の両耳はゆっくりと前方に倒れたし、狐尾も、ぱたん……ぱたん……と居心地が悪そうにゆれ始める。彼の耳や尾は時として表情よりも雄弁に感情を表す。

「もういい。俺がなにを言っても雪緒は信じない。――この前だって、俺がおまえ様の傀儡を食い殺したと信じた。違うと否定しても、いや、違うとわかっても、雪緒にはもはや大して変わりはないんだ」

「……どうであろうと、白月様を信じているだけです」

雪緒はいくぶん戸惑いながら答えた。

先月に、色々あって狐形のお宮に閉じこめられ、そこから脱出している。念のためにと作り出しておいた自分の形の傀儡が、そのとき白月に食い殺された。

「うん、そうだろう。雪緒は、あきらめてしまった」

なにもあきらめていない、と雪緒は戸惑いを深めたが、白月は物憂げに視線を落とす。

「だったら俺は行動で示すしかない」

白月が自分に言い聞かせるようにつぶやく。

「御館として言わせてもらうぞ」

と、意識を切り替えた様子で前置きされ、雪緒も自然と背筋が伸びた。

「どれほど不服であろうと、由良の結婚に異を唱えるのはよせ」

「それは……。私には難しい命です」

「あれらはもう結びついた。おまえ様の目には由良の変質が悲劇に映るのかもしれない。ああ、種を書き換える大きな変質だ、確かに悲劇ではあるだろう。が、それで情に負け、阻止すれば、べつの悲劇が降ってわく」

「そうなんでしょうか。先を読むことと、先を恐れることは、私には紙一重のように思えます」

「言うじゃないか」

白月は楽しげに頬をゆるめた。だがそれも一瞬で冷徹な眼差しに戻る。

「人には見えぬ約定の糸が絡んでいる。呑みこめずとも、受け入れろ。今後、こうした事案は当たり前のように舞いこんでくるぞ」

「嫌です……」

「嫌と言ってもそうなる。それに、おまえ様には由良の進退以上に気にかけねばならない問題があるはずだ」

白月が足を崩し、胡座《あぐら》をかく。

彼の狐尾が、地上に飛び出しかけていた墨色の小鳥をぺちりと叩く。哀れな小鳥は画紙のなかに押し戻された。小鳥が慌ただしく羽を動かし、毛繕いをする。

「なにか、俺に言いたいことがあるだろ」

そう催促されて、雪緒は困惑した。

言いたいこと……、なんだろう。

「……私の命はいまも変わらず白月様のものです」

「そうだけど、いまはそんな話はしていない」

「油揚げ、のちほど紅椿ヶ里に届けましょうか？」

「ええい、油揚げを出せば俺が容易《たやす》く靡《なび》くと思っているだろう！　もらうが！　……違う、そうではなくて——つまり……白桜ヶ里の内情は？　復興の糸口は掴めたのか」

もどかしげに、だが最後にはなにかを譲歩したという様子で不機嫌に尋ねてくる。

「はい。それは——まだ、私も全体を把握していなくて」

雪緒はこちらの反応をうかがう白月から視線を外した。先ほど脱出を止められた墨色の小鳥が雪緒のそばを飛びまわり、やがて遠方へとはばたいていった。

——白桜の全貌《ぜんぼう》はいまだ不透明。その返答に嘘はない。

だが、とうに結論は出ている。

再興は困難を極めると。

雪緒は苦い感情を抱き、十月の末に就巣の儀の後に見た光景をゆっくりと思い起こした——。


——これはいっそ白桜を隅々まで洗い直し、可能なら里の名称も変更して、いちから新たな体制を樹立したほうが賢明ではないか。

（もはや里名が穢れている気がしてならない）

地に満ちる怨念を消し去り、救うには、一度すべてを取り壊す以外にないのでは。

就巣の儀を終えたあとの雪緒の頭に真っ先に浮かんだことといえば、そんな弱気な考えだった。役目を投げ出したくなるほどに里の内状は最悪で、どこから改善していけばいいのかもわからない。生き残りの民――健気にも白桜にとどまっている民の数など、百を下回る有様だ。どれくらいの数がほかの里へ流出したのかも把握できていないし、そもそも民の正確な消滅数も不明、田畑もほぼ全滅、商いの再開も目処《めど》は立たず、家屋も崩壊し、川も泉も腐り果てている。これでは政《まつりごと》を行うどころの話ではない。根本の生活自体が成り立っていない。

各里の支援はあってもそれすら焼石に水で、白桜を機能させるまでには至らず、地を覆う暗闇《くらやみ》はいつまでたっても晴れる兆しがない。それが偽らざる現状だった。

(七月の七夕祭《たなばたさい》であんなに浄化したのに)

雪緒は豪奢《ごうしゃ》な儀の装束もあらためないままに屋城《やしろ》の外縁から里の様子を視界におさめ、落胆した。紅色を中心とした大袖に裙《くん》、玻璃《はり》の玉を飾った領巾など、この淀《よど》んだ景色のなかで一人派手やかに着飾っているのが滑稽《こっけい》に思えてしかたがない。

少し前までは、牛歩というほど遅い動きであろうとも、再興に向けて着実に前進していたはずだ。それが、由良の兄弟殺害後、風向きが大きく変わった。以前よりも瘴気《しょうき》が濃くなり悪化している。

「これではまた、いつ常闇《とこやみ》が忍び寄ってきてもおかしくはない」

途方に暮れる雪緒にぬらっと歩み寄り、そう嘆いたのは、白い桜の模様の入った漆黒の装束に身を包む古老だ。白桜に到着後、顔を合わせた彼から雪緒はこう紹介を受けている。

「我が名を涅盧《ねろ》と申します。ほかの古老はどこへ消えたか……、堕ちたか、溶けたか、焼かれたかも知れぬことで。気がつけば老耄《おいぼれ》どものなかで生き残ったのはこの涅盧のみです。先の長とはどうにも折り合いが悪く、そのためか下僕どもにしばらく冬眠しろとうるさくせがまれて、数十年ほど惰眠《だみん》を貪っていたらこの始末。寝すぎてしまいましてなあ。まあ、ですが、別嬪《べっぴん》な人の子を新たな主人としてお迎えできる栄誉を我一人が独占できたというのは僥倖《ぎょうこう》か。今後お役に立てることもあるでしょうよ、なんでも相談なさるといい」

こんな冗談か本気かわからない挨拶を、からっとした口調で述べる豪胆さがある男だった。

涅盧には実際、様々な場面で大いに助けられている。

あちこちに隠れて暮らしていた民を召集し、就巣の儀の場を整えたのも涅盧だ。しょせんは外様《とざま》の者でしかない雪緒たちだけでは、どうにもならなかっただろう。

彼は仰け反るほどの大男で、胴も足もどっしりしており、その姿は巨木を思わせる。顔は皺だらけだが、後頭部でまとめられている黒髪は艶《つや》があって若々しい。並外れた巨魁《きょかい》という面を除けば姿形は人と変わらないために、なんの種の妖怪であるかはいまだわかっていない。

「上里の屋城、祓を行う一画でしか暮らせぬようでは、里の外まで散った民を呼び戻すこともできないでしょう」

豪放な涅盧が皺の多い顔をさらにしわくちゃにしてこう憂慮するほどだ。本当に里の再生の見通しが立っていない。

胸に抱える思いは似たようなもの、なんならすべての一新を視野に入れるほど悲観的な考えに傾いていようとも、長の座に据えられた雪緒までが匙《さじ》を投げるわけにはいかなかった。

「では、ぎやん祭りの加護でもって、白桜ヶ里を再建しましょうか」

雪緒はなんとか打開策をひねり出して涅盧を振り向いた。頭三つ分も身長差があるので、自然と涅盧を見上げる形になる。

「ぎやん祭り――神楽月の銀杏祭《いちょうさい》ですか」

ふむ、と涅盧がぬっそりと隣に並び、脂気のない乾いた太い指で自身の顎を数度掻《か》く。

雪緒はなんとはなしに、その太い指の先についている艶《つや》を欠いた丸い爪を眺めた。

「しかし、ぎやん祭りは長寿と繁栄を祈るものであって、祓の神事としての効力は期待できぬのではありませんか」

「本来の意味であればおっしゃる通りなんですが、銀杏の葉の形は鳥の足、また翼にもたとえられます。この葉を見立てとし、踊らせ、里から運ばせるのです」

蜻蛉《かげろう》を飛ばせた先月の祭りから着想を得た案だ。

厄払い。祭りが抱える面のひとつにもかなっているため、無理な話ではない。

「運ばせる？　厄をですか？」

「はい。厄が去れば、銀杏の実が落ちる。実りも得られる、という寸法です」

涅盧が話を咀嚼し、ひとつうなずく。顔に走る無数の皺が彼の本心を覆い隠しているように雪緒には見える。

「果たしてそううまくいきますか」と、淡々としながらも嫌味のない穏やかな口調で涅盧が問う。

「厄を運ぶ者も選出せねばならぬでしょうが、いまの白桜に、その不吉な大役を請け負い、無事にこなせるような器用な者がいるのかもわからない」

「そこは、これから交渉してみたいと思っています」

「あてがおありか」

「あてというか……」

雪緒は口篭《くちごも》った。

白桜出身ではないが、このおぞましくも重要なお役目をこなせそうな逸材に心当たりがある。その者には、厄に耐え得る力量もじゅうぶん以上に備わっているはずだ。力があればだれでも担えるわけではない。見立てとするにふさわしい理屈がなくては祭りが成立しない。

ただし、その本人が快くお役目を引き受けてくれるかどうかは未知の話だ。

涅盧は少しのあいだ、雪緒を観察するように眺めまわした。

「私の長は、ふしぎな女人であられるなあ。額をひとつつきするだけで吹き飛びそうなほどに脆《もろ》く見えるが、我が巨体に臆することもなく、まことに白桜を復活させようと思案されている」

「そのためにここへ来ましたので」

「意地悪くあげつらうつもりはないが、あなたは我が里の生まれではなかろうに。命を賭《と》すほどの思い入れもないはずだ。いや、確か、御館の奥方であったか。となると、御館の世への貢献が本命ですか」

　涅盧は雪緒の背景には詳しくなさそうだ。だが、事情を知らずとも──雪緒の経緯とそこに絡まる多数の情念を無視すれば──彼の指摘は正鵠《せいこく》を射ている。白月への貢献。それ以外にない。雪緒は輝くことも忘れたぼろぼろの恋ひとつを武器に、のしあがろうと目論《もくろ》んでいる。

「元です、元妻」

「元妻とは」

　愉快そうに涅盧が分厚い唇を歪める。

「別れましたけど、まだ好きなんですよ、白月様のことが」

「ううむ、これは……男女の機微には疎くてなあ。いや、わからん。惚《ほ》れていたのであれば、なぜ離別を選ばれた」

「……化かされすぎて？」

　お狐様って化かしすぎだと思いませんか。どうせなら災いそのものも化かして、こっちに気づかせないでほしいですよね。すべて騙し切れば、ある意味それも大団円ですよ。でもまだまだなんです、お狐様の化かし術。

　眉を下げてそう答えれば、あっはは、と涅盧が遠慮なく声を上げて笑う。

「いいでしょう、気に入った。長たるもの、最悪を前にしてもこのくらい逞《たくま》しくなくては。なに、仮に失敗しても、豪気な女人とともに滅びるのなら悪くはない」

――記憶の淵から浮上すれば、雪緒の目に映るのは髪も尾も真白の、美しいお狐様だ。

雪緒が回想に耽《ふけ》ってぼんやりしているあいだ、白月もまた物思いに沈み、自身の尾の毛を撫でていたようだった。

「白月様」と、名を呼んで注意を引く。

「私にできることは限られています。次の祭りを利用し、里の淀みを払うつもりです」

「祭り？　ああ、ぎやん祭りか？　それとも天真祭《てんまさい》か、たたらいひめ怨祭か、とりかり大祭か」

白月が尾を手放し、顎を撫でる。過去の涅盧が見せていた仕草を雪緒はそこに重ね、「ぎやん祭りです」と、返した。

「十一月にもいくつかの重要な神祭が揃っていますが、そのなかなら、ぎやん祭りが一番明るくて穏やかな内容かと思いました」

「ほかの祭りだと、神々の色が強すぎるって？」

雪緒が婉曲な言い方でごまかした部分を、白月は意地悪な笑みを浮かべて指摘する。

「ええ、はい」と、雪緒は口のなかでもごもご答えた。祭りと神は切っても切れぬ仲だが、たとえば民間伝承の類いから派生した祭事と、神ありきで始まった『神祭』とではやはり格という意味でも違いが生じる。後者などは、行わざるを得なかった祭りだ。

「どうかな」

白月が思いのほか真面目な顔を作り、首を傾げる。

「それでうまくいくだろうか」

……涅盧と同じような返事をされてしまった。強く反対するほどの確信はないが、見込みは薄いとでも言いたげな消極的な反応だ。そのせいか、不安がこみ上げてくる。

「雪緒、長の立場でいるときは、そんなに容易く心模様を顔に出すなよ。年頃の娘としてみれば、素直でかわいいものだが」

知らず顔をしかめていたのか、白月がとりなすようにやわらかな声を聞かせた。

「からかっていますか？」

「まさか。だが成否はともかくも、祭りに目を向けるばかりでは立ち行かないぞ。まずは動かせる有能な者を集めろ。ただの娘だったおまえ様がいきなり政に臨むのは無理がある」

「というより、政を行う段階にも至っていなくて」

弱音を吐く以前の問題である悲惨な現実を、雪緒は溜め息まじりに打ち明けた。だろうな、と白月が冷静にうなずく。

戸籍と関連する『おんな台帳』の再作成、建物の修理、田畑と河川の整備に商いの再開、租の見直し、存命する民への各支援、山林の再生。無知な小娘の雪緒でもこのくらいはぱっと思いつく。例に挙げたものはどれも後回しにできないほど重要な案件だ。なにから推し進めるにしろ、まずは安全な場所の確保が前提となる。今回は再興計画を実現させるための地盤固めの祭りとなる。

雪緒はもうひとつ息をつく。民目線では、抜き差しならぬ窮状を前にしても上の立場のやつらはなにもわかっていない、とろとろしすぎだ、腰に重石を百も千もぶら下げているのかと、いくつも罵詈《ばり》雑言が思いつく。実際、紅椿ヶ里で暮らしていたときにもそういう愚痴を見世の常連客から聞いている。が、いざ自分がその、上の立場とやらになると、もうやることがたくさんあって、面倒臭いのなんの。

ひとつ行事を推進するには決を採《と》らねばならないが、その案を通すため、最初に談合の場を設けることになる。となれば、談合の開催に値するかどうかの採否を決める必要が出てくるわけで、恙《つつが》なく運ぶためにも様々な根回しをせねばならず、それには文書を作成して云々《うんぬん》……と、まわりくどいにもほどがあるし、無駄でしかないとすら思う。

最終的には『弱肉強食』の掟《おきて》が勝ち、『力業で解決』となる場合が大半なのに、なぜこうも人間の真似事……『政』にこだわるのか、正直なところ、雪緒にはさっぱり理解できない。

「……俺が…………うん、雪緒の後ろ盾となって指示すれば、手間を取らずにさっと解決できる事柄がいくつも」

「御館は白桜ばかり贔屓《ひいき》している、とほかの里から睨まれます」

「元妻の特権で」

「その特権を振り翳《かざ》して白桜の長に立ったようなものなので、これ以上の支援は」

「ヒトの保護を名分に、裏から働きかけるという手も」

「郷には私以外にも人族が存在しますよ」

提案を雪緒が跳ね返すたびに、白月の耳の角度が下がっていく。

「俺が子狐にでも変装し、その場その場で助言をするだけでも」

「白月様は変装が得意ですけど、すぐぼろが出るじゃないですか」

「出たところでなんの支障が？」

「楓様が泣きますよ、また白月様が紅椿を脱走したって」

「……はー！　小憎らしい！　もういいっ、好きにやってみろ」

差し出された厚意をすべてまっとうな理由で退けたら、白月が我慢の限界を迎えた様子で叫んだ。

「……あの、でも、少し意外でした」

雪緒は、やさぐれ始めたお狐様に声の調子を変えて言った。

「なにがだよ」

「白月様は私の里長就任の話に反対されていたので、渋々認めはしてもきっと協力まではしないだろうって思っていたんです」

「忘れたのか、おまえ様を見守ると約束しただろ」

「あれは、御館様目線での社交辞令というか、建前かと」

「建前であろうとなあ！　言霊《ことだま》として差し出せばそこに力が巡るだろうがよ！」

ものすごくやさぐれている。狐尾が針鼠《はりねずみ》化し、とげとげ状態だ。

「……わかっているんだ、いまはおまえ様にできるだけ多くの徳を積ませねばならない。それには長の身分がうってつけだ。多数の民からの尊信が徳に化ける。よくわかっている。因果という獣から雪緒が身を守るためには、そうするしか」

白月は眉間に濃い皺を作り、呪わしげにぶつぶつとつぶやき始めた。なにか葛藤《かっとう》しているようだ。たまに、白月の目には世がどう映っているのか、雪緒は覗いてみたくなる。人間の視野とは違ってもっと煩雑で多彩なのか、それとも荒野のように味気ないのか。

「そばに俺がいたら、因果の獣は目を輝かせ、勢いをつけてしまう。俺が近くにいすぎたら……」

俯いていた白月が急に、ばっと顔を上げた。

雪緒もつられて肩をゆらし、ふと地面の図画に視線を奪われた。風情のある墨絵のはずが、どうしたことか、山々の木々が赤く色づき始めていた。

「……蕾《つぼみ》をつけ始めている？」

雪緒の発言に、白月が舌を鳴らす。

咲いているのは、梅の花だった。

図画内の木々が突然蠢《うごめ》き、蔓のように地表に枝を這《は》わせる。意思を持った生き物の動きだ。あっという間に図画を覆い尽くす。

枝の蕾が次々と開き、乙女《おとめ》の唇のように赤くつやめいた。花はみっちりと、雪緒のまわりを彩った。濃厚な芳香にむせかけたが、花に雪緒を害そうとする意思はないらしかった。

「忠犬の真似か」

不満そうに白月がこぼし、雪緒を恨めしげに見やる。

この場にはいま、自分たち二人しかいない。が、こんな皮肉な言い方をするくらいだ、白月は犯人じゃないだろう。もちろん雪緒でもない。

このふかしぎな現象を引き起こしたのは、彼の言う『忠犬』とやらだ。

「まあいい、すぐに解放すると約束したしな。反撃はしない。——雪緒、祭りの件はひとまず好きなようにやってみろ。ぶつからなければ見えぬこともある」

白月が雪緒に向けて億劫《おっくう》そうに手を振った。

別れの合図と気づいて、雪緒はとっさに彼へ手を伸ばそうとした。すると、雪緒を囲む梅の花から、幽霊みたいに透けた女の腕が何本も出てきた。驚きはしたが、悪意は感じられない。

いや、それどころか、守ろうとする意思が見える。そのたおやかな腕の群れが雪緒の身をそっと包んだ。梅の花が大きくざわめく。攻撃的な匂いを放つ。――「この子を返して！」と、ゆれる梅花が、忌々しげに見守る白月に対して声高に訴える。女の声だ。返して、返して、帰ろう、返せ。こだまする。雪緒は耳の奥を貫く声と強い香りに一瞬くらりとし、視界が霞んだ。

――慌てて瞼《まぶた》を開けば、神隠しは終わっていた。

✽

数度の瞬きで梅の花の残影を振り払えば、雪緒の前には、息を荒げ、額を汗で濡らす伊万里がいた。雪緒の肩を掴む両手は熱湯をあびたみたいに赤く染まり、水膨れができている。険しい目をした伊万里の顔を覗きこむと、彼女は、ふっと力を抜いて、安心したように微笑んだ。

「お帰りなさい」

「……うん」

伊万里が、白月の神隠し……妖術《ようじゅつ》に囚《とら》われていた雪緒を取り返したのだ。両手の火傷《やけど》はその代償に違いなかった。

　雪緒はもとの場所、鳥居のそばに戻っていた。

「大妖の術を破るなんて、無謀すぎます」

　雪緒は自身の腕からそっと彼女の手を下ろし、火傷の状態を確認する。

「私、だって、あなたのものなのよ」

　伊万里は優しい声で言った。

「雪緒さんは私を信用していないでしょ。それでも私に同情して、先の祭りで拾い上げた。放っておけばよかったのに。私を恨んでいるくせに切り捨てられないなんて、ばかな人だと思うわ」

　まさかこの場面で喧嘩を売ってくる気じゃないだろうな、と雪緒は警戒した。

「単なる同情じゃないんですけど。そんな優しくて生ぬるい感情と一緒にしないでほしいです」

　清水のように澄んだ感情だけであったらどれほどよかったか。

「あなたみたいな人はきっと、強く優しく立派な人には見向きもしない。自分が気にかけずともこの人は大丈夫、って平然と決めつけて背を向けるんだわ。たとえその相手が実際はそうじゃなくても。私みたいに歪んでいて、見るからに邪悪で、だけど助けが必要な相手のほうに駆け寄らずにはいられないのよ」

「そう言われると、私が見かけだけで判断するただの考えなしみたいじゃないですか……」

その私、嫌なやつすぎない？　としょげる雪緒を、伊万里はいくつもの感情が星のように瞬く目で見つめた。

「私は雪緒さんが最終的に見せた善意を、苦しいとも屈辱とも嬉《うれ》しいとも思うし、いつか……そう、いつかは、同情じゃなくて、私だから選んだのだと、そう確信してほしいのよ。だって、むかつくじゃない。なんで私ばかりがあなたに対してこんなに色々感じなきゃいけないの？」

「素直であることって、必ずしも美徳にはつながらないと知っていますか」

「あなただって、もっと色々感じなさいよ。鈍いわね」

「な、なんてふてぶてしい……」

この……っ、と雪緒はお行儀悪く罵《のの》りそうになった。

「でも、雪緒さんの心が色づくまでの道はきっと遠い。私は自分が嫌になるほど迷いやすくて、逃げ癖があることを知っているもの。芯から弱くて、ずるいことを……」

彼女は表情を隠すように俯いた。

見栄っ張りめ、と雪緒は胸のなかでつぶやき、渋面を作った。悪態をついて心を武装しなきゃ生きていけなかった女が目の前にいる。苛立つほど弱々しく、必要とされたがりの孤独な女だ。雪緒自身の姿とも重なるから、いっそうの嫌悪感と焦燥が生まれる。

「だから、もうたくさんの選択肢はいらない。あなたを守るために生きたい」

優しいが、悲しい誓いだ。

まだ雪緒のなかには、伊万里に対して割り切れない感情がある。簡単には許せない。けれど、もしも彼女が人の血を継いでいなければ、雪緒はここまで恨みを持ち続けることはなかっただろう。そんな卑劣な自分に、むしゃくしゃする。弱さはここでは悪なのだと、弱者の自分が一番差別しているのだ。

「……守るのは、私の役目なんですよ。これでも長です」

雪緒が感情を押し殺して告げると、伊万里は顔を上げ、微笑んだ。

くるまを用意した宵丸がこちらに戻ってきた。

◎弐・けうに目出度《めでた》しおまつりひ

由良《ゆら》たちの婚儀から数日がすぎた。

安否を問う文のひとつでも送りたいところだが、雪緒《ゆきお》の目の前には放置できない問題が山積みになっている。いまの雪緒はもう愛用の煙管《キセル》が入った小袋だけをぶら下げて気軽に動くことが許されない。習慣として手放せずに携帯しているのが、なんだか虚《むな》しい。

「ぎやん祭りを行っても、改善が見られないなんて」

雪緒は改築の終わった屋城《やしろ》の欄《おばしま》にもたれかかり、力なくつぶやいた。

藍色《あいいろ》の豪奢《ごうしゃ》な装束が重い。首飾りや腕輪の宝石は、責任の重さだ。煙管入りの小袋が、この装束と似合わないったら。

「それでも、お屋城は建て直しができたし、ここらの不浄は取り除けたわ」

雪緒仕えとなった伊万里《いまり》が、自身の手の甲を無意識のようにさすり、慰めを口にする。

彼女は薄紫の水干を身にまとっている。

「少しずつよ、雪緒さん。急ぎすぎて台無しにならないよう、着実に進めていきましょう」

「うん、わかってる。でも」

重い瞼《まぶた》を持ち上げれば、伊万里の言う通り、屋城から見渡せる範囲は黒煙のような淀《よど》みは消え失《う》せている。だがそれは、上里内でも屋城を中心とした一部の区画しか大気の浄化が進んでいない、という意味でもあった。

正直な話、先日のぎやん祭りで、里全体と言わずとも、上里の区画全域は不浄を払拭《ふっしょく》できるだろうと雪緒は目算を立てていた。それなりに祓《はらえ》の儀に通じており、白桜《しろざくら》の地でも自身の指揮の下で成立させた経験がある。自惚《うぬぼ》れ以上のささやかな自負があった。

(甘かった)

痛感する。なにが自身の指揮の下だ。儀を任されたときは白月《しろつき》なり千速《ちはや》なりと、いつだって雪緒よりも知識が豊富な協力者がそばにいた。今回のように、本当の意味で自身が先頭に立ち、大きな儀に挑んだのははじめてだ。傲《おご》れる状況ではない。

現実のままならなさに、束《つか》の間自虐に走ったが、儀自体は成功している。

そこは涅盧《ねろ》や、参加したわずかな民たちも認めるだろう。ぎやん祭りに必須の銀杏《いちょう》の木はほぼ全滅状態……というより、もともと白桜には銀杏の木が乏しい。だがよそから運びこむにしても、いまの白桜にそこまで手厚い援助を申し出てくれる里があるのか。

いや、逐一支援を願うようでは再建など夢のまた夢、人の長《おさ》よお手並み拝見、とこちらの窮状を理解した上で他里の長たちは静観しているに違いない。

しかし、樹木再生の問題は、雪緒ならではの解決法があった。おなじみの蛍雪禁術《けいせつきんじゅつ》だ。ただの幻にとどまらず、本物を生み出すこの禁術で、銀杏の木を確保すればいい。

とにかく祭り当日まで雪緒は禁術を駆使し、必要な祭具やらなんやらの用意に励んだ。

こうした奮闘あっての成功で、保護を兼ねて祭りの手伝いを頼んでいた民たちとの距離も思いがけず近づいたという一石二鳥の結果が出ている。こちらの鬼気迫る様子に屈したともいう。

(成功でありながら、浄化には難航しているんだもんなあ……!)

雪緒は大きく息を吐き出した。疲労がぐっと肩にのしかかる。

「今月にはまだほかの祭りも残っているわ。幸いにも神楽月《かぐらづき》には大祭が揃《そろ》っているでしょう?」

伊万里が手の甲をさすりながら、ふたたび雪緒を励ます。もう消えてしまった火傷《やけど》の痕《あと》を確かめる動作だと雪緒は知っている。痕があった頃《ころ》はどこかうっとりとした目で撫《な》でていた。消えたのちは、自身の不安を宥《なだ》めるために撫でている。

「――いや、それでは長の負担が大きすぎる」

と、どこか飄然《ひょうぜん》とした態度で口を挟んだのは、涅盧だ。

伊万里は世話係、涅盧のほうは護衛という形で、常に雪緒と行動をともにしている。この輪に宵丸《よいまる》も加わるのだが、いまは白桜に籍を移した赤蛇の井蕗《いぶき》と一緒に悪霊退治、土木作業に勤《いそ》しんでいる。人手不足なのだ。それ以上に資源も。

「長の禁術は見事なものだが……」

そこで言葉を切って涅盧が、なんとも言えぬ視線を向けてくる。

「私の長は人の子ゆえに繊細であられるだろう？」

「はっきりと貧弱だと言ってくれていいですよ。体力に限りがあるので、寝ずに禁術を繰り返すことは難しいだろうって――そうであっても、祭りの浄化効果がもっと出ていたなら、強行する意味もあるでしょうけど」

　雪緒はさらにぐったりと欄に寄りかかった。

「ええ、効果は乏しく、なのに負担ばかりが増すともなれば。いま、長が倒れては元も子もない。――ほら、しゃんとしなさい」

　涅盧が大きな背を曲げ、欄の上で失意に溶けかけている雪緒の腕をそっと掴《つか》み、立たせる。

彼の親切はあたたかく、雪緒を傷つけない。なおかつ気性も温和なので、雪緒はつい育て親の設楽《しだら》の翁《おきな》を相手にしたときのように甘えてしまう。

「……あなたに指摘されずとも、私だって雪緒さんの非力具合は把握してます」

　伊万里がむっと眉根《まゆね》を寄せて涅盧を見上げる。

「でも、そういう問題じゃないでしょ」

「やあ、伊万里さんは気が強いなあ……」と、涅盧が頭を掻《か》き、肩を丸める。

「なに？　たかが半精ごときが賢《さか》しいとでもおっしゃりたいの」

「いやいや、そうではなくな。私の長を支えようと気を張っているのはわかるが、万事その調子では視野も狭まるだろうと」

「私が盲目だってこと？　そもそも私の長って言い方は、なんなのよ。なに自分のものにしようとしてるの」

「いやあ……」

言い負かされた涅盧の背がさらに丸まっていく。

幼子と大人《おとな》以上に体格差があり、もっといえば妖《あやかし》としての格すら比較にならないほどだろうに、涅盧は、口でも力でも伊万里を抑えつけるような真似《まね》はしない。あえて加減してやっているという忖度《そんたく》した様子もない。もともとの性情だろう。涅盧のこういうおおらかな優しい態度は、個性的な面々に囲まれて生きてきた雪緒には珍しく、また面映《おもはゆ》くも感じられる。

「私のほうが雪緒さんのことをよく知っているのよ。この人、放っておくと変な方向に卑屈になって、あげく自爆するんだから」

「前から思っていたんですけど、私に対する怪《かい》の方々の評価がひどすぎません？　というよりそれ、伊万里さんには言われたくない……」

なんですって？　と腹を立てた様子で伊万里がこちらを睨《にら》みつける。雪緒は視線をそらし、背を丸めた。はからずも涅盧と同じ状態になっている。

「まあまあ。いや、私が言いたかったのは、人族特有のか弱さの問題ばかりではなく――そもなあ、私の長の操る蛍雪禁術だが、果たしてそれは使い続けて障りがないものなのか？」

「え？」

雪緒は戸惑いとともに、涅盧を見上げた。涅盧は先ほどとは違い、真面目《まじめ》な顔をしていた。

「そも、そも、そも。なあ、私の長よ。禁術、と称するからには、やはりどこかで歪《ゆが》みが生まれるのではないか」

「それは――」

雪緒は口ごもった。

蛍雪禁術がなぜ希少な法術に分類されるのかというと、それは当然、幻影の領域を飛び越え、『本物』を生み出すためだ。

だが――よく考えれば、本当にそんな単純な理由なのか。

変幻自在の妖力《ようりょく》を持つ怪たちが跋扈《ばっこ》するこの世だ。祝福と災いの両方をもたらす精霊に鬼、天地に大きな影響を及ぼす半神までもが当たり前に存在する世界で、『本物』を生み出す程度の術が、それほどの禁忌と危ぶまれるだろうか？

禁術の本質とはなんなのだろう。雪緒は、はじめて疑問を抱いた。

ふしぎはふしぎ、という言葉が許されるのは怪たちだけであって、雪緒は、雪緒の行いは、その範疇《はんちゅう》に当てはまらない。なぜなら『人』だ。それなら。

答えられずに考えこんでしまった雪緒を、涅盧と伊万里が見下ろす。

そのときだ。大きな真っ黒い塊が外廊を駆けてくる。それは雪緒たちの前で急停止した。

「ちょっと、血！　澱《おり》！　せっかくお屋城をきれいにしたのに、汚れる！」

伊万里が悲鳴のような声を上げる。

彼女のいうように、黒い塊の身から垂れ落ちた粘度の高い液体が、外廊の板を汚している。

雪緒は腰にさげていた小袋から、祓の札を二枚取り出した。それを、一枚は黒い塊の頭部と思《おぼ》しき場所に。もう一枚は、黒い塊の頭部に載っていたにょろりと細長いもの――塊と一体化しているように見えたが、雪緒に気づいてぴょこと小さな頭を上げた――に押しつける。

すると、血と澱のまざるぬらぬらとしたその液体が急激に乾燥し始め、黒い塊の身から枯れ葉のように剝離《はくり》された。血と澱の液体を落とし切れば、そこに現れたのは黒獅子《くろじし》と赤蛇だ。

「うああ、生き返る～」

と、黒獅子からさっと変身した宵丸が、肩をぐるぐるとまわして濁った声を発した。赤蛇のほうは人の形を取らず、いそいそと雪緒の手首に巻きつき、そのまま袖《そで》をもぐっていった。

「悪霊退治をがんばってきた俺《おれ》を、心にぱぱっと花が咲く勢いでほめ称《たた》えろ」

「どんな勢いですか」

宵丸に言い返す雪緒に、目を吊《つ》り上げた伊万里が身を寄せてくる。断りなく雪緒の袖のなかに、ずぼっと手をつっこみ、赤蛇を掴み出す。赤蛇は懲りた様子もなく伊万里の腕に巻きついた。伊万里が呆《あき》れたように溜《た》め息を落としたが、好きにさせている。

「もう、廊に落ちた汚れをだれが始末すると……」

伊万里の関心は腕に巻きつく赤蛇ではなく、宵丸がやってきた廊に点々と落ちている液体のほうだ。雪緒もそちらを見やった。

　ぬらぬらとした黒い液体は、雪緒に重油を連想させた。

（違う、重油ではなく、ぼゆ）

　こちらの世界ではそう呼ぶ。要するに、石油全般の総称だ。

　そう、こちらの世にもガソリンと同類の液体状の燃料、石油らしきものが存在するのだが、一般の民にはあまり馴染《なじ》みがなく、ほとんど使用する機会はない。……いや、重油ってなんだっけ。ガソリンって？　雪緒は夢から覚めたように、ふとそう訝《いぶか》しんだ。

「おい、どうした？」

　宵丸が顔を覗《のぞ》きこんでくる。

「穢《けが》れがどっかに付着したかよ」

　と、雪緒の全身をじろじろ見る。その眼差《まなざ》しにつられて、雪緒も自身の体に視線を落とした。今日《きょう》の雪緒は石蕗《つわぶき》模様の藍色の袖に、同色の無地の袴《はかま》を合わせている。あとは首飾りに腕輪など。本来なら羽織りも必要な季節だが、いまのところ、なくとも問題ない。里を覆う淀みがひどく、妙に空気が生ぬるいせいだ。

「してないですよ。ただ、この汚れって、ぼゆに似ているなって思って」

　ぼゆぅ？　と宵丸が変な高い声を出す。なぜか渋面が深々とうなずいた。

「最近の若い者はよお……」

「言葉を軽んじるのは、いかがなものかと……」

二人でうんうんと通じ合っている。

彼らの反応に、伊万里が、「やだ、これだから年寄りって」と、嫌そうに詰《なじ》る。

「はあん？　なんか文句でもあんのか？　俺は恰好《かっこう》いい年寄りだろうがよ！」

あ、年寄り呼びはべつにいいんだ。

睨み合う二人を横目に、「私の長よ」と、涅盧が重々しい口調で言う。説教の気配を感じて、雪緒は、うえっ、と思った。

「言霊《ことだま》に背《そむ》かれぬためにも、正確に言い表すほうがよろしかろう」

「ぅはぁい……」

「きちんと、どろぼ、と口になさい。あるいは、くわいろ。わんぼ。いぼ。ぼしゃ。がしゃがしゃ」

「多い多い」

「多いのよ」

思わず伊万里と二人でつっこんだ。呼び名が多すぎる。

「多くて当然だろうが。物事の生まれとはそんなもんだ。意と音が重なれば重なるほど存在が強くなって、落とす影も濃くなる」

さらっと宵丸に説明され、雪緒は首を傾《かし》げた。

「ですが宵丸さん。呼び名が複数になれば、逆に本質を見失い、曖昧《あいまい》になるのではありませんか」

「だから、その上で生き残ったものは、優れているという証明になんだよ。世に浸透するだけの価値が生まれる。世は弱肉強食」

「な、なるほど」

そう言われたらまあ……、と思えなくもない。

伊万里も、「正しいような、でもなんか違うような」と、悩める表情を浮かべている。彼女の腕に巻きついたままの赤蛇は、こちらの会話には興味がないのか、熱心に袖を食《は》んでいる。よく見れば、袖部分の縫い糸をほぐすといういたずらに勤しんでいるようだ。伊万里は気づいていない。

「んで、おまえらはここでなにしてたんだ?」

宵丸が髪を束ねていた瑠璃《るり》色の組紐《くみひも》を外し、指先で雑に整えながら問う。

「ああ、それは私の長の禁術についてをな」

答えたのは涅盧だ。彼のおおらかさは宵丸にも効力を発揮している。意外と人を選ぶ気質のある宵丸が、珍しく涅盧には友好的な態度を見せている。

「雪緒の術? それがどうした?」

「繰り返しの使用は、いずれなんらかの障りをもたらしはしないのかと。宵丸さんはどう思う？」

「だめだな」

　宵丸の断言に、涅盧はいつもよりも目を大きくした。すぐにもとの細い目に戻る。

「すっごくだめ。なにがだめって、際限なく使えるもんなど、この世にあるわけがねえ。使えば、減るんだ。なにかが」

「ふむ。私の長の禁術も？」

「当然だ。人の子育成指南書にも乱用はならんと書いてある」

　胸を張る宵丸に、「なんと？」と、涅盧が聞き返す。雪緒も、耳を疑った。人の子育成指南書。どこかでそのとんでもない書の話を聞いた覚えがある。

（いえ、それはおかしい。だってその書の話は、いまはもう存在しない幻の世でされている）

　雪緒は背筋が寒くなった。八月に体験した幻の世のひとつで、育て親の翁がそんな奇書をしたためたと言っていた気がする。

　なぜそれを宵丸が知っているのか。

「……宵丸さん、その妙な書物を持っているんですか？　だれかに渡された？」

「あん？　……んあー、あん」

　奇妙な唸《うな》りを聞かせると、宵丸はがりがりと頭を掻いた。

「俺が作ってんの！」

「宵丸さんが？」

「そーだよ。だっておまえがあんまり無謀な真似ばっかするし、俺の忠告もまったく聞かねえんだもの！　人の子ってなんなんだよと悩みまくる俺、かわいそう。たぶんこれ、人と深く接した怪が一度は通る苦難の道なんだ。んで、今後俺みたいな迷える子蟹《こがに》ちゃんが出てこないよう、後進のために人の子の取扱説明書を残してやろうと思い立ったわけ。俺ってまこと親切」

「ああ、それはよい」

涅盧は感心したふうにうなずき、伊万里はひたすら胡散臭《うさん》いものを見る目をした。この場で畏怖《いふ》のような感覚に打たれているのは雪緒だけだ。

宵丸が指南書を作っている？　どういうこと。

「つーか、ちゃんと説明しろ。なんで雪緒の禁術の話をしていた？」

「先の祭りによる祓の効が薄かったと。それで、今月の残りの祭りでも同じように祓を意識して行うべきか否か、と話し合っていたのだが」

「あー、なんっにもねえもんな、白桜！　祭具ひとつ準備するのにも手間取った。銀杏の木の手配ですら雪緒の術で乗り切ったんだったな。……ふうん、それで雪緒の禁術のからくりについて、気になったのか」

宵丸が顎《あご》を撫でて、斜めに雪緒を見る。

「まあこいつの禁術についてはともかくも。次の祭りは、ひとまず様子見してはどうだ」

「というと」

「俺と蛇で、できる限り悪霊を追い払う。次の祭りに必要なもんは、紅椿ヶ里《あかつばきがさと》に頼ろうぜ」

「それは……」

「わかっているさ、あまりいつまでも他里の助力をあてにすんなって言いたいんだろ。だがこの段階で雪緒を使い潰《つぶ》すのは、ただの下策だぞ。人には休息が必要だ。他里のやつらに矜持《きょうじ》を見失ったかと嘲罵《ちょうば》されようと、気に病むこともない。最後に生き残ったもん勝ちだ。この場合は、立て直したもん勝ちだな」

宵丸の提案は、疲労が重なっている雪緒にのみ配慮したものだ。

（本音の部分では、宵丸さんは白桜の再興に失敗してもかまわないと思っている）

自分が守護する雪緒さえ無事ならとくに痛手ともならない。評価の良し悪しも度外視。優先順位が涅盧たちとは違う。

「もういっそ、白桜を地中に封じて、その上に新たな里を造ったらどうだ？」

そんな不謹慎な発言まですする始末だ。

けれども涅盧も伊万里も、宵丸の非礼を咎《とが》めはしなかった。

本心を明かすならば、長の座にいる雪緒でさえ、その無情な案を頭に浮かべたことがある。

結局、ここでは結論が出なかった。

雪緒の私室のひとつである『白桜壱間《いちのま》』に伊万里が現れたのは、夜もどっぷりと更けた頃のことだ。

白桜の上里に新しく設けられた屋城の全体構造は、雑にいうなら逆三角形を描いている。もちろんこの形状だと足場が不安定なので、龍の胴体を模した支柱が屋城の下部に蛸足《たこあし》のように何本も設けられている。竜形支柱は階段も兼ねている。欄や庇《ひさし》は真紅、木戸を取りつけた白塗りの土壁には里を象徴する桜花《おうか》の図が浮き上がっている。

各階の屋根を支える横木の端にも木花模様が彫られているが、ふしぎなことに、いつの間にかその一部が本物の花の枝に変化している。

屋城がなぜこんな形状の仕上がりになったのかといえば、地を彷徨《さまよ》う悪霊や瘴気《しょうき》対策のためだ。魔封じの護法を目一杯盛りこんだら、自然とこうなったらしい。

屋城は全部で十一階、最も高い階が広さも一番ある。そしてこの一番広い階の上、たとえるなら屋上に相当する空間を『上界』と呼び、そこにまた万字形を描く屋敷を設けている。四つの鉤《かぎ》型を造る棟を抱えたこの万字屋敷に、里旗となる長、つまり雪緒が暮らしていた。

この上界空間には限られた者しか出入りができない。といっても、いまは身元が明らかなら、だれでも屋敷への訪問が可能な状態だ。長の威厳云々《うんぬん》などと見栄を張っていられる状況ではない。

屋敷には複数の部屋があるが、東側の一部が雪緒の私室となっている。全部で十の数があり、それらすべてに里名が冠されている。白桜壱間、白桜弐間《にのま》というように。雪緒はたいてい壱間に引きこもっている。ここがいわば個人の作業部屋だ。

壱間は、屋敷を囲うようにぐるりと円を描く外門から、最も近い位置を占めている。執務室や謁見のための御相談ノ間などは低層の階に設けられる予定だが、現在は屋城の大半は手つかずのままだ。まともに機能しているのはこの上界空間と、最上階となる十一階、あとは地表に一番近い一階のみという有様だった。

今夜も雪緒は壱間にこもった。この壱間には囲炉裏もあるので、なにかと使い勝手がいい。微笑を浮かべた涅盧が部屋の隅に毎夜積み上げていく書物を読み耽《ふけ》ったり、護符の予備の作成に勤しんだりと、取り組むべきことは無数にある。本日持ちこまれた書物は年間の行事を記したものだったが、いま知りたいのは神祭関連についてなので、そこに絞って目を通す。

（ああでもほかの史書だってやっぱり読むべきだ。風土を知らないと、祭事の段取りにも苦戦する。河川の再生も、肝心要《かなめ》の地形が頭に入っていなきゃ意見も出せない。用水路は絶対に必要だ）

雪緒は、しょぼつく目を指先で強く押さえた。河川を生む緑地だって、種苗の選別から始めなければならないかも。これもやはり地形が密接に関わってくる。

「害獣が出なければいいってわけでもないし……」

広域の森が腐り果てた。旱魃《かんばつ》でもあったかというほど悲惨な状態だ。土壌がどれほど変化したかも調べないと、生態系に異変が生じる。

風土記の類《たぐ》いを読みこむだけで何年もかかりそうだ。

地理の把握が急務か。くわえて天文関係も、土台作りには必須の知識。

「腐り果てたのは森ばかりじゃないもんなあ」

むしろ腐食の程度が激しいのは、民の生活圏域の土地だ。田畑の確認も急がねばならない。

妖の多くは、自然の力を必要としている。

「本当にいちから里を造るも同然の状態じゃない……？」

頭を整理するために独白を続ける。

土台作りのためにも浄化目的の神事をこなさねばならず、だからそのあたりの書物を読む必要があって、でもそれを正しく理解するには天文分野に精通していないと……。

「全部に通じるまでに人生が終わりそう」

わかっている、真夜中に、書物に囲まれてぼやくことの寂しさといったらない。

雪緒は目の前に開いていた書物の上に、ガッと額を落とした。その衝撃で文机いっぱいに重ね置きしていた書物の山が崩れた。その書物の一部が、雪緒の頭にぶつかる。

「痛い……、書物は知識をくれても、慰めはくれない……」

ばかを言っている自覚はある。正気に返ればめちゃくちゃ恥ずかしいやつだ。

世話係も兼ねている伊万里が壱間を訪れたのは、雪緒が半泣きになりながら文机の上の書物を整理していたときだ。伊万里は、昼間と同じ恰好で現れた。彼女もまだ眠らずにこの刻まで働いていたのだろう。

いかにも密談目的で来た、と書かれている伊万里の硬い表情を見れば、こちらの背筋も自然と伸びる。

雪緒は、中途半端に積み上げ直した書物の載る文机を強引に脇《わき》に押しのけて、伊万里に、囲炉裏のそばへ座るよう促した。

動かしたためにふたたび文机の上の書物が雪崩《なだれ》を起こしたが、見なかったことにする。

「なにかこの部屋、日に日に雪緒さんの見世《みせ》の様相に近づいていない？　階段形の百味箪笥《だんす》とかもあるし。室内に漂う乾いた薬草臭が懐かしすぎるのよ」

「薬草臭って」

伊万里が、階段箪笥の横に積み重ねていた真緑色の座布団を二枚抱えて、囲炉裏のほうへ向かう。雪緒もよろよろとそちらへ這い寄った。

「ちょうど端側の部屋だったので、無理やり土間部分もくっつけてもらいました。火や水を自由に使いたいので……。囲炉裏は絶対ほしかったし。なんか落ち着くでしょ」

「……まあ、長の特権といいますか……こういう設備は、文句を言い出す人が現れる前に取りつけておくべきよね」

「そうそう。もう作ってしまったもんね、って感じで」

軽口を叩《たた》くと、伊万里が苦笑し、肩の力を抜いた。雪緒も悪巧《わるだく》みの笑みを返し、小さな土間部分におりる。大型の甕《かめ》から水をすくい、鉄瓶に注ぐ。それを持って板間に戻り、囲炉裏にかけて茶湯の準備をする。囲炉裏は板間の際の近く、土間との境のところに設けている。かつての「くすりや」の土間よりも規模は小さいが、作業に支障はない。

「どうせなら、井戸というか水場も近くに作って水を汲《く》み上げさせたら？」

井戸かあ。水路問題も早く解決しないと……という悩みが一瞬頭をよぎったが、雪緒はそれを打ち消した。

「それなら大丈夫ですよ。私が何度も階下へ水汲みに行くのを見かねてか、井蕗さんがそこにある、ほら土間の隅っこの、薄青の甕をくれたんですよね」

「……甕？」

「ふしぎなことに、なかの水を使い切ると甕の表面に銀色の鯉の模様が浮き上がってきて、泳ぎ始めるんです。そうしたらまた水が復活するんですよ」

「あなた、なに平然と貴重な神器をもらってるのよ」

茶の葉を詰めた袋をぽちゃりと鉄瓶に落とす雪緒を眺めていた伊万里が、その話に目を剥《む》いた。恐ろしげに土間のほうを見やる。

戸を閉めていないので、薄暗い土間側の様子が見てとれる。

小型の竈《かまど》や流し台、調理台、食器類を詰めこんだ背の高い大型の木棚、湯浴みもできそうな丈夫な木桶《きおけ》の類いが、狭い土間にみちっと置かれている。柱や土壁には葡萄《ぶどう》の房のごとく薬草やらなんやらを詰めた袋がぶら下がっている。ほかには干物、手拭《てぬぐ》い、乾燥中の紙類も。

「えっ嘘《うそ》でしょ、なにあの魚の化け物みたいな怪しい彫りのある流し台と竈は。まさか、あれも？」

「ああほんと用水路どうしよう建物内にも水場を増やしたい……じゃなくて、はい、あれらも井蕗さんが設置してくれました。でも、その井蕗さんも、あれらを六六《ろくろ》様から預かってきたそうで、詳しいことはよくわからないみたいです。ただ、きっと役に立つだろうって」

「へえそう。だれだかよく知らないけど、もう深く追及しないわ」

悟りを開いたような顔つきで、伊万里にあっさりと匙《さじ》を投げられた。

雪緒自身も水場まわりの便利道具に関しては、井蕗にしつこくつっこまないと決めている。

「あちらへお礼を送らなきゃ……。魔封じの札をたくさん作成しようかな」

「雪緒さんの交流相手って、取り扱い注意の劇物的な方々しかいないの？」

「心外と憤怒《ふんぬ》」

冷たい目を向けられてしまった。

その後、茶の用意がすむまで、二人とも無言だった。囲炉裏の炭が崩れるかすかな音、薄い煙。行灯《あんどん》の光が作るやわらかい影。疲れた頭に静寂が心地よかった。

鉄瓶から小袋を取り除いて、椀《わん》に茶を注ぐ。

濃い茜色《あかねいろ》の茶に、階段箪笥に隠していたとっておきの抹茶饅頭《まんじゅう》を添え、伊万里に「どうぞ」と、差し出す。夜の時間帯には乙女《おとめ》を空腹にさせる呪《のろ》いがあるに違いない、と雪緒は思う。

伊万里は、ふ、と笑った。

「本当、雪緒さんだわ。あなたいつも、紅椿ヶ里の見世でおやつを出してたわよね。それ目当てに通ってくるお客もかなりいたでしょ」

「まあまあ、まあ」

短い休息を味わってから、伊万里がおもむろに話を切り出した。

「ねえ雪緒さん、あなた、『ヒトビト同盟』と交流があるんでしょ？」

新たなおやつに手を伸ばそうとしていた雪緒は動きを止め、探るような眼差しを寄越す伊万里を見つめ返した。

ヒトビト同盟。

十六夜郷《いざよいごう》に籍を置く人族が結成した秘密の組織……というと大袈裟《おおげさ》か。

数少ない人間同士、情報を交換し合ってこの厳しい世界で仲良く生き延びよう、という後ろ向きな慰め合いを主軸とした弱小組織だ。活動なんて、せいぜい文を飛ばし合うくらいのもの。

間違っても、人族繁栄のために、などという一本筋の通った主張や理念が根底にあるわけではない。当然、強い力と数を誇る妖たちを討伐したいわけでも、下剋上《げこくじょう》を目論《もくろ》んでいるわけでもない。同盟がいつ頃に結成されたのかは判然とせず、創始者すら不明だ。

雪緒のもとにもある日、謎《なぞ》に包まれているが無害なこのヒトビト同盟の者から文が届いた。このことはだれにも教えていなかった。

会ったこともなく正確な素性も知らぬ相手と何度か、雪緒は文をやりとりした。その人は若い男性のようだったが、果たして彼はまだ存命しているのだろうか。届いた文には、とある強い怪に惚《ほ》れられてとても困っている、と書かれていた。その後の展開を聞きたい。

「雪緒さんったら。ごまかさないでよ、あの変な同盟から文をもらったことがあるでしょう？」

記憶の淵に沈んで文通相手の行く末に思いを馳《は》せる雪緒の姿が、なにかをごまかそうとしているように見えたのか、伊万里が焦《じ》れた表情を浮かべてこちらに身を乗り出した。

「もしかして伊万里さんのもとにも、文が届きましたか？」

雪緒は尋ねるついでに、丸まっていた背を伸ばし、体の強張《こわば》りを軽くほぐして、伊万里を見やった。目の前の華奢《きゃしゃ》な美しい女にも、人の血が半分流れている。

「あるわ。一度だけね。でも私は当時、自分を弱々しい人族の仲間だとは思いたくなくて、届いたその場で文を破り捨てたのよ。その後は一度も来ていない」

「それは大胆な……」

「ふしぎよね、あそこからの文って。宛先を記さずとも、相手の名さえ書かずとも、なぜかどこかのだれかに届くんですって？　出した後は、相手からの返事も届くのよね。どういう仕組みなのか、まったくわからない。神々の守護があるのかも」

「さあ……組織の内情は私もわかりませんが」

雪緒は曖昧に微笑《ほほえ》んだ。伊万里も人の血を持つ者だ、ヒトビト同盟について話し合っても問題のない相手のはず。が、「破棄後は一度も届いていない」という彼女の発言が引っかかる。

伊万里の早まった行動は同盟の掟《おきて》に触れてしまったのではないだろうか。掟の中身、というより、掟自体が存在するかもまず不明だが、なにかが結成されたとき、それを維持するためにも大なり小なり決まり事が設けられるはずだ。無自覚か否かは問わず、その決まり事に違反した場合、ふたたびの接触が禁じられるのかもしれない。

そういう懸念が脳裏をかすめたために、返答には慎重にならざるを得ない。

「……答えられないのならいいわ。でも雪緒さん。ヒトビト同盟を頼るという手もあることを頭に入れておいて」

伊万里が、廊側に面している襖《ふすま》にすばやく視線を向け、声をひそめる。

「雪緒さんもですけど、私も含めて、人ってほら、性質上、贄《にえ》にしやすいでしょ」

自虐のまざった声音に、雪緒は唸った。否定はできない。

「それで、これは私の考えなのだけど、ヒトビト同盟のなかに、雪緒さんとはまた違った分野で禁術や神事の類いに詳しい人もいるんじゃない？」

「というと――」

「現天神、という立場に置かれている人が同盟にいても、おかしくないわよね」

伊万里と視線が交わる。雪緒もとっさに視線を流して襖の向こうを窺《うかが》ってしまった。だれも聞き耳を立てているわけがない。ここは腐っても白桜の長の領域だ。

「現在進行形で『天神』である人、ですか……」

雪緒は感心した。その可能性は思いつかなかった。興味深い視点だ。

「……伊万里さんも、天神の本質を知っているんですね」

贄の話の流れから天神という言葉が飛び出したのだ。本質を知っていなければ、それと結びつくはずがない。

「忘れたの？　私、もとの里でも長たちが犯した罪の依代《よりしろ》にされかけたのよ。天神の役目くらい想像がつくわ」

伊万里は怒りをこらえた表情になって吐き捨てた。

彼女の出身は梅嵐《うめあらし》ヶ《が》里《さと》。比較的、人の子が多い地でもある。

人の血を神々は好む、梅精の血も継いでいるのでそちらの加護も期待できるだろうと、過ちを犯した長の子の身代わり役に伊万里は選ばれたそうだ。薄暗い話だと雪緒は思う。

「天神って、人の血を持つ器にしか務まらないのよね。厳《おごそ》かな言いまわしをしても、しょせんは生贄《いけにえ》でしょ」

「ええ――まあ」

そこらへんは伊万里に説明しても同盟への裏切りにはならないだろう。それに今後も伊万里を従者として起用するのなら、里を構成する機関や暗部についてもある程度は知らせておいたほうがいい。

「人は祈りに特化した種族だそうで。堕《お》ちた妖怪《ようかい》を祀《まつ》り、益をもたらす祭神に反転させる装置が天神です」

「装置ですって?」

「天神とは、正しくは『天人』。人という種を天が地に与えたので、そう呼びます。そして『祀り』とは祈りが生み出した儀式であり、『祭り』の根源なのだと」

「わかってた。ええ、そんなとこだろうと！　ほんっと人族って、この世では家畜同然よね！」

伊万里が固めた両手の拳《こぶし》をぶんぶんと上下に振り、怒りを噴出させる。

人の血が流れている、それだけで怪が目の色を変えるのだから、彼女の怒りを不当だと決めつけることはできない。

「怪たちの存続と繁栄のために都合よくあつらえられたみたいじゃないの、人って！」

「ですよねぇ」

と、首肯したあとで、雪緒はなんだか肌寒い感覚に襲われた。

(本当にそういう意図が潜んでいるのかもしれない)

この世界を機能させるために、人族は、本当に降ろされたのでは？

じわじわと世界の仕組みが見えてきて、だが真実の解明は同時に少しずつ自分の首を絞めていく危険も孕《はら》んでいるように雪緒には感じられる。

「……確かに、天神も『人族』ですので、他里におわすそうした役目の方々が同盟の一人である、とも考えられますね」

雪緒は感情を抑えてつぶやいた。

伊万里が急に座布団を蹴散《けち》らし、がばっと雪緒に抱きついてくる。

「ど、どうしました？」

彼女を受けとめ、雪緒は動揺しつつ尋ねた。

「私、あなたには長でいてほしいのよ」

肩に巻きついた伊万里の腕に、力がこもる。

「べつに、白桜に大きく栄えてほしいわけじゃないわ。ただ、できる限り長の座に長くついていてほしいの」

「どうして？」

「天神にされるよりずっとましだもの。私、いまはもう逆に、人族よりも妖怪たちが嫌いだけど、人のあなたが治める里ならきっと穏やかに生きていけるわ」

散々弄《もてあそ》ばれてきた伊万里の悲惨な過去を思えば、親兄弟を殺された由良とはまた異なる意味で怪を憎むのもふしぎはない。

雪緒は、彼女の背を軽く叩いて宥めた。伊万里は離れようとしなかった。

「でもあなた、純白の人間だわ。まじりけのない人の血は、絶えやすい。ああ、どうしよう……人はあっという間に命が枯れてしまう。雪緒さん、あなたが死んだら、私はどうすればいいの」

「もう私の死後を憂いているんですか。まだ死にませんし、それまでに私は力を尽くしますので、大丈夫ですよ」

「私、こわいわ。死なないでよ、雪緒さん」

「人ですからね……。どうしたって別れの日は来るけど、でもまだずっと先の未来の話です」

まだ死ねない、と雪緒は強く伊万里を抱きしめた。

やり遂げたいことがある。それまでは死にたくない。

❁

伊万里が部屋を出たあと、ものは試しと雪緒はヒトビト同盟に文を送ることにした。

前にやりとりした相手に届くようにと念じて、内容はこれにした。

——こんにちは、お久しぶりです。私はあれから色々あって、すごく偉い立場に据えられてしまったんですが、さっそく危機的状況に陥っています。ところで、里ひとつぶんくらい一気に浄化できるような、強力なお祓《はら》い方法とか知りませんか？　人間の私でもできるような方法で。残忍なやつはなしで。ぜひお返事ください。緊急です。

もう少し格式ばった書き方にすべきだったかと悩むも、そういえば相手のほうがもっと砕けた文体だったたと思い出す。

ヒトビト同盟宛への『しるし』は簡単だ。文のどこかに、目を開けている三本足の鳥を朱で描くだけ。すると文を書き終えた頃に、どこからともなくぬるっと半透明の鳥がやってくる。「とっとと文を寄越せよ」という具合に文を細い足で奪い取り、すぐにどこかへ飛んでいく。

「本当にどういう仕組みなんだか……」

感心と呆れのまざった独白を雪緒は落とした。

（とりあえず今日はこのあたりで休もう）

雪緒は欠伸《あくび》をした。里に蔓延《まんえん》する瘴気のせいで時間の流れが読み取りにくいが、おそらくもう明け方が近い。

くっつきそうな瞼をこじ開け、手燭《てしょく》を持って、しんとした廊へ出る。寝室として使っている『白桜陸間《ろくま》』に向かう。欠伸が止まらない。

返信を持ち帰った鳥につつき起こされたのは、それから一刻半後のことだった。

❁

『──もうどこからつっこんでいいのかわからねえんですけど、無事に生きていておめでとう。けっこう心配してた！

ところで、緊急に里ひとつぶんくらいの浄化が必要な状況って、なに!? そちらの置かれている状況が全然見えなくて、こわい！　こんな戦慄《せんりつ》の走るお手紙をいきなり送りつけられた俺を労《ねぎら》ってよ。

あなた何者って聞かないほうがいい？　よね？　聞かねえからな！

ところで、前の文で、あなたに相談させてもらった内容を覚えていますか。なんかやっべえ怪に好かれすぎてどうしよう、って内容なんだけどさあ。

晴れて俺、その化け物かよってくらい強い怪に脅され……口説かれ続けて、お付き合いすることが決まりました。わあい、そのうち人間やめそうですね俺。やだあ……助け……、なんでもないです！　検閲《けんえつ》とか入んないよね、これ？

あなたの、怪に見初《みそ》められたのならもうあきらめろ……といわんばかりの光明を見出せないお返事に、本当に泣いたからね。ふざけんな。俺も薄々理解していたけど！

とにかく、だーりんに広域浄化手段があるのか、聞いてみました。

だーりん曰《いわ》く、「あるよ」だそうです。ウッソぉ、ほんとに〜？　ぼくしりたぁい〜、って甘え倒して、その方法を聞き出しましたよ。あなたは心から俺に感謝してね、本当にね。

浄化のほかに悪霊も消し飛ばしたいのなら、『獏面《ばくめん》さん』の力を借りたらどうかって。ちまちまと祭事と合わせて祓の儀を繰り返すより、夢喰《ゆめく》いの力で一掃したほうが余程早いそうです。

……俺の有能だーりん、あなたの正体を知ってそうでこわい。聞かねえからな。

ともあれ、がんばって生き延びて。

それで、俺も新たに相談したいことがあんだけど、なんで怪って恋仲の人間を食いたがるの……俺どうしたらいいのこれ。じゃれ合いとか甘噛みの範疇じゃねえんだよ。至急お返事ください』

すぐに雪緒は返信を用意した。

――危うい段階に来ています。たぶんあなたのだーりんは、『人間脆《もろ》い、すぐ死んじゃう。それなら食べて永遠にひとつ！』みたいな思考に入りつつあります。

それか、『恋する人間の肉が一番美味《うま》いって、本当かなあ？』という興味を持ちつつあります。

解決方法としては、早急に、死ぬほど料理上手になって、人肉に対する興味から気をそらしましょう。私もそうしています。

そして付き合ってまだ日が浅いいまのうちに、こう嘯《うそぶ》くのです。祈りのこもった食事をだーりんに末長く捧げさせてね、俺が生きてる限りずっと美味《おい》しい毎日が続くよ、と。

この言葉で最初に心を鷲掴《わしづか》みにしておけば、あなたのだーりんが温厚な方なら、この先も仲良くやっていける可能性があります。杞憂《きゆう》ならよいのですが、あなたのだーりんが、人間をこわがらせるのが好きな性情の方じゃありませんように。

それと、あなたのご意見はとても参考になりました、ありがとうございます。

お礼に、念のための護符を差し上げます。しばらくは大妖《たいよう》相手だろうとしっかり阻んでくれる強力な護符ですよ。文に同封しますので、どうか役立てて生き延びてくださいね。

またなにかあったら相談に乗ってください――。

――護符つきの文を同盟の鳥に渡したあと、雪緒は寝起き姿のぼさぼさの頭のまま、腕を組み、考えこんだ。

「獏面さん……ってなに」

夢喰い？

神事に通じている宵丸に聞けば、なにか掴めるだろうか。それとも六六に文を飛ばそうか。いや、古い怪の涅盧も知っているかもしれない。

同盟仲間からの文を、部屋の隅に追いやられている小型の文机の引き出しにしまう。同盟の文は、わざわざ処分せずとも、引き出しに入れておけばいつの間にか消失する。

また布団の上に這い戻って、しばらくうんうんと悩んでいると、伊万里と井蕗が挨拶《あいさつ》に現れた。雪緒が寝衣姿で作業することがこの頃は日常化していたので、二人に別段驚いた様子はない。

「あら、もう起きてた」

伊万里が目を丸くする。

二人とも揃いの着物で、草木染めの帯の端を魚の尾のようにひらひらと長く出している。

伊万里はともかく、外の作業が大半の井蕗は落ち着いた色の水干や武者みたいな装束を身にまとうことが多いので、こうしたたおやかな恰好は珍しい。屋内用の衣なのかもしれない。

二人は雪緒を部屋から連れ出すと、湯室へ向かった。新築の万字屋敷の板廊は、素足にひんやりとしていた。

「やっぱり廊にも明かりを置きましょうか。暗くありませんか？」

井蕗が気遣うように微笑んで雪緒を見たが、伊万里が冷たく切り捨てる。

「無駄遣い」

「で、ですが」

「当分贅沢《ぜいたく》禁止」

……伊万里さんは、しっかりしているなあ。

湯室があるのは西側の棟だ。移動が不便にならぬよう、万字屋敷の各棟は細い渡廊で連結されている。

雪緒たちが歩いている渡廊からは、西方外門の手前に設置された白塗りの土蔵が見える。そのまわりに木々が立っている。変質したり腐り果てたりしていないまともな草木が見られるのはこの上界空間、かろうじて屋城周辺のみだ。河川を取り戻さなければ、植物も生えない。

(いや、緑土の再生が河川の復活につながるわけで……この問題でずっと悩んでいる気がする)

雪緒は土蔵付近の木々から視線をそらした。

季節的にも木々の育成に適さないのだが、それ以前の問題だ。

(こればかりは、怪たちの持つ秀でた妖術《ようじゅつ》を駆使しても、どうにもならないし)

草花の成長を促進させる、あるいは枯れ木に再度の花を咲かせる妖術を知る者もいるのだが、ふしぎなことに、次への種をつけられない。花が枯れたら、そこで終わる。一代限りの再生だ。これでは意味がない。雪緒の禁術なら種も作れるが、いまはその時間を捻出できない。

(せめて半神が白桜にいたら)

雪緒はその点も残念に思った。

たとえば紅椿ヶ里の沙霧《さぎり》のような、そこに存在するだけで地に働きかける者。ほかの妖怪とは一線を画す彼のような存在がいたなら、種をつける草木も作り出せたろうに。

現在の白桜には、大妖も半神もいない。いや、宵丸は大妖だが、白桜の民ではなく、あくまでも雪緒の守護者という立場を取っている。それに、そもそもの話、彼には草花の種を産み落とす力がない。空には舟雲も流れてこないので、頼みの精霊も居着かない。

(こう考えると、紅椿ヶ里は戸数こそ少ないけれど、大地と結びつきの強い能力者が集結していたんだなあ)

先に挙げた沙霧もだが、花ノ竹茶房のイサナや大鷺《おおさぎ》の五穀絹平《ごこくきぬひら》などもその条件に該当する。木霊《こだま》の沙霧は草花の司《つかさ》、イサナは水域の主《あるじ》、絹平は技芸の伝達者。各分野で力を誇る。そういう傑物《けつぶつ》が、白桜にもいたら……。

「ほら雪緒さん。朝から陰気な顔をしてないで、早く湯室に入って」

伊万里が湯室の引き戸を開けながら、もたもたしていた雪緒を軽く睨む。

湯室に入ると、二人はてきぱきと雪緒の髪を整え、体を拭《ふ》き、着替えを手伝った。化粧は遠慮させてもらう。

「雪緒様、なにをお悩みですか？」

作業部屋にしている壱間に向かう途中、井蕗が控えめに尋ねてくる。

「ん、獏面さん……」

つい答えて、これを漏らしても大丈夫だろうか、と少しだけ焦る。いや、べつに、だれに話そうと不都合はないか。

「獏面さんですか?」

井蕗が、おやというように瞬きをして聞き返す。ふしぎそうな伊万里と異なり、井蕗はなにか知っているみたいだ。

「雪緒様は、どなたからその名をお聞きに?」

問い返されて、雪緒は困った。

伊万里が、はあん? となにか勘づいた様子で顎を上げ、雪緒を見る。

「もしかして井蕗さんは、この『獏面さん』がどういうものか、知っていますか?」

明言を避けて雪緒も聞き返しながら、壱間の襖を開く。いったいだれが運びこんだのか、囲炉裏の横に、握り飯と汁物、数種の惣菜《そうざい》の載った膳が並んでいる。

三人で食べ始めながら、先ほどの話を再開する。

朝の時間は、いつもこの三人だけのものだった。ふしぎとだれかが訪れてくることはない。

「それで、井蕗さん。獏面さんって?」

汁物を啜《すす》り、雪緒が尋ねると、井蕗も口のなかの米を咀嚼《そしゃく》したのち、ふむと首を傾げた。

「説明が少々悩ましくて。猫、なのだと思います」

猫、と雪緒と伊万里は揃って繰り返した。

井蕗が大真面目にうなずいたあと、はっと首を横に振る。

「ただの猫ではなくて、化け猫です」

おっ、不穏度が上昇したか。

「でも、貘という種だそうです」

えっ、と雪緒は動きを止めた。

「ただし、姿形は貘らしくないのです」

「あなた……、壊滅的に説明が下手《へた》ね。態度もずっと堅苦しいし。もう少しどうにかならないの」

伊万里が、なんとなく雪緒も感じていたことをずばっと指摘する。

井蕗が目をうるうるさせたので、慌てて雪緒は口を開いた。

「きついことを言っちゃだめですよ伊万里さん。井蕗さんはすごく素直な方なんですから、あなたの言葉もそのままの意味に受け取るんです」

「深読みするまでもないわよ。実際そのままの意味で言ったんですし」

注意しても、伊万里はつんとして、わらびの煮付けを口に運ぶ。

「井蕗さん、この人、攻撃的な捻《ひね》くれ者というだけですので、気に病まないでくださいね。さっきのも、そろそろ仲良くしたいから肩の力を抜きなさいよ、って意味です。たぶん」

「ちょっとやめて」

「あっ……申し訳ありません、私が至らず……」

「だから堅苦しいのよ」

伊万里が唇の片側を吊り上げ、眉間《みけん》に十字路みたいな複雑な皺《しわ》を作った。顔芸がうまいな、と雪緒は思った。

叱《しか》られた井蕗のほうは眉《まゆ》を下げている。しかしこう見えて彼女は、意外と伊万里に懐いている。高確率でいまのように冷たくあしらわれ、しょげているけれども。

「あーっと、妖怪の方々って、いろんな種がまざっていることもあって、わかりにくいですよね！　種族的には獏だけど、姿は猫そっくりってことですかね？」

雪緒がにこりとして尋ねると、井蕗はほっとしたようにうなずいた。

「はい。大猫なんです。人のように二足歩行するそうで」

「猫っていう設定がもう破綻してるじゃない」

雪緒がつっこむ前に、伊万里が言い返してくれる。

「全身が毛で覆われているのです。灰色の毛並みをしていて、長い口吻《こうふん》のある白茶けた獏のお面を顔につけているらしいです」

「それのどこに猫要素を感じればいいのよ。体毛があるってだけでしょうが」

「猫耳がありますので」

雪緒は箸《はし》を止め、もわもわとその姿を頭に描いた。わけがわからない。猫か獏か人か、はっきりしてほしい。

「ですが、獏面さんとは、生き物ではありません。道具です」

「二足歩行するのに？」

雪緒もついに参戦した。根本から矛盾していたとは。

「道具です」

井蕗は譲らなかった。

「昔は、どろめさん、とか、くろどろさん、どろんさん、などと呼ばれていたそうですが、いまは獏面さんで統一されていますね」

「出た出た、呼び名複数問題……」

伊万里が本気で嫌そうな顔を見せるので、雪緒は笑いそうになった。気持ちはわかる。

「で、その獏面とやらは、なにができるのよ」

伊万里がいると、話が進む。雪緒はありがたく思いつつ、味のしみた蓮根《れんこん》を口に入れた。美味しい。

「いけませんよ伊万里さん。ちゃんと『獏面さん』とお呼びなさい」

こういうところは引かない井蕗が誠実な表情で叱る。

「は？　呼んだでしょ」

「いいえ。『獏面とやら』ではありません。『獏面さん』です」

「……『獏面さん』とやらの説明をさっさとしなさいよ！　生半《なまなか》な能力だったら許さないわよ」

伊万里が美女にあるまじき悪人面を作り、話の先を促す。

「獏面さんは、夢をひっくり返す能力を持っているそうです」

「なにそれ」

「正夢と逆夢を、あるいは、現《うつつ》と夢を、吉夢と悪夢を。そんなふうに、交換してしまうのだとか」

「ふーん、やるじゃない。猫のくせに」

伊万里は、どこ目線なのだろう。

「正しくは、猫ではありません。獏です」

井蕗も生真面目に断っている。

「雪緒様。この獏面さんがどうかされたのですか？」

井蕗の問いに、雪緒はだし巻きを咀嚼し、考えをまとめる時間を稼いだ。

「んー……」

「私が多少なりとも獏面さんを知っていたのは、以前に六六様からお聞きしたためです」

そんなところだろうとは思った。井蕗自身は、さほど神事や神具の類いに詳しくない。

「道具と言いましたが、性質は神器に近いのです。しかし、その力は欲に反応する類いのものであるがゆえに、神器としては取り扱われないのだそうです」

「なんなのそれ。不可解」

咀嚼中で答えられない雪緒に代わり、伊万里が顔を歪める。

「ですが強力な力を有することは間違いありませんので、いまの御館《みたち》であられる白月様がお持ちなのではないでしょうか」

「え……、白月様が？」

「ええ、おそらくは」

と、伊万里にうなずいたあと、井蕗は雪緒の反応を気にし始めた。

「あの、雪緒様。六六様がおっしゃるには、獏面さんはとても気難しくて、自身を使う相手を選ぶのだそうです」

「道具なのに？」

ごくんとだし巻きを飲みこんでから聞き返す。

「猫は気まぐれなものですので……。管理されている白月様でも使役は無理であったという話です。逃亡されかけたので仕方なしに檻《おり》に入れているのだとか」

「そんなに癖のある道具なんですか」

これは少し予想外な話だ。妖力皆無の自分に使いこなせるとは思えないし、そもそもそれほど貴重な道具を気安く借りられるとも思えない。

その後はしばらくのあいだ、三人とも食事に集中する。

「雪緒様」と、いち早く食べ終えた井蕗が、居住まいを正す。

「獏面さんが必要でしたら、私が六六様にまず話を通し、白月様に貸与を願い出てみましょうか」

「六六様に一度、話を持っていったほうがいいんですか？」

雪緒は箸を置き、疑問を口にする。

「獏面さんは先にお話しした通り、気難しい性ですので、移動ひとつとっても手間がかかるのです。しかし、六六様なら無理なく連れ出せるはずです」

「六六様は原種の精霊ですよね。古い精霊には、道具も敬意を払うんでしょうか」

「いいえ、そこは関係がありません。獏面さんは猫でもあるので魚が好き――失礼、六六様は獏面さんの興味を引けるらしいです」

「あっ六六様は大鯉《おおごい》、魚霊だったか……」

獲物的な意味で興味を持たれるわけか……、と雪緒は心のなかで納得した。

「雪緒様はもしかして、獏面さんの持つ『取り替え能力』で、里の不浄をどこかと入れ替えようとお考えになられたのではないですか？」

井蕗がそわそわと聞く。

「私は、雪緒様のご判断に従います。なんでもお手伝いしますので」

「全肯定……。井蕗さん、もしもだめそうと思っているなら、正直に言っていいんですよ」

「肯定だけではいけませんか」

素直な心を見せられ、雪緒は悶《もだ》えたくなるような感覚を抱いた。彼女の気性は少し由良に似ていて、どうにも拒絶しがたい。

「情けない話ですが、私は自分で物事を決めるのが苦手で……意思の弱さを、前の里ではよく見下されていました。ですが、ここの方々は、物言いは厳しくとも、私を受け入れてくださる。だれかの役に立つのは嬉《うれ》しいです。もっと役に立てると思えます」

井蕗がきらきらした目を向けてくる。悪霊退治という危険な仕事を率先してこなしてくれるのは、そういう献身的な考えがあったからのようだ。

「そうですね……、だれかに受け入れられたり、認めてもらえるのは、嬉しいですね」

存在の受け入れへの切望。とても共感できる。

雪緒の肯定に、井蕗は、ぱあっと花咲くような笑みを見せた。

「六六様に、さっそくお願いしてみます！」

「ねえ待って。もう少しちゃんと調べてからのほうがよくない？　その道具って、使い方によっては、とんでもない事態を引き起こすんじゃないの？」

最後に食べ終わった伊万里が、不機嫌そうに待ったをかける。

確かに、安易に手を出すのはよくないだろう。というより、どんな手順で使うべきかもまだ決めていない。使える者がいるのかさえわからない。

（ただ、そこらへんをゆっくりと検証する猶予がないのも事実で）

開催月は動かせない。いちかばちかで手当たり次第試していくしかない、という予断を許さぬところまで来ている。

「うーん、井蕗さん。六六様にお話する際、獏面さんの使用方法や注意点なんかもぜひ詳しく聞いてくれると助かる……」

「おまかせください！」

雪緒がためらいながらも道具の使用を決断すると、井蕗が凛々《りり》しく請け負った。

浄化が停滞している状況だ。仮に獏面さんとやらが役に立たなくとも、これをとっかかりにしてまたべつの有効な案が出てくるかもしれない。

さらなる本音を言えば、どうにかして六六を白桜ヶ里に招きたい。できればそのまま白桜に居着いてほしい。移住は不可であっても、智恵者として一時の相談役になってほしい。

彼の力は強大だ。こちらに引き入れることができたら、水路すら整備できないでいる現在の白桜の大きな助けとなる。

今回はむしろ、六六の訪れの可能性に期待していた。

「やあ久しいな、雛《ひな》っ子め！　この絹平様が！　わざわざ足を運んでやったぞぉ！　喜べ！」

穢れも悩みも吹き飛ばしそうな快活な声で名乗りを上げ、白桜の上界空間に現れたのは、豊《とみ》家《へ》の大鷺、五穀絹平だ。

彼は五枚羽をばっさばさと動かし、箒星《ほうきぼし》のように煙の尾を引いて空からやってきた。

このとき雪緒は、伊万里を伴って西方土蔵に足を向けていた。

悪霊退治に励むあまり瘴気を浴びすぎた宵丸のため、薬湯を煎《せん》じようとしたまではいいが、肝心の薬草が作業場の壱間に不足していることに気づいた。部屋に収め切れぬ薬草や器具類はすべて土蔵で保管している。それを取りにいく途中のことだった。

「気の利かん雛っ子だなあ！　絹平様が到着する前に香を焚《た》き、紅のみを口にまとって、裸で褥《しとね》に寝そべっているべきだろうに！」

こういうちょっと下劣な発言を、地にドンと降り立った絹平が悪意のないぴかぴかの笑顔で言う。あはは、と雪緒も、その派手な登場と相まってつい笑ってしまったが、初対面らしき伊万里はわなわなと身を震わせて絹平を見た。他里出身の伊万里が彼を知らずとも、仕方のない話ではあった。

「なっ、なんなの、この男っ、仮にも里長に対して、無礼にもほどが……っ」

「ん？　なんだあ？」

絹平が笑みをたたえたまま伊万里を見下ろす。

この絹平という男は、すこぶる見目がいい。人間の年齢でいうなら、二十代後半か。目も睫毛《まつげ》も青く、柳を思わせるもわもわとした長い髪は青墨の色。適当に黒い組紐でひとつにまとめられている。耳には金環。着ているものは、髪と同化しそうな色の狩衣《かりぎぬ》だ。よく見ると彼の肩には見覚えのある白い子狐《こぎつね》がもふんと乗っかっている。子狐は死んだ目をしていた。

「……!?　しっ、白月さ…っ!?」

雪緒は仰天した。この子狐はどう見ても……！

「こらっ。おどれ、郷きっての美男子たる絹平様を前にして先にほかの男の名を呼ぼうとするとは、何事だ！」

絹平は怒ったように苦情を口にすると、ばちんと音を立てて雪緒の頬《ほお》を両手で包んだ。

「んー女長ともなり、未熟であった雛っ子にもいよいよ色気が出て……ないな！　まったく！　いや、うぬったらびっくりするほど飾り気もなく乾いている！　なんなの？　女武者でも目指してる？」

「本気でおののくのは失礼だと思うんですよ、絹平様」

「えーどうして？　絹平様わからぬ。普通は、里の頂に立ったならもっとなあ、豪奢な着物で色っぽく着飾って美男美女をはべらかすものだろ？　まことどうして？」

「どうしてもなにも、里の状態を知った上でそれをおっしゃいますか……」

なにしに来たのだろう、この大鷺様。

雪緒は、絹平の両手を自分の顔からそっと外した。

「まあ健全な酒池肉林の行い方は後で指導するとして！　ほら、挨拶はどうした！　絹平様だぞ！」

「はい、ようこそいらっしゃいました、絹平様。……と、白、いえ、子狐様」

一応は変装しているつもりなのか、と雪緒は配慮し、言葉を濁した。

以前に予告していた通り、本当に子狐に変装してくるとは思わなかった。

「ヒヒヒッ、この狐小僧はいま絹平様のつかわしめみたいなものよ！　気を使わなくてよいぞ」

絹平の陽気な一言で、子狐の目がさらに死んだ。とばっちりで祟《たた》られませんように、と雪緒は真剣に祈った。

「それで絹平様は、なぜこちらへ……？」

瘴気蔓延《はびこ》る危険な白桜に白月を連れてきたのだから、それ相応の用事があるはずだ。

「なっとらん！　まさか絹平様をこの場に立たせたまま会談に応じよと！　これこそまことの無礼ではないか、どうしてくれよう」

おらおらとでも言うように、絹平が雪緒の額を指先でつついてくる。

「これは失礼しました、すぐに屋敷にご案内しますね」

「そうだぞ、反省せよ！　許してやるけど！」

絹平が明るく雪緒を叱る。

先ほどまでは食ってかかる勢いで絹平を睨んでいた伊万里は、すぐにこの男が本来ならずっと格上の相手であると気づいたらしい。もう言い返す素振りは見せないが、しかし感情を抑え切れないのか、ぐぬぬという顔をしている。

雪緒は、あれ、と少し意外に思った。

絹平は艶聞《えんぶん》の絶えぬ色男だ。伊万里みたいに美しい女を見たら真っ先にからかいの声でも投げつけそうなものなのに、一度目を向けたきりで気にかける様子もない。

「本当にすみません、絹平様。いまの私たちは暗闇《くらやみ》のなかを手探りで歩んでいるような状態で、ろくなお迎えもできず――」

「ヒヒッ、もっと畏《かしこま》れ、雛っ子め」

「絹平様って、悪役ぶるのがお好きですよね。やりすぎてつんのめるところがおありで……」

「すぐ調子に乗る！　そんな生意気な雛に育てた覚えはないんだがっ」

育てられてないです、と答えたら、力いっぱい睨まれた。本当になにをしに来たのだろうか。

「うぬがご所望の、例のブツをこの絹平様が、わざわざ！　自ら！　持ってきてやったというのに。涙を流して感謝せぬか」

と、絹平が胸元にさげていた平らな円形の首飾りを指で持ち上げ、こちらにちらつかせる。

それは青銅鏡に似ていた。大きさは三寸から四寸ほどで、太陽の模様が刻まれており、縁には七つの玉がついている。

「どうだ！」

絹平はそれを裏返した。やはり鏡で合っている。

好奇心に負けて覗きこめば、自分の顔が映り――いや、違う。なにかべつのモノが映っている。鏡のなかに、なにかが正座している。だが人ではない。全身もっふりとしている。顔を覆う白茶の仮面は、妙な形だ。鼻が長い。目の部分は眠たげに、まるで笑んでいるかのようにおっとりと弧を描いている。しかし体躯《たいく》は猫っぽく、それでいて人のようでもあり――。

「――貘面さん？」

雪緒がつぶやくと、鏡のなかのなにかは、のろりと腰を上げ、こちら側に近づいてきた。長い鼻先を、ぬとっ、と鏡にくっつける。

「おっと。呼ぶと出ちまうだろ」

絹平が、さっと鏡を裏返してしまった。

雪緒は瞬きをして、鏡から視線を外し、絹平を見上げた。宝石のような目だと雪緒は思った。他人の心を掻き乱す美しさ。見入る対象が、貘面さんから絹平に変わる。

「絹平様と褥で戯《たわむ》れる気分になったか？」

得意げに胸を張った絹平の卑猥《ひわい》な冗談に、肩の上の子狐がたまりかねた様子で目を吊り上げた。ドスッと鼻で彼の頬をつつく。絹平が、こやつ！　と罵《のの》って子狐を片手で掴み、放り投げた。雪緒は慌てて子狐を受けとめた。

✿

場所は変わって、雪緒の作業場である壱間だ。囲炉裏まわりに座布団を置く。

機嫌を損ねた絹平を拝み倒し、部屋へ向かう途中でつかまえた宵丸の手当てを優先させてもらう。宵丸が敬遠しそうな相手だと危惧《きぐ》するも、予想に反して彼は絹平を邪険にはしなかった。特別友好的な態度も取らなかったが。

むしろ苦々しい顔で宵丸を見つめたのは絹平のほうだ。こちらもこちらで、やはり宵丸を蔑《ないがし》ろにはしていない。が、態度自体はあまりほめられたものではなかった。

雪緒の腕に張りついて離れようとしない伊万里は、終始緊張している。白月はというと、子狐姿を維持したまま、ふてぶてしい目つきで宵丸の膝《ひざ》に乗っていた。

「怪に成り下がった分際でこの獅子ったら、雛っ子のそばをうろうろと……図々しい……」

絹平がぶつぶつとこぼす。

「おまえなんていつでも狩れるし」

宵丸がちらっと絹平を見て、そう返した。絹平が、くわっと目を剥く。

「おのれ宵丸っ、われは不動の霊だぞ！」

「鷺野郎うるせ〜。ほら、いいから、きなこ饅頭でも食えよ」

と、宵丸は、膝の上の子狐を転がり落とすと、階段箪笥のほうへにじり寄り、勝手にきなこ饅頭の包みを取り出して絹平の口に押しつけた。懲りずにふたたび膝の上に乗ってきた子狐の口にもつっこみ、最後に自分も食べ始める。

「え、なにこれ美味である……、いや違うだろう！　絹平様は饅頭を食いにきたわけじゃない！」

「知ってる。雪緒に獏面さんを持ってきたんだろ。まあ、おまえが運ぶのが妥当だよな。イサナが動くわけないし、木霊野郎だと獏面さんは死んだふりして動かなくなるだろうし、白月だと言うことを聞くわけがないし」

「う、うぬ……」

淡々と言い当てる宵丸に気圧《けお》されたか、絹平がおとなしくなる。彼らの力関係が謎だ。

「いっとくけど、白桜はこの有様だ、派手な歓待はできないぞ。でも雪緒の作った食い物なら貢ぎ物として不足はねえだろ。雪緒、あとでこいつらにも飯を作れ」

「は、はい……。いえ、待って！　あの、どうして絹平様が、獏面さんをお持ちなんですか？」

雪緒は慌てて尋ねた。

宵丸には、昨夜のうちに貘面さんを借りるかもしれないと軽く説明をしている。いい顔はされなかったが、強く反対もされていない。普段の宵丸からすると少しばかり奇妙な反応にも思われたが、むやみに追及して藪蛇《やぶへび》になっても困るので、このときは流してしまったのだ。

「貘面さんの移動は、井蕗さんが六六様に頼むという話だったのですが……」

「おいこらあ！　あーんな魚霊を頼るくらいなら絹平様に真っ先に縋《すが》りつかんか！　われは天わたる鳥のものぞ、猫もどきくらい容易に運んでやるというに」

絹平が復活し、自信満々な顔を見せる。

「もしかしてこちらへいらっしゃる前に、六六様とお会いしましたか？　六六様はお元気でしたか？」

「どうしてお元気なのだろうなとやりきれない思いを抱いているぞ」

なんだか前にも宵丸から似たような返事をされた覚えがある。皆の、六六に対する態度がひどい。

「うぬは先のぎやん祭りで里の穢れの一掃を目論んだのだろ？　ほれ、この童《わらべ》様がな、柄にもなく難しい顔をして白桜の方角を眺めていたわ」

絹平は楽しげな様子で子狐を見やる。

「えっ白月様が？」

「あげくにおのれの直轄地の祭事でも浮ついたままで、こやつの子飼いの、なんといったか、楓《かえで》だったか？　とうとうあれに苦言をもらう始末よ。落ち着きがなくて敵《かな》わん」

絹平が身を乗り出し、宵丸の膝の上を独占する子狐の耳を指先で弾《はじ》いた。子狐は威嚇するように全身の毛を膨らませると、太い尾で絹平の指をはたき落とした。

(御館の白月様を、童扱い……。そういえば絹平様は、かつては白月様の教育係みたいな立ち位置にいた方だっけ)

あの白月が童と呼ばれても言い返さない。口では敵わぬから、子狐姿を維持しているのかもしれない。なんとも奇妙な関係だと、白月、宵丸、絹平を、雪緒は順繰りに盗み見る。

郷の一番の権力者は、御館の白月。だが宵丸だって大妖だ、郷全体を見ても上位種であると断言できる。彼らと比べると、無冠の怪の絹平は一段落ちると言わざるを得ない。だというのに、白月は絹平に頭が上がらない。

この三方のうち、御霊《みたま》の質で判断するなら、神威を知る宵丸がおそらく最も高位だろう。けれども、御霊の純度でなら、『不動の妖怪』と評される絹平にたぶん軍配が上がる。

権力か、御霊の質か、その純度か。どこに焦点をあてるかで、三方の位置が変化する。

本当にふかしぎな関係だ。

絹平はしばらく子狐をつつきまわして遊んでいたが、急に飽きたのか、真面目な顔になって雪緒のほうを向いた。

「そもそもなあ、うぬは初手からつまずいておる！」

座布団の上で胡座《あぐら》をかき直し、絹平はそう指摘する。言われた雪緒は、ぐっと息を詰めた。

「初手から……」

「そうとも。ぎやん祭りはうぬとあまり相性がよろしくないだろうが。まだほかの神祭のほうが効果が出たろうに」

「ど、どうしてでしょう……」

雪緒は及び腰になって尋ねた。

なんだろう、お説教をしてくる設楽の翁と同じ空気を絹平からも感じる。抗《あらが》えない。白月も、いつも絹平に対してこんな気持ちを抱いているんだろうか。

「うぬはおのれの特性、いや来歴ゆえに、空をゆく有翼の者、つまり天側のモノとは馴染みにくい。うぬの波長と合うのは、あのちっぽけな魚霊のようなモノとか、この童様のようなモノ……つまり水に関わるモノか、地を駆ける獣のようなモノだ」

絹平の青い瞳《ひとみ》が、魂まで覗きこむように雪緒を見据える。

「だが地側のモノすべてと相性がいいわけではないな。あくまで良好なのは四つ足の獣のようなモノで、たとえば地とつながる沙霧のようなモノ……草木にまつわるモノとは、ううむ、縁が結びにくい。いや、うぬにとっては悪縁だが、向こうからは良縁にもなりうるという厄介なものかな」

雪緒は目を見張った。

宵丸の膝の上で荒ぶっていた子狐が、ふと興味深いというように雪緒を見上げる。宵丸はなぜか気まずげだ。雪緒にくっついたままの伊万里はひたすら息を潜めている。

「確かに私は有翼種の方々との対立が多いですが……絹平様はどうしてそれをご存じなんですか？」

今までだれかに有翼種との因縁じみた不和を、こうもはっきりと明言されたことがない。

「んなの、絹平様が偉いからに決まっている！　……ぬしら、なにその目。やめいやめい、敬意が見えん！」

価値ある話をされているはずなのに、態度がコレだから……。

「絹平様と雛っ子は藩《はん》の者だ。神隠しの子の流れを、われがわからぬでどうする」

雪緒はどきっとした。神隠し……。

「絹平様、お願いです、もう少し教えてください——っていうか、絹平様も鳥の怪ですので、天側のモノとなりませんか？　それでいくと、私とは相性がよくないということに……？」

「こらっ揚げ足を取るな。何事も例外はあるだろ。……都合よすぎ、という目をやめんか童。……例外とはいえ、ちゃんと理由があるんだぞ」

「どのような？」

「生まれた地が同じという部分が関わってくるんだ」

絹平は真面目な顔を作った。途端に近寄りがたい雰囲気になる。

「本来なら悪縁の仲となり得るが、ほかの有翼どもと絹平様とではそこが違う。がために、微妙にうぬとの縁の形が変わってくる」

絹平が手指で印相を結ぶような動きをする。

「縁の形が」

「どういうことかって？　絹平様はうぬをよく思っているが、この好意がうぬにとっては不運となるかもしれないってこと。ま、そこはあきらめろ。完全無欠の悪縁よりましだろ」

「……絹平様に関しては、例外的に地側のモノ——沙霧様みたいな立場になると」

「そんな感じ」

こっくりうなずく絹平を見つめてから、雪緒は顎に皺を作って黙りこんだ。

好意が不運を招く。言われてみればうなずける部分もある。八月の幾度かのやり直しの世で雪緒はこの絹平や沙霧の嫁となったが、確かに彼らの好意にはひどい目にあっている。

絹平には二人の兄弟がいて、その一人には純粋な嫌悪しか向けられていない。三位一体な面のある彼らは雪緒に対し、それぞれがべつの感情を司《つかさど》っているようにも思える。

絹平は好感情、もう一人は悪感情、もう一人は中立。やり直しの世では、彼らのその有様が明確に反映されていた気がする。

「じゃあ、水のモノ、六六様みたいな方と最も相性がいいのはどんな理由が——」

「絹平様あいつ好かん。あいつのあり方がずるい。雛っ子が悪い。ずるい。もう甘やかすな」

なぜか雪緒が怒られたし、そこの部分は説明してくれそうにない。

「へ～、わかった。あの魚霊野郎が嫌いだから、おまえ、嫌がらせのつもりであいつの役目を奪って、代わりにここに来たんだろ」

それまで静観にまわっていた宵丸が、おとなしくするのに飽きたのか、とうとう口を挟んできた。絹平が露骨にぎくりと身を強張らせる。

「えっ？　そうなんですか？」

思わぬところから、どうして六六ではなく絹平がやってきたのかという理由が判明する。嫌がらせをするくらい六六と険悪な仲なのか。そしてどうもそれには雪緒が関わっていそうだ。全然身に覚えがないが。

「このっ、図に乗るなよ、宵丸め！」

と、焦りを隠すように肩にかかる髪を無意味に払い、絹平が詰り始める。

「そもそもなあ、雛っ子の命運が変化したのはおまえと沙霧の不始末が原因だろうが！　雛っ子をちゃんと迎え入れぬから！　あのときに！」

「は……あっ!?　俺のせいにすんなよ、こいつの姉の霊が邪魔しなければなあ、俺だって！」

「いーや、人の愛の強さを軽んじたぬしらのせいよ！」

断言する絹平に、宵丸が、ぐっと黙らされた。

「沙霧なんかしっかり罰を受けているのにその自覚もないし、宵丸だって、それ、知らぬ間に、心が砕け散って苦しむ定めに変えられたんだろ。自業自得」

「……最終的に台無しにしたのは俺や沙霧じゃない！　雷王《らいおう》や設楽のやつが横槍《よこやり》を入れなければ、こいつは今頃、すっごい気に食わないけど女狐か鬼野郎のどちらかのもとで！」

そこまで感情的に切り返して、はっとしたように宵丸がこちらを振り向く。

「イッヒヒ宵丸よ、いまとなってはおまえ、雛っ子が性悪狐とも鬼とも結ばれずにすんでよかったと、胸を撫で下ろしているんじゃないか？　泥沼ぁ」

一方の絹平の口撃はやまない。

「………………。なあ雪緒、夕飯は鳥鍋にしよ？」

宵丸が笑っていない目を雪緒に向け、急にかわいこぶる。

雪緒は視線を泳がせた。絹平を捌《さば》いて食おうというお誘いにうなずけるわけもない。伊万里は雪緒以外に気づかれないように、ごくかすかにうなずいている。やめてほしい。

「絹平様を食っても無意味ですう！」

有利を悟った絹平が笑みを浮かべて言い返す。

「はっら立つなおまえ……。俺は意味なんか求めてないもん」

「そーいう軽率な発言をすぐしちゃうところがだなあ、雛っ子の命運に影を落としたわけでぇ！　宵丸の王も高みの台座で呆れてるのではぁ？」

「すっっごい腹立つな、おまえ……！　こんなむかつくやつだった？」

彼らの会話がだんだんと子どもの喧嘩《けんか》じみてきたが、子狐は耳を倒して真剣に聞いている。それは雪緒も同じだった。

もっと詳しく聞きたい。頭のなかを整理する時間もほしい。沙霧と宵丸が、なに？　なぜここで雷王たちの名が登場する？

下手に参戦するより黙っていたほうが話が進む。そう思ったが、ここにきて伊万里が「皆様、話がずれていませんか」と、ぶっきらぼうに割りこんだ。

「雑談よりも先にすませなければならない話があるはずです。雪緒さんの今後がかかっているんですよ」

雪緒の立場を思っての発言なのだろうが、相手が悪い。

「この娘、濁っているなあ。食う気にもならん。雛っ子よ、早く捨てろよ」

絹平はこれをつまらなそうに、乾いた声で言った。宵丸とは口論しながらも感情豊かに表情を変えていたのにだ。怪のこわさは、こういう場面にも表れる。自身が不要と判じた者には、いっさい頓着しない。

伊万里が身を緊張させたのがわかる。強い屈辱を感じただろうが、反撃できない。ここに集っているのは、全員が強者《きょうしゃ》だ。

そういう意味では、雪緒でさえもその一人だった。だからこの一言を吐き出せる。

「彼女は私のものです。里とは関係なしに私個人が得た人ですので……死ぬまで捨てません」

伊万里の手を雪緒が握ると、宵丸も絹平も、あからさまに顔をしかめた。伊万里の手は汗ばみ、冷たくなっていた。

絹平が、雪緒たちのつながれた手を見て吐息を漏らす。

「女同士の絆《きずな》って、まことわからんなあ。千年経《た》とうと読み解けんわ」

「あー、女たちって親密になると、なんかねちっこいっていうか、湿っぽい独特の雰囲気出し始めるよな。あれなんなんだよ」

宵丸も、引いた顔で相槌《あいづち》を打つ。

「それがわれらにはよくわからん、二人だけの世界、ってやつよ、宵丸。女は揃うと、積極的に病み始めるんだ」

「まことわかんねえよ。おかしい」

急に打ち解ける絹平と宵丸に、「あなた方なんかに理解されてたまるか」というような、尖《とが》り切った凶悪な顔を伊万里が向ける。相手が悪いとわかっているのにどうして最後まで我慢できず、ささやかに反抗してしまうのか。

絹平たちの悪口大会に尾の動きで賛同する子狐を見やってから、雪緒は口を開いた。残念だがもう先ほどの会話の流れにはならないだろう。それなら、話の軸を戻したい。

「――絹平様、私がぎやん祭りと相性がよくない理由はわかりました。ぎやん祭りで、厄を飛ばすべく私は鳥の見立てを行いました。それが失敗だったんですね」

「そう。せめて絹平様を呼べばよかったのに」

雪緒は微笑んだ。結果的に、絹平のほうから来てくれたことは、雪緒にとって幸運だった。

「まあ祭りにかこつけて祓を行うのは悪くない。というより、それ以外にうぬ自身の安全を守りつつ行う方法がない。人は弱いもんな」

「はい」

「だからそこは間違っていないぞ。で、今月に残っている大祭は、天真祭《てんまさい》、たたらいひめ怨祭、とりかかり大祭か。こりゃあ一択だな」

「……とりかかり大祭？」

「当然よ。安心するといい。この絹平様が！　最高の見立て役を演じてやろう！」

「えっ」

溌剌《はつらつ》と名乗りを上げる絹平に、雪緒は喜びよりも先に戸惑いを覚えた。絹平はぺかりと笑って、自身を指差す。

「鳥の神の見立てとしてわれほどの適任がいようか！」

イサナ……、とボソリとつぶやいたのは宵丸だ。途端に絹平が笑みを消し、ぎりっとした顔で宵丸を振り向く。

「やめよ、あいつは紅椿から出てこんだろうがっ」

はいはい黙りますよお、とでもいうように宵丸が面倒そうに自分の両手で口を塞《ふさ》ぐ。なぜか子狐も前脚で自分の口を塞いだ。雪緒もつられて、同じ動作をしてしまった。伊万里は？　と思ってちらりと見やれば、やるわけないでしょ皆嫌い、と言いたげな顔で睨まれる。

「んまあ、とりかかり大祭も雛っ子とは相性がよくないが、われという加護を得たなら百人力だろ」

絹平が流し目を寄越す。

「無力な娘に手を貸す絹平様、恰好いい。どうよ、あんな古臭い魚よりよほど頼りになるだろ」

この発言を聞いて、宵丸が口から両手をおろし、しみじみする。

「おまえって、本当にあの魚霊が嫌いなんだな……、そんなに雪緒関連の事柄であれに徳を積ませたくないのかよ」

「邪推はやめい」

「あと暇なんだろ。イサナに他里での遊びすぎを咎められたせいで」

「宵丸うるさいぞ」

絹平の旗色が悪くなってきた。雪緒と子狐も口から手を離し、じいっと絹平を見る。

宵丸が怠《だる》そうに耳を掻き、さらに暴露を続ける。

「つい先日、紅椿ヶ里に残してる屋敷付きの眷属《けんぞく》にさ、着替えを送ってこいと頼んだんだよ。そんときのそいつの報告によると、おまえ、黒芙蓉ヶ里《くろふようがさと》から苦情をもらったんだって？　あそこの長、がちがちに頭固いもんな。楼閣《ろうかく》を建てられんの、本気で嫌がってたろ」

「まことうるさいわ！」

「な、雪緒」

　と、急に宵丸が話を振ってくる。

「絹平に感謝なんかしなくてもいいぞ」

「いえ、それは」

「恩に着せるような発言をしてやがるが、絹平はあちこちで遊びまくってんだよ。それが原因で身に降り積もった恨《うら》み嫉《そね》みをさあ、大祭での貢献でもって払い落としたいだけだもん」

　おっと、思わぬ事実の発覚……。

「無論紅椿ヶ里でもほかの祭りに参席したんだろうけど。そりゃ完璧《かんぺき》な不浄祓を求めるなら、人族が指揮を執る祭りに限るよな。人の祈りは日差しのように強烈だし。むしろ鷺野郎のほうが雪緒に感謝しろよ」

「宵丸!!」

　絹平が顔を真《ま》っ赤《か》にして叫ぶ。

　すごい、奔放な絹平と並ぶと、暴れ者と名高いはずの宵丸のほうが常識人ならぬ常識怪に見えてくる。彼の涼しげな容貌《ようぼう》と相まって尚更。

（いや、でも、私情ありだろうと、手を貸してくれるのはありがたい）

雪緒はそう感じ、屈辱で丸まりかけている絹平を擁護することにした。

「絹平様の『遊び』は、不埒《ふらち》な意味ばかりではなくて、郷に大きな意味を持つものと聞きました。潔斎《けっさい》が必要でしたら、祭りとは別途に、儀を行いましょうか」

宵丸の膝からおりてこちらへ移動してきた子狐が、雪緒の指を甘噛みする。耳を撫でれば、もふりと雪緒の膝に座り直した。

「……。大祭もやる。絹平様なら、獏面さんも操れるし。作戦練ろ」

顔を上げた絹平が髪をいじり、ぼそぼそと言う。

子どものようにわがままな振る舞いを見せるが、この姿が彼のすべてではない。美しい男は、もしも雪緒がここで傲れば即座に切り捨ててくるだろう。宵丸はああ言ったが、潔斎だって一刻を争うほどに切迫しているわけではないはずだ。やってくれたらまあ助かる、という程度。絹平の胸の底にあるのは、好意と、監視と、憐憫《れんびん》。そんなところだろうか。

「絹平様は、やるときはやるからな」

「はい、絹平様。ぜひ助けてくださったら嬉しいです。手を差し伸べてくれる方の存在は、心強いですね。まだ白桜には道があると信じられます」

「いいよるわ」

ふふん、と絹平が笑った。

とりかかり大祭。神楽月の中旬に行われる祭りだ。

雪緒も多少は祭りの中身を知っている。が、それはあくまで表向きのもの、民に披露できる健全な部分だけの話であって、裏の面、隠祭の内容についてはまともに知らない。

そこらへんも含めて、知識不足を補おうと、この数日、書物を読み耽っていたのだが――。

(肝心な部分の書が紛失していたし、そもそも字体に癖がありすぎて読解に時間がかかる)

要するに、いまだ大半が把握できていない状態だ。


だがまずは、食事の用意。重要な客の絹平をもてなせ、という宵丸との約束を果たさねばならない。そこで雪緒は先の話し合い後、伊万里とともに部屋を出て、土蔵へ足を運んだ。西方ではなく北方に設けられた土蔵だ。

北方には主に乾物や米など、保存のきく食料が収められている。穀類のほかに芋類もある。

『安全な上界空間であろうと、屋敷の外へ出る際はなるべく一人歩きをするな』と、口うるさく忠告されている。それに従い、いまも伊万里を伴って行動しているのだが、いざ土蔵へ来て、問題が発生した。

「……お米を使うの？　ほかにこっちの袋も持っていきたいって？」

伊万里が神妙な顔をして尋ねる。雪緒は手燭を掲げ、真面目にうなずいた。

「干し椎茸《しいたけ》とかは絶対必要なので」

「人参も？」

「油揚げと切り干し大根と一緒に、煮物に」

「こっちの粉物もいるの？」

「乾燥海老《えび》をまぜて薄く焼き、なかに具材を詰めこんで巻きます」

「……もう鍋にしましょうよ」

「…………絹平様、鍋を嫌がっていたじゃないですか。鳥鍋はごめんだって」

「いま言った量、二人だけじゃ運べないと思うの」

「ですね」

雪緒たちは、ぐるりと土蔵内を見回した。屋敷と土蔵はそこまで離れているわけではないが、荷を持って何度も往復するのは手間だ。

「私、ほかに必要な食材を選り分けますので、そのあいだに隣の小屋から手押し車を持ってきてくれませんか？」

雪緒が分担作業を提案すると、伊万里は露骨に渋った。土蔵横の小屋には道具類がしまわれている。

「わずかな時間であっても、あなたから離れたくないんだけど」

「伊万里さんたら、二人きりになると情熱的……」

「だれがそんな話をしてるのよ!!　あなたって、私が相手だとなんでそんなに遠慮がなくなるの!?」

「だって伊万里さんだし」

これも一種の特別扱いなんだけどなあ、という目で見れば、伊万里自身も多少はそうされている自覚があったのか、気まずさと戸惑いが一緒くたになった表情で口ごもった。雪緒がにやつくと、伊万里は瞬時に目尻《めじり》を吊り上げ、奥歯をぎりぃっと鳴らして悔しげにした。

「いい、絶対にここから動かないでよね！　私が戻るまで、首を洗って待っていなさいよ！」

「そんな好戦的な言い方ってあります？」

「うるさいのよ！」

「それからさっきの、絹平様の言葉は気にしすぎたらだめですよ」

「は……はあっ!?　いきなりなに？　私なにも気にしてませんけど！」

土蔵の外へ行きかけていた伊万里が、つんのめるような動きで足を止め、勢いよく振り向く。

雪緒は手燭を少し下げた。先ほど伊万里が発した高い声の余韻が、土蔵の隅にまだ漂っている気がした。

「力ある方々は、親しみや馴染みのない相手には、だいたいあんな態度です。彼らの基本的な冷酷さは、伊万里さんもよく知っていると思います」

「し、知ってるわよ、嫌ってほど！」

「今後も私のそばにいるなら、ああいう理不尽な扱いは、挨拶と同じ頻度で起こり得る。でも、一応は、いまこの里で最も権力を握る私が、あなたを手元に置いています。他者の悪意や無関心に負けて、深みにはまらないでくださいね」

伊万里は、こちらへ戻りかけて、途方に暮れたように立ち尽くした。土蔵内には明かりがなく、煙っているように薄暗い。雪緒の持つ手燭の光だけでは、離れた位置で向き合っている伊万里の表情ははっきりと判別できなかった。

「でもあなた、すぐ儚《はかな》くなる人間じゃない」

伊万里がぽつりと言った。

「蝉《せみ》より長く生きることをほめてほしいですね」

「……蝉の寿命を延ばせばいいの？」

思わず笑ってしまった。どうやって延命させるつもりだ。いや、蝉形の怪も存在したっけ。

「んも～、そんなに私が大好きですか。雪緒困っちゃう」

雪緒はちょっと身をくねっとさせた。持っていた手燭の光も、ゆらっと動く。

「全身を毒で溶かされたいのね」

「急に陰湿な殺害予告をするの、やめてもらえません？　死ぬまでそばにおきますから安心して。は～、伊万里さん、隣の小屋に行くのも嫌なくらい、私と離れたくないんですねぇ」

「ばっっっかじゃない⁉」

伊万里が大声を上げ、足音荒く土蔵を出ていった。

（なんて動かしやすい人なんだろう……気を使わなくていいから話していても楽だし）

雪緒は、本人に知られたらもっと怒られそうなことを考えた。

ほかの怪たちも彼女くらいわかりやすければいいのに。最近の宵丸なんて、どう接すればいいのか。

（宵丸さんとの約束は、もう神との約束みたいにこのところ思えてしまう）

もしも雪緒が、そんなことないですよね、と問えば、宵丸はきっと、そうだ、とうなずいてくれるだろう。しかし、それを問うのは気が引ける。

「あー…一つひとつ、慎重にいかなきゃ」

雪緒は積み上げられている米俵に片手をつき、深く呼吸した。

❁

切り干し大根と人参と油揚げの煮付け。蓮根のきんぴら。蕪《かぶ》、茄子《なす》の漬物。

刻んだ乾燥海老をまぜた牛蒡《ごぼう》巻き。かぼちゃの胡麻《ごま》和《あ》え。余ったかぼちゃで仕上げた団子。

蕗味噌《みそ》。

（蕗って、味しみしみだとなんでこんなに美味しいのか……永遠に食べられる……しゃきしゃ

きとほくほくという矛盾した食感を許されている奇跡の食材……山の神ありがとう）

雪緒は蕗の可能性に陶然としつつ、次の料理に取りかかる。

山菜と干し椎茸の雑炊。猪肉《いのししにく》と豆と、あと適当な具材を盛りこんだ炒め物。それから酒。雑炊を煮込むあいだに箸を振りまわし、ほかの品を仕上げていく。雑炊は見栄えがするよう気をつける。調理は、「貢ぎ物」の意も隠し持つので、雪緒一人で行う。

いまはもう、どの料理も『美味しい』に違いない。

料理を載せた御膳は白桜式間に運び入れる。簡易の水場がある壱間から近いほうが、後片付けを考えても都合がいい。少し不安定になっている伊万里は、膳を運ばせたのちは念のために下がらせた。

柏餅《かしわもち》や鯛《たい》などといった、もっと貢ぎ物としてわかる祝い膳にすべきか迷ったが、今夜は素朴な家庭料理で正解のようだ。派手な膳は祭り後に用意しようと決める。

酒豪の絹平につられて、宵丸もかなりの杯をあけた。禊《みそぎ》の意味もあったのだろう。

途中参加した涅盧と井蕗も杯を重ね、全員潰れた。と思ったら、飲む量に気をつけていたのか、片付けの最中に、それまで座布団の上に転がっていた白月がむくりと起き上がった。食事前に変化は解いている。

重ねた器を運び出そうとする雪緒の手から、「危なっかしい」と言ってそれを易々《やすやす》と取り上げ、先を歩く。酔いを感じさせないしっかりした足取りだ。いや、狐尾のゆれが少々怪しいだろうか。

「……。狐にとって尾をまじまじと見られるのは、裸を覗かれるに等しく」

「嘘だって知ってますからね」

「おい、器はどこの水場へ運ぶんだ」

「隣部屋の土間で大丈夫です。水を流しやすいので」

「…………話し合いのときにも感じたが、この部屋、どうも既視感があるな」

壱間を訝しげに眺めまわす白月がおかしい。

「紅椿ヶ里の〈くすりや〉っぽいでしょう」

雪緒は流し台に汚れ物を置いてもらい、微笑んで白月を見上げた。子狐姿を解いた白月は、あやめの色合いを連想させるような、薄紫の衣に黄色の帯、濃紫の袴を身にまとっている。

「おまえ様は、翁がいまも恋しいのだなあ」

白月は呆れともつかぬ優しさを眼差しに乗せて言った。

雪緒は流し台の盥《たらい》に水を注ぐ手を止め、「そんなことは」と言いかけて、口をつぐんだ。視線を流し台に戻し、果皮を包んだ小袋で、盥につけた器の汚れをこする。

（そうなのかもしれない）

指摘されるまでわからなかった。が、自分の心を覗きこめば、その理由以外にはないように思われる。育て親の設楽の翁との二人きりの生活で、かつての雪緒の日々は満ち足りていた。

平穏は、翁の天昇《てんしょう》とともに消え去った。なおさら翁が平和な日常の象徴であったように思える。

「……俺の助けは、いるか？」

白月はその問いを、雪緒が立てる洗い物の音にまぎれそうなほどの小さな声で聞かせた。雪緒も「いえ」と、小声で答えた。

「白月様だって、紅椿ヶ里の祭事の準備で忙しいでしょう？」

白桜の浄化は当然進んでおらず、停滞のまま。

雪緒の頭を最も悩ませる問題だが、ほかの里の目線でいうなら——実際のところ評価が変わってくる。里長とは、そこに存在するだけで守護の役割を果たす。そのため、少なくとも現段階では、これ以上の被害の拡大の恐れはなくなった、という見方もできる。

基本は、どこも他里には不干渉を貫く。御館の白月であってもその掟を守らねばならず、こうして白桜ばかりにかまけている暇はないはずだった。

「楓を俺の替え玉に仕立てている。次の祭事に備えて潔斎するのでしばし部屋にこもる、とも古老どもに伝えているんだ。数日は不在でも気づかれん」

白月は平然と悪巧みを吐露した。

「問題しかないような気がしますが……」

「むしろだれかが紅椿で問題を起こしてくれないかな。邪魔なそいつらを一掃できて手間が省ける……いや、話し合う場を設けたりと、改善策を打ち立てることもやぶさかでは」

「無理して善人っぽく見せずとも大丈夫ですよ」

「……うるさいぞ」

白月が狐耳を前後に動かして唸る。

荒事を嫌うこちらへの配慮だとはわかっている。その優しさが計算されたものか本心なのかはわからないが、どちらであっても自ら白桜へ足を運んでくれたことには変わりない。

白月は複雑な性情の持ち主だが、こういうところは意外と献身的だと雪緒は思う。好悪に関係なく、心が動いたものに対しては執着するというか。獣の本性のせいだろうか。

「雪緒」

呼ばれたので、洗い物の手を止めず、「はい？」と問えば、微妙な沈黙が返ってきた。と思った次の瞬間、やはり辛抱し切れなくなったのか、盥のなかから勝手に雪緒の両手を引っ張り出し、自分のほうにぐいっと体を向けさせる。雪緒の指先から、水滴がぽたぽたと滴《したた》り落ちた。

雪緒はぽかんとしたあと、しかめ面の白月を見上げて、つい笑った。

「白月様……」

「うるさい。余計なことを言ったら食う」

長い狐尾で脇腹あたりを軽く叩かれた。

「白月様、私は本当に大丈夫ですよ。道具の貸し出し許可をくださっただけでじゅうぶんです」

「……。俺が偵察に来てはだめなのか」

「だめです」

「なんでだ！」

もう少しやんわりと咎められるとでも思ったのか、雪緒がきっぱりと拒絶すると、白月は狐耳をぴんと立てて驚いた。

「私は白月様の役に立つため、白桜の長になったんです。なのに白月様が私にかまいすぎては他里へ示しがつきません。だからだめです」

「べつにほかの者にどう思われても……」

「私が嫌なんです。天を包むほどの徳を白月様に差し出します。今回の件も、きっとなんとかしますので待っていてください」

白月が『慈悲』をもって瀕死《ひんし》の白桜に獏面さんという希少な道具を貸与してくれたことは、彼が積む徳のひとつになるだろう。だからこの道具はありがたく借りても問題ない。雪緒は頭の片隅で考えた。

「それと、今後はもう白月様とはお会いしないようにします。里長集会とかはべつとして」

「はっ？」

「私の恋は殺しました。でも、白月様の望みは死んでも叶《かな》えます。それでも人は弱くて、なにかの拍子に迷ってしまう。もうお会いしたくありません。私の信念が肝心なときにゆらいでは困ります」

「……はあっ⁉」

ぐわっと白月が目を剥いた。狐尾も中途半端な高さで震えている。

まさかここまで強く拒絶されるとは思わなかった、という顔つきだ。

「……おっ、おまえ……なんだって？」

「さあ白月様、もう紅椿ヶ里にお戻りになって」

濡《ぬ》れた手を自分の腰で拭き、唖然《あぜん》と立ち尽くす白月の背を押そうとしたら、彼はわなわなと全身を震わせた。

「——絶対に戻らん‼」

勢いよくこちらを振り向き、仰《の》け反る雪緒を睨みおろす。

「よくもおまえ……俺にそこまで言い切ったな⁉」

「言い切りました」

「うなずくなよ‼　俺は郷の大星なんだが⁉」

「知ってます」

「あれか、もう御館の権限でおまえを嫁に戻して白桜を潰せば万事解決か！」

「職権濫用には全力で抗議します」

「おまえ、まことなんなんだ!?」

「白月様の高徳のために生きてる人間ですが」

白月が放心する。尾の膨張率がいままでで一番だった。

「……………え、待て、普通これ、ちょっと絆《ほだ》される流れじゃないのか？　おかしくないか!?」

「それが困るんですよ」

同じ話に戻っている。

「じゃあ、お元気で」

再度外へ押し出そうとしたら、白月が、すううっと深く息を吸いこんだ。

「――そっちがその気なら、こいつ、もう……目にもの見せてくれる!!」

「あの、白月様。私を利用して高みに到達したいのではなかったんですか。邪魔してどうするんですか」

「うるさ……っ、もういやだ!!　こ……この!!」

白月がざわっと狐尾を波のようにゆらめかせた。

「我が身が生じてから、こんなに人の子に惑わされて、らしくない言動を繰り返したことがあったか？　なのにまだ……！」

悟りを開いたように、白月の目から光が消えた。いや、凪《な》いだのではなく物騒な色が滲《にじ》んでいる。雪緒は警戒した。

（あきらめたらいいのに。どうあったって、人と怪ではわかり合えないところがある）

そのほうが楽だと雪緒は知っている。

「献身的狐様に化けてやる」

いまから噛み殺します、と宣《のたま》うときと同じ口調だった。

「おまえ様が命まで差し出すと宣言したように、俺もそうすればおあいこなんだ。もうおまえの機嫌なんて気にするものか。勝手に、俺が、献身を……」

野望を捨て切れない白月には、本当の意味での献身は無理じゃないだろうか。

そういう疑念がおそらく顔に出てしまったのだろう。白月が無表情になった。

「ああ、光り輝く人でなしの恋を捧げ返してやる」

それを信じさせてやる、と白月は憎むように言った。

❁

「――そもそも雪緒。とりかかり大祭とはどういうものか、わかっているのか」

白月がふんぞり返って尋ねた。

そこを追求されると、もう一度紅椿ヶ里へ戻れとは言いにくい。

「表向きの祭りの内容ではなく、長が指揮を執る隠祭のほうですよね」

洗い終えた器を雪緒が流し台の横に置くと、白月は妖力で風を生み出し、それをふっと乾かした。妖力って日常でも活用できて便利だなあ、と雪緒は羨望《せんぼう》の視線を白月に注いだ。

「表向きの祭りは、秋鳥の代表でもある雁《がん》の狩猟を行うものだとは知っています」

といっても過去に雪緒がこの祭りに参加したことはない。

狩猟を忌避したのではなく、基本的には祭日も〈くすりや〉で働いていた。せいぜい狩り後に分配される肉を焼き、その味覚を楽しむといった程度だ。

「本来は、焚《た》き火の祭りだ」

雪緒が一枚洗うたび、白月は律儀に器を乾かしてくれる。もしかしてこれも献身のひとつとか。

「焚き火？」

「そう。ただし雁が関わる部分は同じ。空を渡る途中の雁が落としていく枝を集め、焚き木にする。肝要なのは、炎と煙を舞わせるところだ。この炎と煙も見立てとなっていて――まあ、そこの説明は省くが、踊る炎に貢ぎ物を投げこんだあと、その灰を、祭りに惹《ひ》かれて参られた二十の神にお渡しする」

「灰が供物になるのですか」

書物では読み取れなかった話に、雪緒は感心する。

「なるとも。灰の残りは里で管理する。これは貴重な墨になり、祓の具として使用される。

……絹平が引き受けた役目とは、祭神となる二十の神、『ととりみかみ』という鳥神だ」

「二十の神々？　それですと、絹平様以外にあと十九人、揃えなくてはいけない？」

「違う。二十の数が存在するわけではない。男面と女面の二つ、双頭の意を示している。それを踏まえ、多数の意となった」

なるほど、なら鳥神の見立て役は絹平一人で問題なさそうだ。

この大祭に、いかにして獏面さんを絡め、里の不浄を払うかが次の論点になる。

「余談だが、とりかり大祭には不可解なところが多く、由来が判然としないんだ」

「そうなんですか？」

「いつの間にか始まっていた、という不穏な祭りのひとつになっている」

「へえ……」

「絹平は詳しいみたいだが」

拗《す》ねた言い方をされた。教えてもらっていないらしい。

「では、獏面さんの使い方も絹平様に一任したほうがいいでしょうか」

事前に使用方法は把握しておきたいが……。

「そうだなあ……。獏面さん……『はくりめ申《しん》』というのが最古の呼び方だが、この道具はまことに扱いが難しい」

白月が流し台の模様に目をとめ、変な顔をして答える。

「もとは異方の妖怪だったらしいが、その真偽も不明だ」

「えっ？　どろめさんとかではなくて？　猫もどきの獏なんですよね？」

まだほかにも別称があったのか、と雪緒は驚いた。

洗って乾かした器を、ひとまず土間の木棚の隙間《すきま》に押しこんでおく。

「異界から流れて色々と変容したと聞くが。絹平がなあ……あいつ、こういうことは本当に口を割らない」

あらかたの片付けは終わったので茶を淹《い》れようと、土壁に吊るしている袋のひとつに目をやれば、雪緒の視線の行方《ゆくえ》に気づいた白月がそれを取ってくれた。

「本来、はくりめ申がその能力を発揮できるのは先月、十月だ。ほかの月だと、尚更あれは協力を厭《いと》うぞ」

「道具なのに、主張が強いですね……」

袋から茶葉を匙ですくい、それを小さな布にわける。白月が袋をまた土壁に戻してくれる。

「それだけ呪力《じゅりょく》が強いという意味でもある」

呪力。神力ではないのだな、と雪緒は茶葉入りの布を丸く包みながらぼんやり思った。

「――俺の代の話ではなく、雷王の代でもなく、もっと古い世で、やはりこの道具を使用したことがある」

「本当ですか？」

鉄瓶を棚から取り出して、雪緒は尋ねた。白月が尾をゆるく振る。

「ああ。そのときは、増えすぎた悪神を善き神にひっくり返すために使ったそうだ」

「祈りの儀では追いつかなかったのですか」

「一体ごとに祀る余裕がなかった。一気にやらねば郷が滅ぶ、というほどに事態は差し迫っていた。そう記録されている」

「そのときの、具体的な使用方法はご存じですか？」

「鏡だ」

白月は流し台の模様を見つめたまま答えた。

「要は境界の再現だ。今回の祭りでも応用ができるだろう。はくりめ申を、鏡から鏡へ映す。その際、鏡にはべつの世を映しておく。はくりめ申を移動させたら、またこちらへぐるりと戻すんだ。鏡を渡ることで、邪が聖に、善が悪に変わり、交換が叶う」

これは厄流しだ。雪緒は鉄瓶の蓋《ふた》を開けながら、確信した。茶の包みをなかに落とす。よくある厄流しの呪法《じゅほう》と構造は同じ。たとえばヒトガタや札、笹舟《ささぶね》などに穢れを乗せ、川に流す——捨てる。

川流しの場合は、水にさらされるうちに厄も薄まるという仕組みだが、今回の場合は——。

「そのべつの世に不浄を押しつけることに……」

「そうとも。これは神具ではない。使い手にのみ都合のいい道具にすぎない」

雪緒は絶句した。

「――が、そこで絹平の出番だ」

白月がこちらを見て、諭すように優しく言う。

「絹平様の？」

「なにも実在の『べつの世』を映す必要はない」

「どういう……？」

「鏡に『藩』の幻術を投影させる。はくりめ申は異方のモノ、うまくいけば、絹平が生み出した幻の外つ国《とくに》たる藩へ戻りたがる。そういう性質を抱えているんだ。……そして絹平は、藩の記憶を保持する極めて珍しい個だと聞く」

雪緒は思い出した。そういえば、こちらの世には存在しない、『めりーごーらうんど』のような情景を彼は作ったことがある。

「そうですか、それで藩の生まれの絹平様なら……はくりめ申、獏面さんをうまく使いこなせるわけですね」

どこかの世を犠牲にせずにすむ。安堵《あんど》し、そう口にしたあとで、ふと雪緒は気づいた。

（その条件なら、私でも使えるのでは？）

いや、藩の情景の投影は難しいか。

雪緒も、もとは藩の者だと絹平は言う。が、それは彼の主張にすぎない。

藩出身である証拠は存在せず、雪緒自身にもそちらの記憶は残っていない。ただ、以前に絹平が練り上げた異界の情景に、わずかなりとも心をゆさぶられたことだけは確かだ。

「それでも少し懸念が残る」

流し台の縁の彫りを怪しげにつつきながら、白月がためらうように言う。

流し台には立体的ないかつい魚模様の彫りがあるが、雪緒の見間違いでなければ、白月に指先でつつかれた直後、魚の目が「気安く触んなよ」と、詰るように吊り上がった気がする。

雪緒は鉄瓶に水を注ぎ、「懸念って？」と聞き返した。

「絹平は、妖怪としては抜きん出た力量を持つが、それでもしょせんは妖怪だ」

「……というと」

絹平をただ見下しているという話ではないだろう。

「妖怪以上にはなれない。操る力においてもだ。果たして、神具にほど近い呪具《じゅぐ》を、幻術で騙《だま》し切れるだろうか、という問題がある」

憂いを帯びた表情で語っているが、白月の興味は流し台の魚の模様に向いている……気がしてならない。

「贄が必要とか、そういうお話でしょうか」

雪緒が警戒すると、白月は驚いたように、流し台の魚模様をつつく指を止めた。

その瞬間、反撃のときは来たりという様子で流し台の魚模様が動き、白月の指に噛みついた。

白月がすぐに反応し、手のひらで流し台の魚模様の顔をぺちっと軽く叩く。魚模様の顔が「痛い……」と悲しげなものになった……気がする。雪緒は、そっと魚の模様を撫でておいた。

「いや、そんな物騒な話はしていない……贅思考が雪緒の頭にどっしりと根を張ってしまったのは、俺たち妖怪のせいなのか……？　そうじゃなくな、念のために妖怪よりも強いモノの支えがあったほうがいいかもしれない、という話だ」

「あっそういう……すみません」

先走って悪く捉えてしまったと知り、雪緒は慌てた。

流し台の魚模様が、「謝らなくていいよ」と慰めるように、雪緒に向けてヒレを振った……気がする。すかさず白月がこちらに顔を向けたまま、もう一度ぺちりと軽く流し台の魚模様の顔を叩いた。やめてあげてほしい。

「――それでは、六六様に助力をお願いしてみようかと」

「難しい」

と、白月が短く答える。

その「難しい」は、どちらの意を含むのだろうと雪緒は考えた。

六六には荷が重いという意か。それとも六六と絹平の相性の悪さを憂慮しているのか。

しかし、六六への救援要請が不可となると、話は途端に行き詰まる。

そもそも妖怪以上の存在に、知り合いなどいただろうか。……いや、いる。

「……沙霧様は、お力を貸してくださるでしょうか」

「まあ、当然そこに行き着くよな」

白月があきらめたような笑みを見せる。すでに沙霧に依頼する未来を考えていたらしい。

「こういうことがあるからな、俺は、いまの俺を超えたいんだ。ただの妖怪では立ち行かぬときがある……」

疎ましげに独白したのち、ゆるく首を振り、雪緒を見つめ返す。

「そうだな、力の特性を鑑みても沙霧が適任だろう。あいつは基本的に人族が好きだし、雪緒ともまあ、面識がある。頼めば、おそらくは是と返ってくる」

「なにかほかに問題がありそうな……？」

「絹平がなあ！　ほら、絹平は生粋の妖怪だろ」

「あ、あー……」

雪緒は変な声が出た。白月の耳も、水やりを忘れた花のように、へなりと垂れている。

そうだった、沙霧は妖怪を露骨に見下している。そんな選民意識の強い彼が、妖怪のなかの妖怪である絹平をどう扱うかなど、火を見るよりも明らかだ。

「いや、それでも沙霧はおまえ様の頼みなら従うだろうが、となると、絹平のご機嫌をどう……」

「白月様……！」

ここは絹平をきっとだれよりも理解しているであろう白月の手を借りるしかない。

雪緒が鉄瓶を持ち、期待をこめて見上げると、白月は先ほどのように驚いた顔をした。

「……雪緒、覚えているか。俺は前に、おまえ様を見守ると言った。おまえの頼みなら、俺は」

白月が表情を引きしめて雪緒を見つめる。眼差しに熱が宿っている。

雪緒は大きくうなずいた。自分もまた、熱い思いを抱え、白月を見つめ返す。

「もちろんお稲荷《いなり》さんを捧げますとも！　山ほどに！」

「台無しだ雪緒」

なにせ私は油揚げの聖、と胸を張る雪緒の腰を、白月の尾が勢いよく叩いた。

「これで噛みついてはいけないって、まことわけがわからん……たちが悪い」

「白月様のお力を借り、そして私が貢ぎ物を捧げる。そうすれば、これもまた白月様の徳を積み上げることになります」

「だから——もういい。俺は地道にがんばる狐様だからな、雪緒」

白月が重たげな溜め息を漏らしたのち、苦い笑いを見せる。

「おまえ様の徳にもなる。俺以上に徳を積め」

「いえ、私は」

「積むんだ。因果への清算が終わってからが勝負なんだよ。それまでは絶対に死なせないからな、雪緒。めちゃくちゃに生かしてやる。楽に死ねると思うなよ」

「死なせないと言われて、こんなに恐怖を感じることあります⁉」

あんまりな発言に雪緒が震えると、白月が声を上げて笑った。久しく見ていなかった悪意のない明るい笑いだった。

「ほら、茶を淹れてくれるんだろう。早くしろ」

「淹れますけども……」

雪緒は鉄瓶と杯を二つ持って土間を上がり、囲炉裏のほうへ戻った。

白月もついてきて、板敷の端に腰掛け、囲炉裏の灰を掻きまぜる雪緒を眺める。まだじゅうぶんな熱があるので、茶を淹れられるだろう。

「死なせないぞ」

白月がふたたび言って、獰猛《どうもう》に笑った。

◎参・どんどんひやらひやら

神とはしばしば立ち止まり、振り向く。

そしてなにかに耳を傾けたり、見つめたりする。

こういう慈悲深い性質を持つために、沙霧《さぎり》は、雪緒《ゆきお》が望んだそのときにはもう振り向いていたし、彼女が望むのなら手を貸してやろうとも考えていた。

本心を明かすならば、おもしろくなってきた、と興を引かれたからだった。番狂わせが起きるだろうか、人というのは稀《まれ》に予期せぬ風を生む。自分自身すら吹き飛んでしまうほどの嵐《あらし》。

（すばらしい！）

人の愛らしさに胸を躍らせ、沙霧はさっそく諾意を伝える一通と祭具の銅鏡二十四組を白桜《しろざくら》に届けた。

雪緒が助力を乞《こ》う文をしたためる前のことだった。

❀

とりかり大祭当日。夜間。

雪緒は万字屋敷を抱える清浄な上界区画の一部に仮設された祭場に来ていた。

すべての葉を払い落とした裸の銀杏《いちょう》の木が、祭り開催の場をぐるりと円を描くように取り囲んでいる。その囲い代わりの銀杏の手前に、二十四組の丸い銅鏡が設置されている。これもやはり祭場の内側を向く形で円状に並べられていた。いずれの鏡も人の背丈を超えるほどの大きさで、銅鑼《どら》のように木枠にぶら下がっている。

祭場には篝火《かがりび》の用意があるが、その輝きを受けても鏡の表面は夜の海のように真っ黒だ。鏡の背面側には、獅子《しし》なり鶏なり鈴なりと、異なる模様がそれぞれに彫られている。精巧とは呼べず、どこか不出来な作りで、しかし大層古い。重厚ながらも歪《いびつ》な鏡だった。

雪緒はこの大祭に、黒地の水干を着ていた。だれもが同じ恰好《かっこう》だ。大祭に協力するという文を寄越した半神の沙霧も、雪緒たちと同様の装束をまとってこの場に駆けつけている。

この場で取り仕切るとりかかり大祭は、『隠祭』のため、厳重に管理されねばならず、民の目に触れさせることもない。

すべての隠祭がそうというのではない。祭りの性質によっては大々的な公開もあり得る。今回は最低限の数の者のみで進行する。この場にはいま、必要な数の者だけが集まっている。

(……もともと大人数を集められる状況じゃないけれども)

雪緒は十一月になっても生ぬるい空気を吸いこみ、深く吐き出した。

なんとも綱渡りの日々だと思う。最悪の状態だけはかろうじて回避できているが、この緊張が途切れたときが恐ろしい。

祭り支度に関しては、波乱もなく粛々と進められた。

祭場に設置した二十四の鏡は借り物だ。これは紅椿《あかつばき》、白桜が管理する神具ではなく、沙霧個人の秘宝のひとつだという。沙霧自身の到着より前に届いたこの二十四組の鏡は、白月《しろつき》たちがしっかり吟味したのちに祭場へ運びこまれている。

本来はべつの水鏡を用意する予定だったが、沙霧のもののほうが性能が上だと白月に教えられた。貸してくれるのなら使えばいいだろうと。白桜所蔵の神具や秘宝はいまや、里全体を覆う未曾有《みぞう》の穢《けが》れが原因でほとんどが失われている。

惜しみなく秘宝を出してくれた沙霧の厚意には感謝するばかりだが、こちら側が要求する前に届けられたことに少々空恐ろしさを覚えるのも事実ではあった。

祭主は長《おさ》の雪緒で、指揮自体は絹平《きぬひら》が執る。が、今回の雪緒はただ進行を見守るだけの置物にすぎず、なにかを指示するわけではない。

雪緒は、ちらりと隣に立つ男を仰いだ。というのも、先ほどから男の視線が痛い。祭場の観察に集中しようとがんばっていたのだが、これ以上はもう無視できそうになかった。

「……その、沙霧様。わかっています。おっしゃりたいことは、よくわかっています。ので、どうか祭りが終わるまでは辛抱を……」

か細い声が自分の口から漏れる。先述の通り衣装は皆、同一。黒衣。だが、沙霧に限っては、

「ますく」というか、黒っぽい布が顔の下半分を覆っている。これを猿轡《さるぐつわ》といったら本気で沙霧に怒られるだろう。遠慮のない宵丸《よいまる》なんかは沙霧の口元を見た瞬間、「よう、口無し野郎！似合ってる！」と言い放ち、げらげらと笑った。そのため、いまは祭場から追い出されている。祭り直前に妖怪《ようかい》大戦争を始められてはかなわない。

「しかたないだろ、雪緒」

と、うんざりしたように言ったのは、逆隣に立つお狐《きつね》様……沙霧の口を封じた元凶の白月だ。

「こいつが絹平と顔を合わせた瞬間、皮肉たっぷりに罵倒《ばとう》し始めたせいなんだから」

「いえ、はい、いえ……」

「絹平自身よりも、神出鬼没なあいつの兄弟のほうが厄介なんだよ……。絹平を軽視しすぎると、仇討《あだう》ちとか言われてあいつらに白桜が襲撃されかねない」

雪緒は頭を抱えたくなった。

これでも皆、多少は沙霧の暴言に聞こえないふりをした。雪緒も白月も、罵《のの》られていた絹平本人でさえも。全員、沙霧の性質を理解していたからだ。

しかし、忍耐にも限度がある。「うっかり僕の力で醜い鳥を消し炭にしてしまうかもしれませんが、そうなったら白桜は、神の庭に変えましょうか？」と、地獄の提案をし始めたあたりで全員の目が死んだ。沙霧はこれを雪緒に対し、まったくの好意で言っている。

次第に絹平も、「攻撃されたところで、どうせ本当に消滅するわけじゃない。ここで一度死んでもいいから、沙霧に消せない一撃を与えたい」と、黒い心を漏らし始めた。

歴史に残る騒乱期が幕を開けそうな予感がしたのか、白月がとっさの反応で沙霧の口にびたっと護符を押しつけた。雪緒が、もしものときのために、と皆に持たせていた護符だった。こんな使い方を期待していたわけじゃない。

白月の手で張りつけられた護符は瞬時に布きれに変化し、きゅっと沙霧の顔の下半分に巻きついた。口の位置に、大きく「凬」の文字が浮き出ている。本当は「封」の意のはずが、相手は半神だ。たぶん文字のほうも空気を読んで、自ら「凬」の形に化けたのだろう。

つまり、この封印が効いているあいだは、沙霧は話せない。が、ものすごく沙霧の視線が痛い。はじめは真っ白だった布も、じわじわと黒く染まりつつある。怒りの濃度を示しているようで、恐怖しか感じない。

「雪緒、鈴はちゃんと耳にさげているな」

沙霧の威圧的な視線から庇《かば》うつもりか、白月がそんな質問をしてきた。

雪緒は自分の耳に指を当てた。リンと音が鳴る。全員が黒衣、そして耳には大振りな銀色の鈴の飾りをさげている。

「はくりめ申《しん》は、惑わす者でもある。祭りが始まれば、よからぬ妄言を吹きかけてくるかもしれないので、じゅうぶんに気をつけろよ」と、白月が案じる顔で警告する。取りつけられた鈴が重いのか、彼の狐耳は嫌そうに水平に倒されている。

「はい。……鈴の音が『妄言』を掻《か》き消してくれるんですよね」

耳から外れないよう、注意せねば。

雪緒は表情を引きしめた。

「ああ、それと、これもわかっていると思うが、幻術の景色が鏡に宿ったら、長く見つめるような真似《まね》はするな。……おまえ様の場合はたとえ幻術であろうとも、『異方』と目合ひをしすぎたら、見入られて、体ごと向こうへもっていかれかねない」

「こわいことを言わないでください」

「……おや、久しぶりに雪緒をこわがらせてしまったか」

白月は眉《まゆ》を下げて笑った。

❁

鏡が囲う空間の中心に、焚《た》き火用の細い枝を抱えた絹平が向かった。

雪緒は祭場を囲うようにして並ぶ二十四組の鏡のあいだ、その狭い空間に置かれている木製の胡床《こしょう》に座っていた。背後には、不安そうな顔をした伊万里《いまり》が控えている。

白月や沙霧、涅盧《ねろ》といった面々は、べつの鏡同士のあいだに置かれた胡床に腰掛けている。

要するに鏡の設けられている位置が、祭場と外界を隔てる「境界」だ。

絹平のみがいま、境界の内側にいる。雪緒の位置からでは、絹平の表情は見えない。彼は装束こそ皆と同じだが、頭に黒地の羽織りをかぶせている。手には枝がある。

絹平はまず、祭場の中心に組まれている大掛かりな焚き火用の木枝に、持っていた枝で火を移した。この神聖な焚き火を、『にわび』と呼ぶ。ぎっしりと複雑に組まれた木枝は絹平の背丈を越えるほど。『にわび』用の枝は前もって集められている。といっても、本物の「雁《がん》が落とした枝」ではない。見立てというか、それと誤認させるために、枝に鳥の印を刻んでいる。あらゆる資源に困窮しているいまの白桜では、これが精一杯だった。

先の祭りの主役ともいえる銀杏の木で祭場を囲んだのは、外界への延焼を防ぐためだ。すべての祭りはつながり、巡るものであることを示す。

中央の『にわび』の手前には、銀製の大型の台座が置かれている。焚き付けを終えた絹平が、胸からさげていた青銅鏡のようなものをそこに載せた。はくりめ申を閉じこめた鏡だ。

やがて『にわび』の炎と白煙が、天へ昇る二色の龍のように螺旋《らせん》を描き、高く上がり始めた。火花がちりちりとあたりに舞う。カンカンと、どこからか拍子木を打つ音も響いてくる。

涅盧を先頭に、貢ぎ物を載せた大杯を両手で恭しく掲げた民が祭場へ入ってくる。彼らは、燃え盛る『にわび』に歩み寄った。貢ぎ物の上を柏の葉で、サ、サ、と何度か撫《な》でたのち、それを『にわび』に投げこむ。炎がさらに膨れ上がり、夜に踊った。

ふしぎと、枝の燃える音が波のざわめきのようにも、だれかの囁《ささや》き声のようにも聞こえた。

雪緒は神威《しんい》のような厳《おごそ》かな気配を感じた。夜はじっとりと重たげに濡《ぬ》れていた。

絹平が中央から離れ、祭場を囲う二十四枚の鏡にひたひたと歩み寄る。一枚一枚に顔を近づけ、鏡の表面を、文字を記すような動きで大きく撫でる。いや、かきまぜる動きというほうが正確だろうか。なんとなく鏡面がゆらめいているように思える。

雪緒はそろそろ鏡を見ないほうがいいだろうか、と考えた。白月の忠告が頭にあった。ふと視線を『にわび』のほうに戻す。

（あれ……？）

いつの間にか、むっくりとした体型の何者かが銀製の台座の上で窮屈そうに正座をしている。台座は決して小さくはない。その何者かが大柄なのだ。ふわふわした体毛、ぽっこりとした腹。しかし体つきは獣ではなく人のよう。顔には白茶の面。鼻が長い。猫耳らしきものも生えている。

異変はほかにも生じていた。

祭場内の地表に、何語かも判然としないふしぎな文字が、虫のように、あるいは万華鏡のように浮かび上がり、蠢《うごめ》いている。漢語かと思えばあらびや語のようにも化けたり、絵文字のようにもなったりした。……いや、なんという文字だって？　これはじっと眺めてはいけない類いのものだ。雪緒は機敏に察し、慌てて顔を背《そむ》けた。その瞬間、はくりめ申がこっちを向いた気がした。うーるうる、と鳥に似た鳴き声が聞こえた。うーるうる、うるるうるぅ、うーうる、うる。美しい歌声と感じたのは一瞬だけで、なんだか甘え声のようにも、年寄りが痰《たん》をごろごろと鳴らしているようにも聞こえ始め、雪緒は次第に全身が痒《かゆ》くなってきた。うーるるる、うるうるう。ふっと風を感じた。それから、りんりんりん。耳の鈴が鳴り始めた。

（……鈴の音？）

鈴の鳴る意味を悟り、雪緒は奥歯を噛《か》みしめた。一度呼吸を整えようと、瞼《まぶた》を強く閉じ、そして開く。濃厚な影が正面に差した。目の前に、はくりめ申が立っていた。思った以上に、大きい。雪緒の顔を真正面から見下ろしている。ぶつかりそうなほど近かった。

足元から強風に突き上げられたかのように、ざあっと全身が震えた。畏怖《いふ》だった。胡床から飛び退《の》くように腰を浮かせる。その反動で仰《の》け反って倒れかけた雪緒の背を、だれかが支えた。

「雪緒さん！」

伊万里だ。彼女がとっさに雪緒を助けようと――いや、身代わりにでもなるつもりか、こちらの肩をぐっと掴《つか》み、後ろに遠ざけようとした。自身は逆に身を乗り出す体勢になっている。

彼女の身から、なにか小さなものが落ちたのが見えた。それとも自分の身から？　確かめようとして、伊万里の足が境界内に踏みこんでいるのに雪緒は気づいた。

近くの地表を蠢いていた漢語が、ざわっと震えて、伊万里に向かった。咎《とが》める動きだった。

雪緒は上体を捻《ひね》り、慌てて伊万里を押し退け――境界の外側へ下がらせた。その動作に勢いがつきすぎたせいで、雪緒はまろぶように地面に膝《ひざ》をついた。奇しくもというべきか、正座みたいな姿勢になっている。飛び退いた際に倒れたらしき胡床の脚が、目の端に映った。

急いで視線を正面へ戻せば、はくりめ申はもう目の前から消えていた。何事もなかったように中央の台座に座っている。

雪緒は茫然《ぼうぜん》と祭場全体を見つめた。

（いまのはなに？　白昼夢？）

ほかの鏡の近くに置かれている胡床に腰掛けて見守っているはずの白月たちの無事を確かめる余裕もない。

絹平が呪術《じゅじゅつ》的な意をもって撫でる鏡の面、黒い海原めいたその鏡面に、霧が流れ始める。

『にわび』の炎の色が鏡面に移ったのではない。どこかの景色を映している。

この祭場の眺めではなく、異なる場所の景色だとはわかるが、かなり焦点がぼやけている。

ふとそこで、雪緒は強い視線を感じ、忙《せわ》しなくあちこちを見た。こちらとは離れた場所に置かれた胡床に座っている沙霧と目が合った。

たとえ篝火の明かりがあろうとも、いまは夜の刻だ。沙霧の位置までは、それなりに距離もある。はっきりと目が合ったとわかるのもおかしな話だったが、雪緒はこのとき、どうしてかいつもよりも勘が冴《さ》え渡った。こちらを見据える沙霧の意図を正確に理解する。

沙霧は雪緒の意識を絡め取ると、指を持ち上げ、くいと、空中でなにかを軽く下げる動きを見せた。その動きに誘導され、雪緒も自分の指を動かした。

すると、沙霧の口元を覆っていた封印の布がはらりと落ちた。解放された沙霧は、何事かをつぶやくと、パンと両手を打ち鳴らした。幾度か拍子をつけ、音を鳴らす。

二十四の黒い鏡面に映されていた曖昧《あいまい》な景色が、急に曇りを拭《ぬぐ》ったように鮮明になった。

「ほら協力してやった僕に感謝しろよ」という空気を沙霧から感じる。

あとでたくさん感謝します、と雪緒は心のなかで答えた。視線は、雪緒の位置からでも確認できる鏡面の景色に釘付《くぎづ》けだった。しかし鏡を長く見てはいけないという白月の忠告が、頬《ほお》を打つような勢いで急に思い出され、雪緒は、はっと視線を落とした。

「――雪緒さん、見て」

背後から伊万里の声がした。同時に、ぐっと強い力で上腕を掴まれる。縋《すが》る強さか、守る強さかを雪緒は一瞬考えてしまい、白月の忠告が頭のなかから流れた。

「ねえ、あれ、あの景色が、雪緒さんの本当の故郷？」

そう問われたらもう、雪緒は鏡のほうを見ずにはいられなかった。

見やすい位置にある鏡のひとつに、目を凝らす。

「……山？　森？」

ちょっと拍子抜けした。映っているのは、ただの深い森だ。木々が連なるばかりの景色なんて、ありふれていて、故郷かどうかもわからない。

「ほかもよく見て。なにか、建物のような影が……」

伊万里が再度促す。

雪緒はさっきまで眺めていた鏡からべつの鏡へと視線を動かした。

二十四の鏡に映る景色は、すべてが異なっている。雪緒が最初に眺めていたのが、たまたま木々ばかりの景色だったようだ。

「……だむ?」

「なに、だむって?」

雪緒は返事ができなかった。木々の合間に見えるあれは、ダムのコンクリートでは?

それに——ほかの鏡に映るものは。

「遊園地だ」

空を渡る車輪のような観覧車。その上空を、七色の丸い気球が飛んでいる。

街が見えた。賑《にぎ》やかだ。——冷静になれば、いくら二十四枚の鏡が銅鑼のような大きさを誇っていようと、この位置から鏡面に映る景色がそこまで細かく見えるわけがない。というのにどうしてなのか、拡大鏡を覗《のぞ》いたみたいに景色がばあっと目の前に広がっていた。

いや、景色のなかに体ごと飛びこんだかのような——あれはどこの街並みだろう。交差点の信号が変わる。気怠《けだる》げに待機していた通行人が一斉に動き出す。よくわからないキャラクターのぬいぐるみキーホルダーを鞄《かばん》にぶら下げた少女が、短いスカートの裾《すそ》をゆらして、足早にアスファルトのゼブラ模様を渡っていく。

姿もある。

どこかの公園の景色もある。半袖《はんそで》姿の子どもたちが遊んでいる。ベビーカーを押す若い夫婦の姿もある。ダンスの練習をする少年たちの姿もある。ベンチに座って鳩《はと》に餌《えさ》をあげる老人の姿もある。

どこかの校舎が映る。正門から黒い制服の少年少女たちが吐き出される。グラウンドでは、陸上部の生徒がジャージ姿でウォーミングアップを行っている。

運送会社のトラックが、日に照らされた道を走っていく。空を飛行機がいく。雲が棚引く。自転車が渡る。自販機が映る。茶色の毛並みの野良猫が塀の向こうへ逃げていく。働く人たちがいる。大いに笑う人々がいる。

どこかの町では祭りを行っている。祭り。雪緒はもっともっと目を凝らした。小さな女の子が、紅葉《もみじ》のような手で、赤い水風船をバシャバシャしている。彼女の姉らしき少女が呆《あき》れたようにその子になにかを言っている。雪緒は夢中で眺めた。なにを言っているのだろうと、少女の口の動きを読む。……あんまり強くバシャバシャしちゃだめ、風船われるよ。――われないもん。われるったら。お姉ちゃん、わたあめ食べたい。――あっち行こ。ねえ、内緒で蛍《ほたる》、見に行こっか。行く！　でも、ゆ……、ダムまで歩けるの？　けっこう遠いよ？　歩けるよ！

(待って、いま、あの子の名前を言った？)

雪緒は目が痛くなるほど彼女たちを見つめた。前のめりになるほどに、この眺めに囚《とら》われた。

「ゆ、雪緒さん、行こう」

「――えっ」

ふいに誘いの声をかけられ、雪緒は我に返り、目を瞬《しばた》かせた。

伊万里もまた、すっかり魅入られた様子で鏡に顔を向けていた。雪緒は悪寒がした。

「あっちの世へ行こう。私、あっちへ行きたい」

「伊万里さん、なにを……」

「なんてきれいな世なんだろう。化け物がいない。人間しかいない。こっちの世よりもずっと明るくて、活気があって、豊かさに満ちている。珍しいものばかりがある。夜のない世界なの？　あれが雪緒さんの世？　羨《うらや》ましい」

「伊万里さん、ちょっと落ち着いて」

呼びかけても、伊万里は譫言《うわごと》のように感情を垂れ流しにするばかりで、まともに返答してくれない。羨望《せんぼう》の輝きが宿る視線を鏡の景色に注いでいる。

先ほどまで雪緒の胸にも確かにあった高揚感は、もう跡形もなく消えている。異常な事態だと、伊万里の様子を見て焦る。

「私にだって、人の血が流れているわ。なら、私にもあっちへ行ける資格がある。安全な地へ行きたい。あっちへ戻ろう雪緒さん。こっちは私たちの世じゃない。私たちが、私たちらしく暮らせる世のほうがずっといい」

「伊万里さん！」

雪緒は大声を上げた。頭の片隅で、こちらの異変に白月たちが気づいてくれないだろうかと思った。視線は感じていた。ただし、はくりめ申の。

「お願い、正気に戻って。惑わされてる！」

「ここにいたら、私たちはまた生贄《いけにえ》になるわ！」

伊万里が預言者のように力強く告げた。

早く窘《たしな》めて、この状況を把握させねばならないのに、雪緒は伊万里の言葉をとっさに否定できなかった。その懸念は人である限りどこまでもつきまとう、この世でいつでも起こり得る悲劇だと、雪緒自身も痛いほどにわかっていた。

「――そうならないように、そうしないように、私がいます」

雪緒は言葉を振り絞った。

（……救われたいけど、だからといって、妖怪たちのようになりたいわけじゃない）

妖力《ようりょく》の便利さを羨んでも、恐れても、彼らの種族に生まれ変わりたいわけではないのだ。人としてただ生きたい。

「雪緒さん、現実を見てよ。あなたこそが一番の贄《にえ》になっているじゃないの!!」

伊万里が叫ぶ。雪緒の訴えは、彼女の心に届いていない。

「長のお役目が終わればどうせ天神よ！　あなた、天神になる。させられる！　そうなったら、そうしたら、私はどうすればいいの」

　これも、予想できる未来のひとつだった。

「それに、あなただけじゃない。ほかの妖怪なんて私をいつ食おうかと、邪魔に思いながら狙《ねら》っている！　雪緒さんには守り切れない。どんなに守ってくれても、あなたが目をそらした瞬間に食われるのよ」

「伊万里さん、お願い、聞いて！」

「雪緒さんこそ私の話をちゃんと聞いてよ！　いましかないのよ、行くならいましか！」

　伊万里が掴みかかってきた。雪緒は慌てて彼女の肩を押さえた。

「だ、大丈夫だから、あっちへ行ったら、今度は、私があなたを守ってあげる。こっちじゃ、ほかの怪《かい》より、井蕗《いぶき》さんより、役に立たなくても、ああいう平和な世なら、私だって！」

「えっ井蕗さんがなに!?」

「私だって役に立てる。誠実に、人らしく、生きられる。信じて雪緒さん」

　伊万里は異様な興奮状態に陥っている。

　鏡を見ただけでここまでおかしくなるだろうか。雪緒も自分を見失いかけたが、しかし、すぐに正気を取り戻している。なら伊万里は、なぜ。

　そう訝《いぶか》しんで、雪緒は、あっと気づいた。

　伊万里の両耳に、鈴がない。

（落とした!?）

もしかしてさっき軽く伊万里と揉《も》み合ったときだろうか。そういえば、彼女の身からなにか落ちたと気づいたときが――。

(あれっ、私の耳にもない)

反射的に雪緒は伊万里から手を離し、自分の耳を押さえた。いや、片耳にはある。さっき落としたのは、自分の耳飾りだったのか。伊万里はいつ?

――雪緒の、自分の耳飾りの有無を確認するという普段ならなんてことのない小さな動作は、一方で、両手で耳を塞《ふさ》ぐ仕草のように映ったのかもしれなかった。それは伊万里の目には、拒絶にも見えたのか。

こうした些細《ささい》な、思いもよらないすれ違いは、だれにでも、どんなときにでも起こり得ることだった。相手を拒否する意図など微塵《みじん》もないからこそ、反応も遅れる。存在しないはずの悪意が、なぜか濃厚に降り積もる。運命の悪戯《いたずら》というには邪悪すぎる、ほんの数秒が。

「――伊万里さん?」

雪緒は、ふと呼びかけた。なぜか胸騒ぎがした。

「い、いい」

かすれた声で伊万里が言う。

「伊万里さん、待って、なに」

心拍数が上がる。なにか、自分は失敗した。それがわかった。

「いいわ、違う。いいのよ。だって私だもの」

伊万里は視線を不自然に動かし、早口を聞かせた。

「雪緒さんが私を憎んでいるのは知っている。まだ許せていないのも知っている。だけど私、いいと思っちゃったのよ。あなたと一緒に毎日おやつをこっそり食べるの、好きだわ。ささやかだけど、特別なのよ。なんだか幸せな気がするの。だから、あげる」

「あげるって、なにを──」

「私が、あなたをまた憎み返す前に、あなただけでも、あそこへ返してあげる。あなたが、私と一緒が嫌なら、あなただけでも。信じてね、恩返しをしたい」

雪緒にしたら、本当にわけがわからない状況だった。突然なんの脈絡もなしに伊万里が狂い、自己犠牲にあふれた辻褄《つじつま》の合わぬ宣言をし始める。どう対処すべきかもわからない。

──伊万里の耳に、この瞬間も、ずっとはくりめ申の妄言、あっちの水は甘いぞ、こっちの水は生贄の血だぞ、雪緒様もしょせんは人の子で移り気だぞ、いまはよくてもいつか見捨てられるぞ、あああっちの水は甘い甘い、雪緒様を贄にすればお前様はあっちの甘い世へ行けるぞ、甘い甘いおお甘いと、そんな黒い誘惑の声が鳴り響いているなど、妖力を持たない雪緒にはわかるはずがない。はくりめ申は呪具《じゅぐ》だ。神具ではない。相手を呪《のろ》うのだ。そしてその者の心を食いたがる。

だがもしかしたら、はくりめ申もこの流れは予想し切れなかったのか。伊万里は、自覚している以上に雪緒のことが好きだった。許せないと言いながらも雪緒が伊万里を傷つけることはない。ただそれだけでもう、好きになっていた。一緒に幸福の地へ行きたい、行けないのなら雪緒だけでももとの世に返してあげたい、それなら自分が代わりに贄になればよいと、惑わされた意識のなかで、そんなふうに覚悟を決めてしまった。

伊万里は雪緒を乱暴に押し退けると、なぜかはくりめ申に向かって駆け出した。

「伊万里さん‼　戻って！」

もうなにがなんだかわからないが、とにかく儀式は失敗だ。いまは伊万里の意味不明な暴挙を止めるのが先決だった。

雪緒は慌てて後を追った。そうして境界を越えた。

雪緒が追いつく前に、伊万里は、台座に座るはくりめ申の面を剥《は》ぎ取っていた。

はくりめ申はいっさいの抵抗を見せない。面を取れば、そこにあるのはただの淀《よど》みで、重油のようなものがでろでろと流れ出てくる。それは地に滴り落ちると、一気に広がった。波を生み、祭場一帯に『どろ沼』を作り出してしまった。底はなかった。

雪緒はあっという間に、黒いどろ沼に沈んだ。

頭の先まで浸かってしまう前に、なにか掴めるものはないかと必死にもがく。二十四の鏡も台座もやはりなすすべなくずぶずぶと、はくりめ申の顔から垂れ流されて広がった重油のような淀みのなかに沈んでいった。白月たちがどうなったかは、わからなかった。

◎肆・御座に見よかむさまの

カアカアという烏《からす》の鳴き声が、雪緒《ゆきお》の意識を鋭くゆさぶった。ずいぶん近くから聞こえたような気がして、じんと痛むこめかみを片手で押さえ、瞼《まぶた》を開く。

「カアカア」

雪緒は、こちらの顔を覗《のぞ》きこんでいたソレと目が合った瞬間、喉《のど》の奥で叫んだ。

烏ではない。五、六歳くらいの子どもほどの大きさがある真っ白い猿《さる》が、雪緒の横にいた。羽のように両腕をばたんばたんと上下に大きく振りながら、烏の鳴き声を発している。よく見れば、両腕の途中から吸盤があり、蛸足《たこあし》に変化していた。

「カア、オジョウサン、オハヨォ、オハヨォ」

白猿は虚《うつ》ろな目でそう挨拶《あいさつ》した。

「ザンネエン、オキチャウノォ」

「え……」

聞き取りにくい片言で嘆いたかと思いきや、白猿は硝子《ガラス》玉のような目をぐるりとまわし、急に流暢《りゅうちょう》な話し方でこう続けた。

「起きなければ俺《おれ》の餌《えさ》になったのによォ、人は美味《うま》すぎていけねえ。カアカア」

雪緒は転がるように後退し、全身を緊張させた。この瞬間まで白猿に気を取られてまわりを見る余裕がなかったのだが、どうも五畳程度の狭い部屋に自分は寝かされていたようだ。

（なに、ここ⁉）

奇妙な部屋だった。障子が設けられている面以外の三方の壁には、色とりどりの「行方《ゆくえ》不明者」のチラシが隙間《すきま》なく貼られている。かなり古い似顔絵から、「プリント」されているような新しいものまで、様々な種類があった。失踪者の傾向もばらばらだし、事件発生の年代も幅がありすぎる。

雪緒が逃げるために障子のほうへにじり寄っても、白猿は追ってこなかった。こちらを見もせず同じ場所でカアカアと腕をばたつかせていた。

勢いよく障子を開く。そこで雪緒はまた悲鳴を呑《の》みこんだ。

目の前に広がる光景を、なんといえばいいのか——そうだ、「コンサートホール」だ。天井は高く、ゆるやかに弧を描いている。剥《む》き出しの梁《はり》には一定間隔で丸いライトが並んでいた。

雪緒が寝かされていた五畳間は、舞台の袖《そで》に簡易的に設けられている小部屋だったらしい。青みを帯びた暗いライトに照らされている舞台上には、小粋な赤いストライプのスーツを着た細身の男性が立っている。彼の横には飴色《あめいろ》の大きな木琴が置かれているのだが、なぜかその上に大人《おとな》ほども大きさのある蛸が横たわっており、ベルトで手足をきつく拘束されていた。

雪緒は唖然《あぜん》とした。蛸の体の一部は人間と酷似している。人間が蛸化したのか、その逆か。

それにスーツの男性も尋常ではなかった。体型は人間と同じだが、頭部は無惨なほど膨張し、後ろ半分が蛸化している。片目には錆《さ》びた釣り針が刺さっていた。

腐った魚を思わせる異様な生臭さが講堂全体に広がっていた。

「お客様、満を持しての公開手術を邪魔されては困ります」

男性が、悍《おぞ》ましい容貌《ようぼう》にそぐわぬ理知的な口調で雪緒を叱《しか》った。

「今日《きょう》は、株式会社はじめてぼうぼあぐええ解剖祭の大事な初日なんですよ。明日《あす》の夜から準備を怠らずにここまで漕《こ》ぎ着けたというのにまったく。私の威信にかけて失敗するわけにはいかないのです」

「は、はあ？」

男性の発言内容をちっとも理解できず、雪緒は困惑し、立ち尽くした。

異様なのは舞台だけではない。扇状に設けられている座席側もだ。

百以上はあるだろう座席は全部埋まっている。が、真緑色のベルベットの座席に腰掛けているのは、首に柄物のリボンを結んだお地蔵様ばかりだった。全員がこっちを見ていた。

「申し遅れました、私は整形外科医の赤牛爽快です。死ぬまでどうぞよろしくお願い致します。釜戸《かまど》坂ウウジ傴緇鵞村《うしどむら》の舌切り七十五丁目で開業しています。毎日ごきげん。ごきげんおはよう。妻は十一人作る予定ですがそのうち四人はむしゃむしゃです。私はまだ若く百九歳で精力的です」

赤牛と名乗った男性は片手を背に、もう片方を胸にあて、恭しく挨拶した。

「本日の祭りの目玉ともいうべき大解剖の意図をお話しせねばなりませぬ。このところ私たちのごきげん偪緇鶩村では卑しくも民どもが人間化仕《つかまつ》り、一向に収束の気配が見えません。爺《じじ》婆《ばば》どももこのままでは村がよいやさ繁栄してしまうと申《もう》しイデ候《そうろう》。そこでこの恐るべき『奇人間化』現象の謎《なぞ》を探るべく、どうでもいい民の一人を解剖しようと思い立ったのです。解剖は大事です。そうで御座りますよね爛れ川サク也《ただ》さん」

「爛れ川です、ごきげんよう。先日も解剖されたばかりですが今日も解剖されてしまいます」

手術台代わりの木琴の上で、蛸人間の爛れ川が、男らしいはきはきした声で答える。

「元気に返答くださり大変ごきげんです。ところでお客様」

と、赤牛がこちらを向く。

「私たちのごきげん偪緇鶩村にはどなたの紹介で来られましたか？　紹介状のない者は四肢切断すると一時間後に制定される法律で決めておりますが。五日後には祭りの最大の目玉である目合《まぐわ》ひ大贄祭《おおにえさい》が控えているんですよ、不審者を村にまぜこむわけにはいきません」

こんな意味不明な質問に答えられるわけがなかった。

非難を含んだ不穏なざわめきが観客席から広がる。知らず雪緒は額に汗をかいていた。

「――ご心配なく赤牛先生。彼女は僕らの連れです」

観客席から、よく通る声が聞こえた。

お地蔵様しか存在しないと思っていたが、見知った二人が舞台にほど近い席に座っているのに気づく。

(白月《しろつき》様と沙霧《さぎり》様だ)

二人を見て、雪緒は心底安堵《あんど》した。

それにしても、なぜか二人はひどくぐったりしている。

「すでに五十年前には廃村となって名高い傴緇鴑町にお招きいただけたこと、これに勝る僥倖《ぎょうこう》などありませんよ。その恩恵を私たちの愛《いと》し子にもと思い、こうして連れてきたのです」

沙霧が丁寧な口調を裏切るような、皮肉と嫌悪が滲《にじ》む表情を浮かべて言う。

「おおなるほど、こちらの人間様はあなたのお連れ様でしたか。それはそれは！　せっかく私の妻にして半分食おうと思っていたのに！」

赤牛は残念そうに嘆いた。それからぎょろりと目玉をまわして雪緒を見つめ、

「残った半分は煮えたカミサマのホロロロ様にしますよ。カミサマですか？」

「いいえ、カミサマではありません」

沙霧がきっぱりと雪緒の代わりに否定した。

「どうしても？」

「どうしても」

「ホロロロ様でしょうホロロロ様はなんぼいてもよいものです」

「ホロロロ様ではありません」

何度も訂正したあと、沙霧はおいでおいでと雪緒に手招きをする。

雪緒はあたふたと不気味な舞台から降り、座席間の狭い通路を早足で進んで沙霧たちのいるほうへ近づいた。彼らは、雪緒と同じ黒い水干姿のままだった。

沙霧は意味深にこちらに目配せすると、おもむろに席を立ち、舞台上の赤牛を見た。

「すまないが予定が押しているので、ここらで中座させてもらいます」

「ええ、せっかちな」

引きとめようとする赤牛に手を振り、沙霧が座席を離れて出口側の通路をずんずんと進む。無言を貫く白月も、倦怠感《けんたいかん》が漂う動きであとに続く。雪緒も慌てて彼らに倣い、講堂を出る。

灰色に汚れたリノリウムの通路を浅沓《あさくつ》で進むのは、変な感じがした。

それにしても、薄暗い。天井のライトは鈍い点滅を繰り返し、羽音のように唸《うな》っている。色《いろ》褪《あ》せたポスターや写真が飾られている壁は大半が剥《は》がれており、内部の柱が覗いていた。通路の床もところどころに穴が開いている。

もとは自動ドアだったのだろう入り口ガラスは、雪緒たちが歩み寄っても作動しなかった。割れている場所から身を屈《かが》めて強引に外に出る。

「変な天気……」

雪緒は怪しみながら上空を見つめた。

建物の外は、宵口《よいくち》とも夜明け前とも断じ切れぬ仄暗《ほのぐら》い青色に染まっている。周囲に生えている木々は、塗り潰《つぶ》したように黒い。

施設から離れるようにして雪緒たち三人は進んだ。

砂利道が施設の正面側に一本作られている。その左右の空間にはピアトリーもどきが置かれ、レトロな二輪車の残骸《ざんがい》が転がっていた。

砂利を踏みしめる三人分の足音が響く。最初は無言だったが、雪緒は黙っていられなくなり、口を開いた。

「白月様、沙霧様、ここはいったい」

「厄介なことになった」

雪緒に問いかけられることはわかっていたのか、白月が振り向きもせずすぐさま言葉を返してきた。「こいつのせいで」と、腹立たしげに付け足し、隣を歩く沙霧を指差す。

沙霧が雪のような色合いをした長い髪をゆらして雪緒に顔を向け、「僕は悪くない」と、言い訳を始めた。ふてくされた表情だ。

「だって、あなたたちは祭りのあいだ、不敬にも僕の口を封じたじゃないですか。その許し難い蛮行のせいで、怒りがちょっと漏れすぎたんですよ」

そもそもは沙霧の暴言が……という考えが表に出てしまったのか、沙霧がむっとする。

「元凶は僕を不快にさせた、あの醜い鳥野郎なんです」

「すみません、最初から詳しく説明してもらえると嬉《うれ》しいです。なにが起きているのか、私にはさっぱりわからないんです。ここは――白桜《しろざくら》ではありませんよね？」

そりゃ見ればわかるだろ、という目を彼らから向けられる。

「話しながら行こう」

白月が遅れがちに進む雪緒の腕を取り、真ん中に置く。身の安全に配慮してくれたようだ。

雪緒は目礼しておいた。

「ここがどこかという話だが。これがなんとも言い難い。鏡のなかに作られた幻術の世であるのは間違いない」

「……はい。祭り中、はくりめ申《しん》に伊万里《いまり》さんが惑わされて――それで祭りが混乱し、あの場にいた私たちも巻きこまれて鏡の世に入りこんでしまったんですよね？」

「……合っている。が、雪緒って、こんな変事を前にしても案外冷静だよな」

変なところで感心されてしまった。

（何度も異界というか、幻の空間に飛ばされたり拉致《らち》されたりしているし……）

と、過去のあれこれを脳裏に描きつつ、心のなかで答える。目がくらむような騒動も、頻繁に繰り返せば多少は免疫もつく。

「順を追って説明する」と、白月がちらっと雪緒を見やる。

雪緒はお狐《きつね》様の声に集中した。

「おまえ様どもは白桜の不浄を取り除こうと、はくりめ申の利用を考えた。俺はその申し出を認めた。が、呪具《じゅぐ》の癖が強く、確実な制御のために、こいつ……沙霧と絹平《きぬひら》の力を借りることとなった」

「はい」

事の発端から丁寧に説明してくれることに、雪緒は驚いた。これももしや『献身』のひとつかな？　と思ったが、いや、にしても、なんだかちょっと怪しい空気を感じる。

「ところが、このお気楽半神野郎……沙霧が、いつもの妖怪《ようかい》嫌いを遺憾《いかん》なく発揮してだ、俺たちは仕方なしにこいつの口を封ずるはめになった――沙霧、まことおまえは反省しろよ。時と場合を、真剣に考えろ」

白月が説明の途中で怒りを我慢できなくなったのか、辛辣《しんらつ》な眼差《まなざ》しを沙霧に向ける。

ここで反省できるようならそれはもう半神とは言えない。沙霧も負けじと目尻《めじり》を吊《つ》り上げる。

「うるさいですよ狐野郎が。僕が状況に合わせて態度を変えられるほど器用な性格に見えるのなら、いますぐ目玉をだれかと入れ替えるべきだ」

「俺の目玉は特注だから無理。おまえと交換なんかしたくない」

「なぜ僕と交換できると思った！　僕のほうが無理だ！」

なにを言い合っているんだろう、お狐様方は。

「ああもういい。雪緒、今後、半神野郎との付き合いはよくよく考えろよ」

「考えます」

「よし、その返事を忘れるなよ。それでだ。――そもそもの話、祭りの準備段階で、いくつかの不要な思惑が小虫のようにおまえ様のまわりを飛び交っていたわけだが」

「……私の?」

雪緒は恐る恐る自分を指差した。

いきなり話をすり替えられた……というか、予期せぬ流れに変わった気がする。

「そう。雪緒は、沙霧と宵丸《よいまる》と伊万里を存分に責めていい」

白月は大きくうなずく。

「無事に帰還したあとは、こいつらから金銀財宝の類いをごっそりともぎ取ってやれ。俺が許す」

「いえ、それは――その、祭り前に飛び交っていた思惑とは、いったい……? それがいまの状況と、どうつながるんでしょう」

「まずだ、宵丸の話によると、保管されていたはずの、由良《ゆら》の兄弟の遺品――『食い残されていた身の一部』が、祭りの直前に紛失したという」

「……は、紛失!? そんな知らせは受けていませんが!」

仰天する雪緒に、白月が狐耳をゆらす。

「怒れ怒れ。仮にも里長《さとおさ》だというのにまったくひどい扱いだ。おまえ様のまわりのやつらは謀《はかりごと》と隠し事ばかりに腐心している」

あっすごく八つ当たりの匂いがする、と雪緒は白月の心情を察したが、遺品の紛失とは本当にどういうことだ。

由良の兄弟は先月、白桜上里の旧屋城《やしろ》で白月の身内に食い殺された。その場に残されていたのは体の一部のみであったとか。雪緒はこの凄惨《せいさん》な話を、井蕗《いぶき》から聞いている。大戴《だいたい》の儀直後に起きた惨事だそうだ。彼女によれば、遺体の一部を最初に発見したのは由良らしい。

遺体の一部はその後に怨念《おんねん》の深度の影響で形状を変化させ、危険な『遺品』と認定されて保管された。

「紛失にいち早く気づいたのは、井蕗だと。絹平が白桜へ到着した翌日のことだ」

白月が狐尾で労《いたわ》るように雪緒の背を撫で、話を続ける。

「そんな大事な話を伏せて……？　いえ、厳重に保管していたはずなのに」

雪緒は混乱し、白月の狐尾をぎゅっと握った。

本当なら、こうまで危険な遺品はきちんと弔わねばならない。しかし、再興の兆しもまだ見えない白桜の状況が、弔いの儀を許してくれなかった。不浄の充満するなかで葬儀を決行すれば、ほかの穢《けが》れを寄せつけ、悪意を持つ呪具などに化ける恐れがある。いや、ごまかしはよくない。弔いよりも、ほかに優先すべき問題が山積みだった。雪緒は冷や汗をかいた。自身の心と目が、曇っていたのだ。

「……遺品は、上界空間に設けた祠《ほこら》に安置していたはずです。管理は、井蕗さんに任せて……」

井蕗に管理を頼んだのには理由がある。当初は涅盧《ねろ》が管理する予定だった。だが井蕗が熱心に志願し、それならと涅盧が役目を譲った。井蕗と由良は顔馴染《なじ》みだ。近くにいながら彼の兄弟を守れなかったという後悔が井蕗にはあった。その悔恨《かいこん》を、涅盧が汲《く》み取った形だった。

「なぜかその祠が開けられていたらしい。そこで井蕗はまず宵丸に相談したんだと。その宵丸から、涅盧とやらに話が伝わった」

白月が淡々と経緯を述べる。その流れは納得できた。いまの白桜で雪緒の絶対の味方であり、また他者からの干渉も受けにくく怪《かい》としての実力も申し分なしと判断できるのは、宵丸くらいだろう。この、他者の干渉に対する強さの部分が最も重要だった。

涅盧にまで話を持っていったのは、実質現在の白桜をまとめ上げているのは彼だからだ。ここらの事情は雪緒の未熟さに起因している。

「雪緒への報告を阻んだのは涅盧だ。——祭りの前に雪緒へ告げたら、おまえ様の性格上、ほかのすべてを後回しにしてでも由良の兄弟のほうに心を砕くだろうと。最悪の場合、祭りを中止し、遺品探しを優先するかもしれないと危惧《きぐ》したようだ」

「それは」

雪緒は、ぐっと息を呑んだ。

どうだろう。自分は、どう判断しただろう。わからない。前なら、当然だ、と言えた気がするのに。弔いよりも里の復興を無意識に優先してしまったのに。

白月が、衝撃をやりすごそうとする雪緒のために少し歩調を落とし、次の話をする。

「祭りの始まる前までに解決できたらよかったが、見通しが甘かったな。神隠しにでもあったかのように遺品が見当たらない。しかし、どこかへ運び出された形跡もない。この不吉な盗難を、祭りとは無関係と断ずるのはさすがに浅慮だ。ただ、この段階で俺は、雪緒に話しておくべきだと思ったが――」

「白月様も知らなかったんですか？」

雪緒は、はっと白月を仰ぐ。

「………いまの俺は、おまえ様の望みを優先すると警戒されていたようで。俺は祭りが始まる直前に、やっと説明された」

不服だと訴えるように白月の尾がゆれた。

雪緒はそこで、あれっと微妙な言い方の違いに気づいた。先ほど「盗難」と言わなかったか。はじめは紛失と表現していたように思うが。

「ともかく、俺も雪緒も知らぬところでこういう問題が起きていた。怒っておけよ」

「怒ります」

「よし。あいつらは、祭りのあいだも捜索を行うつもりだったらしいが、宵丸の不在は雪緒に違和感を抱かせるかもしれない、と抜け目なく考えたのだと。そこで、長時間そばを離れても不自然とは映らないような名分が必要になった。……という流れで合っているだろ、沙霧」

冷たい目で白月が急に沙霧へ呼びかけた。

ここで沙霧も関わってくるのか、と驚く雪緒を無視して、沙霧が髪をいじる。

「ええ、でしょうね。僕が醜い鳥野郎を嫌っているのは疑いがありません。そうであろうと、口を封じられて腹が立ちましたけど」

それはどういう――？　と、ぐるぐる考え、雪緒は、白月の狐尾を握る手に力をこめた。嫌がった狐尾がするっと逃げて雪緒の手の甲を叩《たた》く。

「――あっ!?　まさか宵丸さんがあんなに沙霧様を笑っていたのって！」

沙霧を笑いすぎて祭場追放、というくだりの裏に隠されたささやかな意図を知り、雪緒は目を剥《む》いた。白月が同情したように狐耳をばたばたさせる。

「うん、怒れ、雪緒」

「怒ります……！」

薄青の大気のなかで、沙霧や白月の髪は星を鏤《ちりば》めたようにちりちりとほのかに輝いている。逆に自分の髪は真っ黒なので、周囲に並び立つ木々同様、塗り潰されて見えるだろう。

雪緒はもやもやと怒りを体内に巡らせながらも、頭の片隅でそんな余計なことを考えた。そうして怒りをやりすごす。

「そのまさかですよ。あの男、祭りの会場から遠ざけられてもおかしくない状況に持っていったんでしょうね」

だめ押しとなる沙霧の肯定に、雪緒は肩を落とした。白月の話を聞くまで、宵丸の離席理由に裏があるとはいささかも疑っていなかった。あまりにも宵丸らしい言動だったためだ。

「それだけじゃないだろ、沙霧」

明らかに歩みが鈍くなった雪緒を無視して、白月がさらに冷たく沙霧を見る。

「なんです。冤罪《えんざい》」

「話す前から冤罪を主張するな。……おまえだって、俺のことは言えないんだ。雪緒にずいぶんと目をかけている」

「は？　僕は隠してませんが、それ」

優位に立とうとする沙霧を、白月は次の言葉で黙らせた。

「だから口がゆるむことを案じた。雪緒に計画を事前に打ち明けてしまうのを避けるため、口を封じられる可能性を自ら引き寄せた……許したんだろ。許し切れてなかったけど」

沙霧がわかりやすく顔を背《そむ》ける。

「えっ。……えっ？　計画？　なんのですか？」

まだなにか裏があるのかと、雪緒は交互に彼らを見た。

「言えよ。そら。とっとと吐きやがれ」

白月が傲慢《ごうまん》な王者のように顎《あご》を上げる。沙霧が顔を歪《ゆが》めた。

「催促の仕方が野蛮にすぎるので答えません」

「沙霧様！　お願いです！」

雪緒がせがむと、沙霧はすこぶる嫌そうに唇をうねうねさせた。

「……。……はくりめ申の力と、祭りの効力と、大嫌いな鳥野郎の妄想力。そこに僕の力がうまく嚙《か》み合えば、雪緒さんを藩《はん》に戻せるのでは、と思っただけです」

「は――藩？」

「そうですよ。なにか文句あります？　僕、前からあなたを藩に帰そうとしていたでしょ」

「私のもとの世に？　――い、いえ、ですが、今回は事情が違う……藩といっても鏡のなかに作られる幻の世にすぎないのに、帰すもなにも……」

思ってもみなかった方向に話がどんどん進んでいき、雪緒は動揺のあまり、なにもないところで躓《つまず》きそうになった。その未来を白月は予想していたのか、落ち着いた態度で雪緒の腕を支える。沙霧の呆れたような視線が雪緒を捉えた。

「いや、邪魔さえ入らなければ、成功すると思いましたよ。あなたは鏡を通って本物の藩に渡れたはずだ」

「なん……どうやって!?」

「図らずも、いまの白桜は力が満ちています。たとえそれが邪悪な陰の力であろうとも、力は力だ」

沙霧がなんでもないことのように言う。

「いつだって藩の気配は、こちらの世に漂っています。月の満ち欠けのように強まったり弱まったりするだけだ。いまはちょうど強まる時期なんです。そこに僕の意思が乗った。時は満ちたのだと判断しました」

「満ちていない。から、失敗したんだ。ばか者」

白月が狐尾を大きく振って、沙霧を叱る。沙霧が眉間《みけん》に反骨精神あふれる皺《しわ》を作った。

「うるさいな。僕だって、祭りの儀目前にして遺品の紛失などというくだらない問題までもが起きているとは思わなかったんですよ」

「空々しい。雪緒を守る目が少しでもそれる流れは、おまえにとって都合がよかったはずだ。あえて放置した、の間違いだろうが」

と、沙霧を責め立て、白月は憤然と雪緒を見下ろす。

「まことに騙《だま》されるなよ、雪緒。こいつはもう、これがきっかけで白桜が潰れても知ったことじゃないと本気で思っているぞ。秤《はかり》にかけるまでもなく平然と雪緒の帰郷を優先しやがった」

雪緒は返答に悩んだ。沙霧は親切で雪緒の帰郷を望んでいる。が、沙霧が袖を翻《ひるがえ》せば、周囲に大嵐《おおあらし》が巻き起こる。

「うーん困った。半神だから時々間違いも犯してしまうんですよね……。完璧《かんぺき》じゃないんです、僕」と、沙霧がしおらしく言う。しかし白月には通用しなかった。

「こんなにふてぶてしい自虐があるか？」

「謙虚に反省する僕のどこにふてぶてしさが？　その目玉、嘘《うそ》しか映さないのでは？」

「さっきから俺の目玉に執着しすぎだろ」

火花がばちばちと散るほど睨《にら》み合う二人を、雪緒は慌てて止めた。話がずれている。

「目玉論議はあとにして――遺品の紛失は、沙霧様の犯行ではないんですね？」

「こら言い方」

「そうだ。残念だが、さすがにこいつの犯行ではない」

「白月も言い方」

「では、いったいだれが……？」

遺品が化けて自ら逃げ出したのではない。白月が『盗難』と口にしている。

「伊万里しかいないだろ」

白月が断言する。

「……ええっ？」

雪緒は大いに困惑した。この短いあいだに何度驚かされるのか。

「わかりません。なぜ伊万里さんが遺品に手を出すんでしょう」

「そもそも伊万里は、由良を憎んでいる。それはわかるな？」

彼らに強い感情を抱くほどの接点などあっただろうかと考えこみ、あっと青ざめる。

「――由良さんが、先の月で、白桜浄化のために伊万里さんを酷使したせいですね」

雪緒は小声で答えた。言葉を濁さずにいえば、伊万里を白桜の祓《はらえ》のための贄《にえ》にした。

元罪人なのだからどんな取り扱い方をしても呵責《かしゃく》はない……紅椿《あかつばき》ヶ《が》里《さと》側はこれを総意として伊万里を差し出し、由良が受け取った。

雪緒に対しては純粋な親切心を見せてくれる由良だが、そんな彼だってやはり一筋縄ではいかない怪の気質を備え持っている。希薄な関係の相手、別種族、とくに弱者への扱いは、非情の一言に尽きる。

「ですが、紅椿のどなたが伊万里さんを使うようにと提案したんですか？」

「それがわからん」

と、白月が苦笑いを見せた。

「てっきり私利私欲に憑《つ》かれた古老のだれかが先走ったのかと思ったが……だれもが否と答えるのだ」

その釈明を信じていいのか、迷うところだ。

「なんにせよ、由良は伊万里に憎悪の苗を植えつけた。そして伊万里の抱える恨《うら》みに火を投じたのが、はくりめ申の妄言だ。……絹平が持ちこんだ小鏡のなかに、はくりめ申が閉じこめられていたよな。それを確認した日があったろ」

「はい、宴会を行った日のことですね」

食事を振る舞ったときの光景が雪緒の脳裏を占領する。視線は、変化に乏しい現実の世界を捉えている。ずいぶんと自然豊かな場所だ。

「宴会って言うな。……あの一瞬だと俺は思う」

白月が思案顔を作る。

「絹平が小鏡を表にして、雪緒に確かめさせた、あの一瞬。伊万里はすでに、はくりめ申に囁《ささや》かれていたに違いない」

「祭りの最中ではなくて、あのときから？」

「ああ。なぜ気づけなかったのか、とふしぎに思うか？　あの場にいた俺たちは、伊万里に興味などなかった。極論だが、あの場で、はくりめ申の呪力《じゅりょく》の漏れに負けて伊万里が死んだとしても同情はしない」

「白月様」

「はくりめ申とは呪具なのだ、と繰り返し警告したろう。あれは負の念をとくに好む。それを両手いっぱいに抱える伊万里に、感応したんだ」

「それで、はくりめ申の妄言に操られ、遺品を盗み出した……？　でも、いつ？　伊万里さんは、日中はほとんど私のそばにいます。夜間は、宵丸さんが上界の見回りをしていますので、昼時よりも容易には動けない――」

反論の途中で雪緒は気づいた。

確かに日中は、伊万里と行動をともにしている。もし彼女が適当な理由をつけて別行動を望んでいたらきっと印象に残ったはずだが、そんな頼まれ事をされた記憶もない。しかし――、盗みを働ける瞬間は、あった。しかも雪緒がその機会を与えている。

（食材を取りに、二人で土蔵へ向かったときだ）

そのとき以外にない。隣の小屋から食材を運ぶための手押し車を持ってきてほしい、と雪緒は彼女に頼んでいる。そのやりとりがあったのは、絹平が来たあとだ。つまりは、はくりめ申の妄言を受けたあとになる。

「はくりめ申の妄言がどんな内容だったかは、知らん。が、だいたい想像がつく。憎い相手の兄弟の身の一部など燃やしてしまえ、とでも誘惑したんだろ」

白月が冷淡な調子で話す。

「あの、小鏡を確認したほんの一瞬で……」

雪緒が鏡のなかにいるはくりめ申の姿を目にしたときに、そばにいた伊万里もまた、確認していたのだろう。

雪緒と伊万里、どちらが誘惑しやすいかと比較し、彼女に決めたに違いない。

「本当なら、伊万里が遺品を盗み出したことなど、すぐ周知されたはずだ」

「あ、そうですよね。無断で祠が開かれたなら、宵丸さんや涅盧様が黙っていないと思います」

「そこで、この沙霧だ」と、白月が沙霧を指差す。沙霧は返事をせず、つんと横を向いた。

「沙霧様が？」

「こいつがな……、雪緒以外に目が向くのは望むところと、伊万里のもとに移った遺品の気配を薄め、捜索しにくくしたわけだ。じゃなければとっくに見つけられていただろ。こんなやつでも半神だからな！　そりゃあ怪には、その力を打ち破れんよな！」

沙霧がこちらを向く。僕が強いのはいうまでもなし、という表情を浮かべている。

「……先ほど白月様が、神隠し、とたとえたのは、これのことだったんですか」

雪緒が見上げて聞くと、沙霧は小首を傾《かし》げて美しく笑った。

「僕、いまだ暁悟《ぎょうご》の域に至らぬ半神ですので、時々年甲斐《としがい》もなくはしゃいでしまうんですよね」

これはまた——とんでもなく糸が絡んでいる状況というか。

(あれ、待って。遺品の盗難が発生した時点では、まだ沙霧様の手をお借りするとは決まっていなかったんじゃない？　——いや、でも、沙霧様に協力を頼もうと白月様と話し合ったのも宴会のとき……片付けを手伝ってもらったときだ)

伊万里が祠から遺品を盗み出したあとの話となる。このときも、絹平と同じ部屋にいるのは息が詰まるだろうと、雪緒が伊万里を部屋から下がらせている。なんて間の悪い。

(沙霧様は、振り向いたんだ)

雪緒は身震いし、視線を足下に落とした。

沙霧に協力を、という案が上がったときに、彼は雪緒に目を向けた。そしてすぐさま雪緒のそばにいる伊万里のことも興味深く見つめたに違いない。なぜなら彼女も半分は人だ。沙霧は大の妖怪嫌いだが、人には優しい。

八月の幻の世でも似たような出来事があった。もちろんいつも振り向くわけではないだろうけれど——見合い相手に沙霧を、という話を翁《おきな》と交わした時点で、彼に振り向かれ、迎えに来られた。

沙霧がいまもまた、雪緒を興味深げに見下ろしているのを感じる。が、目を合わせる勇気なんてなかった。もしかしたらだが、たとえ幻の世での話であっても神嫁となったのは、沙霧のなかで重視されるべき事実と判断されているのかもしれない。

「——と、雪緒の知らぬところで、こういう頭の痛い暗躍があったわけだが」

白月が話の流れを戻す。

「全員にとっての誤算が、祭り中の伊万里の奇行だ」

「はくりめ申の面を剥ぎ取ったやつですか」

「雪緒ぉ、おまえ様、伊万里といつの間に和解したんだよ。あの女とはいがみ合っていたんじゃなかったのか？　人間の女は本当に、どうなっていやがる」

「ひょっとして今度は私が責められる流れ……」

雪緒は内心沙霧の視線がやわらいだことに胸を撫《な》で下ろしながらも、困惑の目で白月を見た。

白月は嫌そうに唇の端を曲げた。

「あの女、わけのわからん主張を垂れ流していたな。向こうの世のほうがなんたらかんたら――沙霧同様に伊万里も雪緒を藩に帰してやろうと考えたんだろ。その結果が、コレだ」

歩きながらも、白月がぐるっとあたりを指し示す。

「悪いことに、伊万里は遺品を懐に隠し持ったまま、祭りの場に来ていた。そうだろ、沙霧」

「ええ、たぶん」

肯定する沙霧から雪緒へと、白月が視線を動かす。

「その伊万里までもが、鏡の世に迷いこんでいる。これが一番の問題だ」

「どうしてですか」

取りこまれたのは雪緒たちもだが、なぜ伊万里だけが問題視されるのか。

「おまえ様を藩へ戻してやろうと目論《もくろ》んだまでは、まあいい。叶《かな》うかどうかはともかく、一応は善意だしな。だが、実際にやったことと言えば、祭りの邪魔をするような禁忌の行為だ。妄言に惑わされたがゆえの突発的な愚行だが、これのおかげで祭りが中断された。というより、無惨に歪んだ。沙霧の企《たくら》みも同時に崩れたわけだ」

白月が狐耳を掻く。

「ここは……、歪みが原因で、本物の藩が投影されていない？」

「その通り。だが歪んだといっても、この油断ならぬ半神様の祈りが乗っている。単なる失敗で終わるわけがない」

「嫌な予感が……」

「冴えているな、雪緒。要するに──祭りの場にいた複数の者どもの記憶や意識が入りまじり、ぐちゃぐちゃになった幻術の世が発生してしまった」

そんなことある？　と聞き返したくなる。

「幾度も贄にされた伊万里の恨みの記憶、殺されるばかりの由良の兄弟……遺品の恨みの記憶、絹平の持つ藩の記憶、半神たるこいつの記憶、俺の記憶、そして雪緒のなかに眠る記憶──」

「え……本当にぐっちゃぐちゃじゃないですか」

「こうなると、あの場に宵丸がいるべきだった。少なくとも俺と宵丸が協力し合えば、沙霧の暴挙を止められた」

「沙霧様を？　……それは、私の帰郷を阻止できたという……？」

雪緒は複雑な気持ちになった。故郷に対する愛着はないが、いくばくかの好奇心はある。

「そこじゃない。祭場が歪んだときに、少しも変だとは思わなかったのか、雪緒」

白月の口調が急に怒りを帯びる。

「な、なにがでしょう？」

正直な話、変じゃないときのほうが珍しい。日常が刺激的すぎるのだ。

「俺があの場にいて、おまえ様をむざむざと危険にさらすわけがないだろうに！」

「あ、あー！」

「なのにこの沙霧がな、おまえを藩に帰すときに俺が邪魔だからと！　口も封じられた腹いせもせねばと！　一時的に俺を動けなくしていたんだよ！　あの涅盧とかいう者は祭場の境界の外へ弾《はじ》き飛ばされていたぞ。絹平は知らん！」

「それは……あの」

涅盧は無事のようだ。それだけでもよかったというか。

「僕、強くてすみません」

沙霧がにっこりとつややかな笑みを作って謝罪する。謝る意思が微塵《みじん》も感じられない。

「雪緒、こいつから根こそぎ財宝を奪い取れ。俺のためにも」

白月が狐尾をうねらせた。

(本当に運命の悪戯《いたずら》がすぎる)

たとえば、沙霧の祈りがまざっていなければ。たとえば、伊万里が正常であれば。たとえばもう少し早い段階で遺品の盗難について、雪緒か、あるいは白月に報告されていれば。沙霧の口の封印をやめていれば。

どれかひとつでも違っていたなら、この奇怪千万な状況は生まれずにすんだだろう。そう思うと、なんとももどかしくなってくる。

「皆さんの記憶が混在した結果、あちこちに異様な感じの漂う村が奇跡的に仕上がってしまったんですね。――それで、肝心の伊万里さんは、どこに？」

「それなんですよね。参ったなあ」

沙霧が眉を下げて困った顔をした。ふりではなく、これはどうも本心のようだ。

「こういう特殊な状況下で偶発的に生じた幻術を打ち破る方法なんですが……究極のところは、純粋な力で突破すればいい」

脳筋、という言葉が雪緒の脳裏をよぎる。

「ですが安易にその手段を取ると、新たな問題が発生し、手に負えなくなる可能性がある。別次元につながったりとか――なので慎重を期していくべきかと。当面は、幻術を解くための鍵を探すのがよいでしょう」

「ひょっとしてその鍵が、伊万里さん？」

「そうなりますね。というのも、はくりめ申に最後に触れたのが彼女です。ここは伊万里さんの記憶、意識が最も強く反映されている場所であるのは間違いない。しかし――だからこそ手《て》強《ごわ》いと僕は思いますよ」

「手強い？」

なにが、どうして、と疑問がぽこぽこと頭に浮かぶ。

「彼女の意識は、この特殊な世に、順応という以上に呑まれている恐れがある。詳しくいうと、僕たちはいま、自分たちの置かれている状況を冷静に理解できているでしょう？」

「……逆に伊万里さんはまだ正常には戻っていなくて、それどころか、このおかしな村に意識が染まっている？」

「ご名答。自身を村の人間とでも認識しているかもしれません」

沙霧が軽く伸びをし、吐息を漏らす。

「ですので、彼女の目を覚ませたら……この場所は幻術による産物にすぎないと認識できたら、ここにゆらぎが生じる。それが突破口となりそうだ」

雪緒は眉根《まゆね》を寄せた。口でいうほど簡単ではない気がする。

「まあどうにもならずとも、最終的には僕が力尽くで幻術世界を破壊するという手がありますんで。大丈夫、雪緒さんは守りますよ」

あっこれはだめだ、と雪緒は瞬時に悟った。その最終手段、無事ですむのはきっと雪緒と沙霧だけで、下手《へた》したら現実世界にまで飛び火し、白桜が消滅しかねない。

「……伊万里さんを捜すの、ぜひお手伝いしてください」

雪緒は心の底から懇願した。わたしか弱い人間です……という神々が好みそうなひたむきっぽい表情も意識して作る。羞恥心《しゅうちしん》なんてもう振り切った。わたし、にんげん、命もろい……。

「そう。これです。僕が恐れたのは！」

自分でやっておいて信じがたいが、沙霧には効果覿面《てきめん》だった。彼はしばらく雪緒を見下ろすと、顔をきゅっとしわくちゃにして煩悶《はんもん》した。

「雪緒さんに本気で懇願されると、僕は断れないんですよね。……いいでしょう、付き合ってあげます」

いや半分くらいおまえが原因だろ、と小声で詰《なじ》った白月の尾を、沙霧は無言でぎゅうっと握りしめた。白月の狐耳が限界まで後ろに倒れる。呪《のろ》うぞ、呪い返すぞ、と応酬し、互いに物騒極まる猛獣のような目で睨み合っている。

「喧嘩《けんか》するほど仲がいい……」

隙《すき》あらば喧嘩する二人だ。もうじゃれ合っているようなものじゃないか、と雪緒がのけ者にされた気分でぼやけば、「違う」「不名誉」と、即座に否定される。

「節穴すぎる」

「僕らのどこに親密要素が？　人族はかわいいが、危機感が足りないのはいかがかと」

どう見ても仲がいい……。

以前も彼らと行動を一緒にしたことがあったな、と雪緒は唐突に思い出した。そのときも、ここみたいに非現実的な場所であれこれと奮闘した気がする。彼らは単体でなら頼りがいがありすぎるほどなのに、こうして二人揃《そろ》うと途端に不安が芽生えるのはなぜなのか。

どちらとも、「自分のほうが絶対に役に立つんです、だからこいつはいらない。始末しよ」と強く主張する表情で雪緒を見ている。雪緒は、がんばりましょうね、と小声で激励した。

◎伍・めぐりめぐみし群茉莉《むらまつり》

帰還のための情報を求めてしばらく歩けば、やっと密集していた木々の帳《とばり》が開かれ、建物群が見えてきた。どうやら村の中心部、栄えている区域に到着したらしい。

「なんというか……」

雪緒《ゆきお》は言葉を探した。景色の変化は喜ばしいことのはずが、素直には受け入れがたい心境になる。

木々の本数が減ってきたあたりから、地面の一部分がアスファルトに変わり始めた。交差点の白線が引かれている。かと思えば、またでこぼこした砂利道に変わる。

「中途半端な整備というよりは、でたらめ感が強い。おもしろいですね」

沙霧《さぎり》がおもちゃを手にした童子のような顔をする。

「確かに興味深くはありますが……、あれ？　あそこにあるのは？」

雪緒は目についたソレに、ふらっと近づいた。上半分が欠けたポストもどきだ。どれどれと確かめれば、ポストの正面側に「覗《のぞ》きこめば暗闇《くらやみ》行き」という悪意しかない表示がされており、

雪緒は飛び退《の》いた。投函場所の細い穴から、虫の蠢《うごめ》くような音が聞こえた気がする。

「文明的にも進んでいる……のか？」

白月《しろつき》が判断しかねる表情であたりを見やる。

一定の間隔を置いて街灯もポツポツと立っている。しかしそれも奇妙な作りで、ライト部分には提灯《ちょうちん》がぶら下がっていた。肝心の明かりは消えている。

「いや、これはこれは」と、楽しそうなのは沙霧だけだ。

道沿いに並ぶ建物もまとまりがない。雑然としている、という優しい表現ではごまかせない強烈な不和を感じる。ある時代に、べつの時代を無理やりつなぎ合わせているような眺めだ。

「人参やしき」「くじら女」「回虫男」「ヨツマタ語り」など、見世物小屋めいた派手な看板が連なる通りがあったかと思えば、のっぽの廃ビルが立っていたり、茅葺《かやぶ》き屋根の家屋があったり、妙ないかがわしさが漂う城形の近代的な施設があったり、処刑場らしき広場があったり、養豚場があったり、魚市場があったり、サーカスがあったり、酒場があったり……、秩序もなにもあったものではない。こうまで統制が取れていないと、ひどく神経に障る。

「思った以上に大きな村だ。……村の範疇《はんちゅう》を超えている気もするが」

白月はぶつぶつとつぶやき、村の考察をし始めた。

「千以上の民がいるのでは？　いやもっと……、待てよ、ひょっとするとここは妖《あやかし》よりも人族が優勢の村なのでは」

雪緒はそれを聞き流しつつ、村の観察に勤《いそ》しんだ。

遠くのほうには観覧車の輪郭が見える。確かにずいぶんと広い村のようだ。

正確な位置はわからないが、カンカンカンという踏切の音も聞こえてくる。ごおおっと電車の通りすぎる音もした。かすかな振動が地面から伝わってきた。

「心踊る……」と、沙霧がうっとりする。残念だが共感できない。

ここに比べたら、怪しさ満点だった朱闇辻《あかやみのつじ》のほうがまだ調和が見られたように思う。

ここは、まざり合わない色がひとつの場所に集められている、といった雰囲気が強すぎる。

「気持ちが悪い村だな」

白月が総評を口にする。同感だと雪緒もうなずいた。

「僕は嫌いではないが」

沙霧は平気らしい。というより嬉《うれ》しそうだ。

「あっちに、人が……」

動く影に気づいて、雪緒が指を差した。

講堂内で、廃村などと沙霧は評していたが、ここには村人が存在している。しかも複数の影が道にある。が、彼らをどう言えばいいのか——だれもが、あるひとつの動作を、壊れた玩具《がんぐ》のように延々と繰り返している。

「……からくり人形ではないですよね？」

村全体が作り物とか……と、雪緒は「ホラー」的な可能性を考えて、震えた。

たとえば、オレンジ色で表記された「人参やしき」の小屋の前にいる二人。

一人は支配人で、もう一人は客だろう。客が支配人に近寄ってチケットを渡したかと思いきや、時を巻き戻したかのように後退し始める。そしてまた支配人に近寄ってチケットを渡す。こういう不可解な行動を取っている。

支配人のほうも、チケットを受け取り、無造作にズボンのポケットにつっこんだと思ったら、やはり時を巻き戻したような行動を見せる。受け取ったチケットを、ポケットから出し、客の手に戻す。受け取る、ポケットにつっこむ、出す、受け取る、ポケットにつっこむ、出す。

「からくり仕様ではなく、生きてはいるようだが」

と、言いつつ、白月も自信がなさそうだ。

割れた硝子《ガラス》窓が並ぶ廃ビルの前で待ち合わせしていた若い男女も、仲睦《なかむつ》まじく抱き合った次の瞬間には、「あんた昨夜はどこにいたのよ!」「うるせえ、ちょっと飲みに行ったくらいでがたがたと!」「また飲み屋の女にちょっかいをかけに行ったのね!」「なにを疑ってやがる。酒くらい好きに飲ませろ――」と、怒りの表情に変わって互いを突き飛ばし、激しく口論し始める。

時を巻き戻したように後ろ向きに離れ、ふたたびきつく抱き合い、「あんた昨夜は」「うるせえ」――何度も同じ言動を繰り返す。

「なんとも異様な」

白月が腕を組み、唸《うな》る。

「全員、妙な術にでもかかっているみたいです」

雪緒も緊張を維持して答えた。肩をそびやかして道を歩くパンチパーマのチンピラに目を向ける。彼もある一定の位置まで進んだら、後ろ向きのまま、来た方向へ戻り始める。

シャツの胸元を大胆に開けていたので、刺青《いれずみ》の登り竜と、首につけた金の太いチェーンネックレスがすれ違い様にちらりと見えた。

かき氷屋の主人に声をかける太りじしの体の中年女もいた。髪をゆるく結い上げているその女は、ふっくらした小指を立てながら水色の丸い団扇《うちわ》を上品にあおいでいる。紫色の矢柄の浴衣《ゆかた》を洒脱《しゃだつ》に着こなす姿には濃厚な色気が漂う。かき氷屋の前の安っぽいプラスチック製の青いベンチに座っている狩衣《かりぎぬ》姿の男などは、彼女の体を物欲しげな目で眺めまわしていた。

彼らもまた、ある一定の動作を延々と繰り返している。

「だれも私たちを振り返らないというのも……」

よそ者三名がやってきたのに、一人としてこちらに注意を向けない。

(透明人間にでもなった気分だ)

雪緒は戸惑いの視線をあちこちに投げた。存在には気づいていてもよそ者だから無視している、といった閉鎖的な雰囲気とは明確に異なる。存在自体が本当に認知されていない。

「建物もですけど、よく見たら村人たちの恰好も奇妙ですね。時代がばらばらのような……」

「そうだな。なにがあるかわからないから、勝手な行動を取るなよ、雪緒」

雪緒の指摘に白月が軽くうなずき、仲のいい友のように腕を組んでくる。すると対抗するように、沙霧も反対側の腕にくっついてきた。

（なに、この態勢……）

雪緒は妙な気分になったが、追及しないことにした。

「この煩雑さはきっと、複数の記憶がまざった弊害だろうな。だが、それこそよく見れば、共通する部分もある」

「共通？」

「ああ、あいつらの体」

白月が村人たちをちょいと指差す。狐耳《きつね》もそっちの方向に傾いていた。

はっぴ姿の支配人、ニットベストに毛織りのズボンを合わせた客、豊かな臀部《でんぶ》を強調した真《ま》っ赤《か》なミニスカートをはく女とその恋人の男、ボンタンに開襟シャツのチンピラ、好色そうな狩衣の男。千差万別だが、衣服から露出している体の一部には、例外なく蛸《たこ》みたいな特徴が表れている。

「……魚介類形の妖怪《ようかい》なんでしょうか」

「いえ、違いますね」と、雪緒の疑問に答えたのは、沙霧だ。彼は自分の唇を指先で撫《な》でながら、村人を観察していた。

「彼らは雪緒さんと同じ人間です。けれども、なにかに身を侵食されているような気がします」

「逆では？」

白月が意見を挟む。

「もともと異形であったのが、ヒト化し始めているのではないか？　舞台上の男もそんなような話をしていただろ」

白月の推測に、沙霧は納得しかねるような顔をした。にしても、いつまで二人は仲良し女学生のようにこちらの腕にしがみついているんだろうか……。

「ぱっと見ただけではちょっと掴《つか》みにくいですね」

沙霧にも村人の身に起きている症状の原因は、はっきりと見通せないらしい。

「半神なのに、正確に読み取れないのか？」

白月が嬉しげに軽口を叩《たた》く。沙霧が鼻を鳴らした。

「ここは神の庭じゃないんですよ。か弱い僕に無茶を言わないでください。……それに、なんだか無用な制約がかかっている気がしてなりません。どうもむずつく」

制約？　と、雪緒と白月は同時に沙霧を見つめた。注目を集めた沙霧が、びくっとする。

「うまく言えないのですが――基本的にね、外来神よりは土着神のほうが当然ながら勝るんです。おのれに有利に働く領域なら、たとえずっと格上の相手であっても御せる、という意味です」

「ふうん？　つまりこの村には、すでになんらかの神が居着いているのか？　だからよそ者のおまえは本来の力を発揮できないと？」

「およそそうであるはずなのですが、にしては、どうにも曖昧《あいまい》というか……」

「わからん。はっきりしろ」

白月が堂々と要求する。

「だから無茶を言わないでくださいよ。どうしてもというなら、村を破壊する勢いでしっかり見定めますが。それでもかまわないんですか」

「だめに決まってるだろ。はー…、使えない半神だな」

「なんなんですおまえ……。だいたい僕らはまだ目覚めたばかりなんですよ。白月だって状況を把握しきれていないでしょうが」

雪緒を挟んで二人がやいやいと言い合っている。

少々気になることがあったので、雪緒は彼らを交互に仰いだ。

「お二方は、どこで意識が目覚めたんですか？」

彼らは顔を見合わせた。同時に、「あの舞台席で」と答える。

（なるほど……？　席を立つに私が飛びこんできたので、舞台上にいた赤牛という男と適当に話を合わせたってことなのかな）

それなら把握できている部分は雪緒とそう変わらない。

雪緒はあらためて周囲を眺めた。村全体が宵《よい》か明けかも知れぬ薄青に包まれている。水底の村にでもいるような湿っぽさだ。そして生臭い。

鼻を覆いたくなるのをこらえて思案する。どれほど不穏であろうと、すべきことは決まっている。村のどこかにいるだろう伊万里《いまり》を見つけること。そして、村の在り方に染まってしまっているだろう彼女の目を覚まさせること。

（……でもこの村で私が活躍できる機会って、あまりなさそうだなあ）

雪緒は少し落ちこんだ。こんな怪異まみれの不気味な場所では、知識も妖力《ようりょく》もない人間はどうしたって足手まといになる。白月たちは気にしないだろうが、せめて邪魔にならないよう気をつけねば、と雪緒は自分を鼓舞した。

「ただ闇雲《やみくも》に歩き続けたって疲れるだけだな。村人に接触するか」

白月が、ひとつ「うん」と、利口そうな顔つきでうなずき、そんな発言をした。

「えっ」

驚く雪緒と腕を組んだまま、白月は、道の真ん中を歩くチンピラに近づく。

もちろん沙霧も道連れだ。

「そこのおまえ。少し聞きたいのだが」

と、白月が優しげな口調でチンピラに問いかける。

チンピラが、ゆっくりとこちらを向いた。邪悪に顎《あご》をしゃくって、「あァん!?」と濁声《だみごえ》を聞かせ、白月を睨《にら》み上げる。白月は雪緒から腕を離すと、庇《かば》うように一歩、前に出た。

(さっきまでは私たちを認識すらしていないようだったのに、こっちから話しかけたら、反応するんだ)

雪緒は面食らった。が、すぐにべつの驚きに襲われる。

日に焼けているチンピラの顔半分に、白茶けたフジツボがびっしりとくっついていた。まくった袖《そで》から覗く手首には蛸の吸盤が見える。

「てめェ、なんだコラァ? ごきげんよう! どこの組のモンだよ、気安く俺《おれ》に話しかけてんじゃねえよクソがあ!」

「いや落ち着け。組のもんとはどういう——こら沙霧!」

いきり立つチンピラの誤解をとく前に、沙霧が雪緒の腕から離れて進み出た。見惚《みと》れるほどの笑みを浮かべ、チンピラの額を指先で弾《はじ》く。その直後、チンピラの頭が割れて、ばしゃっと血が飛び散った。頭部の三割を失ったチンピラの体が、どうっと音を立てて地に倒れる。

目の前で起きた突然の蛮行というか凶行に、雪緒はすぐには反応できなかった。しばしぽかんとしたあと、飛び上がる。

「な——なにするんですか沙霧様!!」

「え、だってこの男、僕らにいきなりこんな暴言を吐くから、許せなくて、つい……」

「だからっていきなり攻撃します!?」

雪緒は混乱のあまり叫んだ。理解の範疇を超えた沙霧の行動に、慄《おのの》くことしかできない。

「雪緒、言ったろ？　こいつとの付き合いはよくよく考えろって」

白月が腰に手をあて、溜《た》め息をつく。

「白月様も、得意げに言っている場合じゃない……！」

雪緒がかすれ声で反論すると同時に、これまで一度もこちらを見もしなかった村人たちが、一斉に顔を向けてきて、「キャー!!」と、甲高い悲鳴を迸《ほとばし》らせた。皆、蜘蛛《くも》の子を散らすように逃げていく。

「おやっ、まずいですね。もしかして仲間でも連れてきて、僕らを襲うかもしれないですよ」

「そうなると面倒だな。隠れるか」

「ちょっ、お二方とも……！」

白月と沙霧は大して焦りもせずに淡々と視線を交わし合うと、雪緒をふたたび真ん中に挟んでその場を離れた。目についた「人参やしき」の小屋の横に身を滑りこませ、往来の様子をうかがう。少し経《た》って、紺色の制服を着た警官が数人駆けつけてきた。彼らはチンピラの死体を取り囲み、忙《せわ》しく検分し始める。彼らの顔は、制帽の影となってはっきりしなかった。

「殺しだ、殺しだ、ごきげんこんにちは」

「いったいだれが、畜生を殺した――会には――」

「ホロ――のお怒りが畜生を殺し――はないか、ごきげん傴僂《うしどむら》村は元気いっぱい」

「しかしホロロロ様をお慰めしたくとも、――様の嫁入りはまだ五度しかすんでおらぬ」

「あの巫女《みこ》様では満足されぬのだ、きっと。滅べばもっとごきげんいっぱい」

警官たちが大声で意見を闘わせている。が、雪緒たちとは多少距離があるせいで、少しばかり聞こえにくい。

真剣に耳をそばだてて、一言でも多く聞き取ろうと雪緒が苦心していると、痩《や》せぎすの水干姿の神主が彼らのもとに駆け寄ってくるのが見えた。頬《ほお》のこけた五十代くらいの男だったが、袖から垂れる両腕は完全に蛸足化している。神主の後ろにはもう一人いて、こちらも五十代の男だった。焦茶《こげちゃ》色の着物を身にまとっている。彼のほうは片足が蛸足になっていた。

「庄屋様、ゆき様」

警官の一人が彼らに気づき、背筋を伸ばして敬礼した。その礼儀正しい警官を、ゆき様と呼ばれた神主が蛸足化した腕で殴打する。彼の腕は太い鞭《むち》のようにしなった。

「なにをしておる。なにをしておる。なにをしておるっ」

ゆき様は怒声を放ち、激昂《げきこう》した。

「ええいっ、役に立たぬ奇人間め！　明日《あす》――ホロロロ様の儀がまだすんでおらぬというのに、こん――殺生沙汰を起こしおって！　ごきげん――げん―よう！」

「ゆき殿、そうは言うても、ぬしももう――と奇人間化しておろうに」

ゆき様を宥《なだ》めるように、庄屋様と呼ばれた焦茶色の着物の男が話しかける。ゆき様は、目を丸くした。

「おっそうかそうか、あっははははあ！　なにをしておる、なにをしておる、なっななあにをしておるっ！」

全員でげらげらと笑ったと思ったら、またゆき様が顔を真っ赤にして怒鳴り散らし、警官を殴打し始める。これを数度繰り返したあとで、庄屋様が無念そうに眉《まゆ》を下げ、溜め息を落とす。

「まだ村は定着していない。これではだめなのだ、贄《にえ》が足りぬ。——なのだ。まだ定着していない。これではだめなのだ」

「なにをしておる、なにをしておるっ」

「ゆき殿、戻ろう。祭りの——ないか。なに、そいつは放っておけば復活する」

「おっそうかそうか、あっはははははあ！」

庄屋様が呼びかけると、ゆき様が後ろ向きの体勢で後退し始めた。あたかも時間を巻き戻したかのような動きだった。警官たちもまた、後ろ向きに駆け去っていった。

最後に庄屋も立ち去る。彼だけが普通に前を向いて立ち去った。

彼らを見送り、視線を道に戻せば、頭を潰《つぶ》されたはずのチンピラが平然と起き上がっていた。何事もなかったかのように道の中心をのっしのっしと歩き始める。頭部は、元通りにはなっていなかった。

四方八方に散っていったはずの村人もぞろぞろと戻ってきて、やはり最初に見たときのように同じ行動を繰り返し始めた。

「まったく面妖《めんよう》な村だ」

白月がそう独白した。

❁

「――さて。まだ村全体の状況を掴み切れぬことだし、もう一度ほかの村人に話しかけてみようと思うが」

平穏を取り戻した通りの様子を眺め、白月が腕を組んで提案する。が、じろりと沙霧を睨みつけるのを忘れない。

「沙霧。いいか。おまえは手を出すな。本当にもう出すなよ」

「僕、基本的に人族は好きなほうなんですが、それにも限度があります。下々の者に野蛮な振る舞いをされるのは、どうも我慢できなくて……」

「そういうの、いまはいいから。おとなしくしておけ。ほら、雪緒もしっかり叱《しか》っておけよ」

おまえが頼んだほうがこいつも従いやすいだろ、と言わんばかりの雑な態度だ。

（でも白月様って、やっぱりなんだかんだで上に立つ方なんだよねえ。民の話には一応耳を傾けようとする姿勢がある、というか）

雪緒は内心でそんな失礼な感想を抱いた。少なくとも予想できない言動を見せる沙霧よりはまだ接しやすい。……いや、持ち上げすぎたか。普通に残忍でこわい怪《かい》だ。

「……沙霧様。白月様がふたたび村人に接触されますが、そのあいだ、私とここで待っていましょうね」

「……」

「私は無力な人間ですので、白月様が戻られるまで、ま、守っていただけたら嬉しいなぁ……」

「そんな図々しい頼み事を僕にするの、雪緒さんだけですよ。しかたないな」

「ありがとうございます……」

白月からの、「阿呆《あほう》どもめ」とでもいうような冷たい視線に、雪緒は耐えた。

「……あいつらに聞くか」

白月がそうつぶやくと、「人参やしき」前の二人——支配人と客の二人に近づいた。

もともと雪緒たちはこの小屋の横に身を潜めていたので、彼らの位置までは十歩程度しかない。この距離なら先ほどよりも話を聞き取りやすいだろう。

そう胸を撫で下ろし、小屋の陰から慎重にそちらの様子をうかがう。

沙霧は堂々と姿を見せようとしたので、雪緒は慌てて彼の腕にしがみつき、惨劇の再発防止に努めた。はからずも今度は雪緒のほうから腕を組む形になっている。

ほんとなにをやっているんだろう私たち、と雪緒は少しばかり複雑な気持ちになった。

「……雪緒さんて、よく考えたら平然と僕や妖どもに触れますよね。こわいものなしか?」

自身の奇行が原因なのに、沙霧は珍獣を見るような顔で雪緒に言う。

「郷で一番、妖怪の方々を恐れている私になにを言うんですか。少し静かになさって。あっ、白月様が声をかけそうですよ」

「雑……。僕はこんな扱いをされてよい半神ではないのに……。ですが、かわいがっている下等生物に叱られるのも新鮮で楽しい気が……」

新感覚に悶《もだ》える沙霧を無視して、雪緒は白月たちのほうを盗み見る。

「そこの者ども、少し聞きたいことがあるのだが」

と、白月様が支配人たちに声をかける。

すると、それまではちらとも白月を見なかった二人が反応し、ぐりんと首をまわした。これを見て、雪緒は胸中で「うわっ」と叫んだ。

頭部が異様に膨らんでいる支配人のほうは、六十代だろうか。髪がほとんど抜け落ちていて、蛙《かえる》のように顔が平べったい。脇腹《わきばら》から短い蛸足が数本飛び出ている客のほうはもっと若く、三十前後に見える。こちらは狸《たぬき》顔で、髭剃《ひげそ》り跡がくっきりと青い。

「この村で祭りがあると聞いた。それについて詳しく聞きたい」

白月が二人を見て、落ち着いた声音で尋ねる。

支配人と客も、慌てる様子もなく、静かに白月を見つめ返した。しかし――。

「――地の草木が豊かになれば、水の恵みが腐りゆく」

「早く村を廃《すた》れさせねばいけませんでしょう、ごきげんよう」

と、二人は白月の問いとは無関係な雑談をし始める。

白月は咎《とが》めず、ちょっと首を傾げてしばし聞き役に徹した。

「私たちに、悍《おぞ》ましい『奇人間化』が始まったせいで……」

「早くああ早くうおうおしなければなりませんでしょう」

「巫女様お叩き無慈悲会はまだ終わらんのかね、傴䌌鴦村は廃れれ元気」

「まだ五回目と、見回り役の堕落《だらく》様がおっしゃっていたでしょう」

「私たちが水にゆける日はいつになることやら……」

「ホロロロ様もお怒りでございましょう」

「――地の草木が豊かになれば、水の恵みが腐りゆく」

「早く村を廃れさせねばいけませんでしょう、ごきげんよう」

「私たちに、悍ましい『奇人間化』が始まったせいで……」

「早くああ早くうおうおしなければなりませんでしょう」

「巫女様お叩き――」

少し話したと思ったら、途中から二人は同じ内容を繰り返す。だが、視線は白月に向かったままだ。

ひと通り聞いた白月が、試しに「見回り役とは、先ほどの者たちのことか?」や、「ホロロ様とは?」などと質問しても、それにはいっさい反応しない。

雪緒の隣にいる沙霧が、「僕、無視されるのも嫌いですね」とつぶやき、空中で指を弾くような仕草を取った。止める間もなかった。客の頭が、ぱんっと吹き飛んだ。

白月が愕然《がくぜん》とこちらを振り向く。雪緒は絶望した。私には止められない。

次の瞬間、「キャー!!」とあちこちで悲鳴が上がり、村人たちが蜘蛛の子を散らしたように逃げていく。

「……沙霧ぃ……」

白月が怒りの形相でこちらに駆け戻ってきた。

往来の騒ぎがおさまるまで待つしかない。小屋の陰で三人とも息をひそめる。

すぐに紺色の制服の警官たちが駆けつけてきた。あとは、先ほどと同じ展開だった。

ゆき様や庄屋様も現れ、奇妙な会話を繰り返したのち、去っていく。また村人たちがぞろぞろと戻ってきて、ひたすら、ある一定の行動を繰り返す。

雪緒と白月は、無言で沙霧を凝視した。

「なるほど。ここはひどく未完成な世ということですね。だから皆、同じ行動しか取れないでいる。つまり僕たちは、色んな村人と接触し、地道に話を聞き出して、情報をつなぎ合わせ、目的を叶《かな》えるしかないと。僕のおかげでひとまずは、彼らを攻撃しても捕まることはないだろう、という結果が出ましたよ」

沙霧はほめられたい子犬のような目をして生き生きと言った。

そういえばこの方は朱闇辻とか異様な空間に出かけるのが好きだったな、と雪緒は今更なことを考えた。沙霧は間違いなくこの状況を楽しんでいる。

（……いや私、伊万里さんの安否とか、白桜《しろざくら》の状況とか、課題が山積みですごく切羽詰まった心境なんだけど）

自身が置かれている状況の過酷さをいくら訴えても、おそらく沙霧には通じない。違う、むしろ訴えたら、終わる。「じゃあ雪緒さんを苦しめる白桜を滅亡させよう！」となる。嬉々《きき》として白桜に破滅をもたらしてくれる姿が想像できてしまう。

白月がやはり無言で、労《いたわ》るように雪緒の頭を撫でた。少し慰められたので、雪緒もお返しに白月の狐尾を撫でようとしたら、嫌そうに腕を叩かれる。なんなのだろう、この方々は。

✽

「もうな、まことにな、沙霧。やめろよ。次は口を封じるからな」

白月が懇々と説教する。

沙霧は、やれやれと言うようにうなずいたが、これはなにもわかっていない。

「……雪緒がここにいなかったら、俺は沙霧に噛《か》みついている。とりあえず、この人参やしきのなかに入ってみるか。沙霧、おとなしく。なにもするなよ」

物騒な独白もまぜて忠告すると、白月はふたたび支配人たちのほうに近づいた。今度は雪緒たちも彼に続く。

チケットを出さずに受付を通りすぎたが、支配人たちはこちらを見もしなかった。

受付奥の空間はひどく狭く、窓もない。天井からは裸電球がぶら下がっていて、左右に延びている短い通路をオレンジ色の光がぼんやりと照らし出している。その毛羽立つ緑色のカーペットを敷いた通路の壁には、煤《すす》けた赤い扉が設けられている。

小屋自体がさほどの規模ではないために、通路に並ぶその扉の数もたった三つだ。壁には、錆《さ》びた画鋲《がびょう》でチラシが無数に貼りつけられていた。

もとは金色だっただろう黒ずんだ真鍮《しんちゅう》製の丸いドアノブがくっつけられている三枚の扉には、それぞれ、「人参」「人人」「人神」とだけ表記された大きな看板がかけられている。信号機のように赤黄青と、派手な色の塗料が使われていた。

「……どういう意味があるのか、一言も説明されていないのに、これほど明確に不穏さと悪意を与えてくることってあります？」

雪緒は雰囲気作りの巧妙さに、もはや感心せずにはいられなかった。

その横で沙霧も口を開く。

「僕の予想。人参部屋は、血を絞られて体を赤く染めた人間が笊《ざる》に山積み。人人部屋は、人と人を縫合した人族が展示されている。人神部屋は」

「沙霧、おまえには人の心がないのか」

白月が、うわあ、と口に手をあてて沙霧を詰《なじ》る。

「半神なんですけど」

「そう言われると、俺も獣心しかないな」

なんなんだろう、このお狐様と木霊《こだま》様。

それでもまだ白月のほうが、神意識の強い沙霧よりは人間の価値観に寄り添ってくれている。

……と、勘違いしてしまいそうになるほど、沙霧の予想が血生臭い。

ちらっと雪緒を見てから、白月は軋《きし》んだ音を立ててドアノブをまわし、人参部屋の扉を開いた。が、なかには入ろうとしない。雪緒ももちろん入室を拒否した。人の心がない沙霧のみが、平然と室内に足を踏み入れた。

「あまり広くはないですね」と、沙霧が感想を述べる。雪緒は恐る恐る室内を覗いた。

沙霧の言う通り、室内はせいぜい八畳程度しかない。だが、そんなことはどうでもよかった。

部屋の中央……天井から真っ赤な太い縄がぶら下がっていて、およそ七、八人ほどの裸の人間の男が腰のあたりできゅっと束にされ、吊《つ》るされている。

無意識に拒絶反応を起こしてしまったのか、雪緒は五回くらい瞬《まばた》きをしてからじゃないと、この光景を正しく理解できなかった。白月も予想外の眺めであったらしく、「おぉ……」と、驚いたように目を見開いている。

「……生きてません？」

雪緒は、嘘《うそ》であってほしいと願いをこめて、尋ねた。

模型かと思いきや、たまにゆれている。男たちは髪も体毛もすべて剃られていた。眉毛もだ。体の一部には、魚のようなつるつるしたヒレが飛び出ていたり、エラができていたりした。

「なるほど、人間の束売りか……。贅沢《ぜいたく》だな、だれが買うんだ？」

「やめてください白月様」

人の心にもっと寄り添ってほしい。

「やあ吊るされているおまえたち、ちょっと聞きたいことがあるんですけど」

裸の男たちに憐憫《れんびん》を抱くわけでもなく普通に話しかける沙霧の突き抜けた人でなしっぷりに、雪緒は感動すら覚えた。この木霊様は絶対に敵にまわしたくない。できれば、あまり味方にもしたくない。この村に迷いこんでまだ間もないが、すでにして楽しくおしゃべりができる伊万里や井蕗《いぶき》の存在が恋しくなっている。いや、その伊万里を捜しに来ているのだ。雪緒は、本当にがんばろう、と心の安寧のためにも自分に強く誓った。

雪緒が狂気の眺めを前にしてもそこまで騒がずにいられるのには、理由がある。

たとえ見るものすべてが本物そっくりで、匂いまで感じるとしても、ここは祭りの歪《ゆが》みが原因で生じた幻の世にすぎないとわかっているからだ。切実に、幻であってほしい。

「ホロロロ様って何者です？　その奇妙な名の者と、祭りの関係は？」

沙霧の質問に、束になっている男たちが一斉に彼を見た。

しかし、やはり話し出すことは、質問とは無関係のものだった。

「ぼくたちごきげんよう」

「参りませごきげんごきげん」

「やってられるかよう、蛸は一等賞、蟹《かに》は二等賞、ヒレ持ちは下等、はいはいごきげん傴細鴦村」

「吊るされる運命なのですよ」

「しょせんは餌《えさ》なのですよ」

「もっぐもぐむっしゃむっしゃ」

「其《そ》れは七十七年前の事で御座りました。我が傴細鴦村が旧名の牛戸村と呼ばれていた頃《ころ》の話で御座ります。平和で御座いました、若い女は売られるか拐《かどわ》かされるか、祭りの夜に泣かされるか。若い男はこぞって月なし夜には隣の家に潜りこみイヒヒオヒァ、ごきげんよう傴細鴦村。なにせ荒地ばかりのろくに畑も耕せぬ貧窮極まりし村で御座ります。ただしダムなるものが御座りました、水ばかりが豊富に御座りました。ろくすっぽ獲物も泳がぬダムのみが。そして神の悪戯《いたずら》か、たいそうな美人が多く生まれる村で御座りました。珠のごときかぐや姫か乙前か、伝説の美姫に劣らぬ女たちが、一、二、三と、はい。ですので巫女村、ジョロジョロ村としてしか生きてゆくすべがなかったので御座ります。産めよ増やせよと其ればかり、家族婚など当たり前の村で御座りました」

「ぼくたちごきげんよう」

「参りませごきげんごきげん」

「やってられるかよう――」

――聞かされるのは、この繰り返しだ。

何度か沙霧が質問を変えてみても、男たちの語る内容は一字一句同じものだった。

しかし内容的には陰惨ながらも興味深い部分が見受けられた。

「一応は村の歴史のようなものが存在するみたいですね」

雪緒が小声で言うと、白月がおもしろそうに顎を撫でた。

「複数の記憶がまざって生まれた世だ。村の歴史も、だれかの記憶……ああ、もしかしたら藩《はん》にいたという絹平《きぬひら》の遠い昔の記憶などが、強く反映されているのかもなあ」

「ほかの方々の記憶もまざっていそうです」

もしかしたら雪緒自身の記憶も。そう考えると、落ち着かない気持ちになる。

「ああ、貧しい集落にありがちな悲劇的な歴史ですね。僕としては、どんな貧しさのなかでも必死に生き残ろうと足掻《あが》く人々の暮らしは、愛らしいと思います。もう少しこの村の成り立ちに通じている人を知りませんか？」

感じ入った様子で評しつつ、沙霧は懲りずに男たちへ質問する。

「ぼくたちごきげんよう」

「参りませごきげんごきげん――」

「うーんだめですね、この僕が優しく問いかけているというのに、まともに答える気がない」

また沙霧が不穏な動きをしかけたのに気づき、雪緒はとっさに彼に飛びついた。

「もう出ましょう！」と、沙霧の腕をぐいぐいと引っ張り、部屋の外へ出る。白月も出たあとで、すばやく扉を閉めた。

「……隣の部屋も確認してみるか」

もう沙霧を窘《たしな》めることはあきらめたのか、白月がややげんなりした調子で隣の扉を指差す。

「人人部屋……」

雪緒は新たな恐怖の予感に震え、口のなかでつぶやいた。きっとどの部屋も、にんじん、と読むのだろうなあと思った。あれこれと恐れはしても、いまのところ自分たちに直接的な危害は加えられていないので、過去の騒動と比較すればましだろうか。その代わり精神的な苦痛は倍増しのような気がする。

「さあ、さっさと入りましょう」

人の心もなければ情緒も知らない沙霧が、ためらいのない手でノブを掴み、人人部屋の扉を開く。雪緒は入り口で待機を選んだが、今度は白月も入っていった。

「お、ここも僕の予想は外れた」

あたらなくてよかったが外れてもほしくなかった、という矛盾した感想が生まれるような光景がそこにあった。

部屋の広さは先ほどと同様。まず、「進化ロン」と太字で表記された看板が立っていて、その向こうに展示物が二つある。いや、これを展示物と呼んでいいのか。

片方は胴体部分だけで大熊《おおぐま》の背丈も越えるほどの巨躯《きょく》の蛸。長い蛸足は蛇のように巻かれている。もう片方は、やはり仰天するほどの巨躯の黒蟹。部屋が狭いためにこの二体のみでぎゅうぎゅうだ。どちらとも、模型ではない。足が動いている。生きている。

しかし、蛸のほうは頭部から胴体部分にかけて、ぱっくりと切開されていた。

「おや、人間が胴部に詰まっていますね」

沙霧が物珍しげに言う。

胴体部分に詰まっている人間、という言葉の響きの強烈さに打ちのめされながらそちらを見やれば、同意しか許されない眺めがあった。

蛸の胴部に、胎児のように身を丸めた成人男性が詰めこまれている。

「手足がヒレ化していますよ」

「こっちの蟹のほうにも人間が入っているぞ」

沙霧と白月は感嘆し、しげしげと展示物を見始める。

蟹側も甲羅を取られ、内部に剃毛《ていもう》された人がやはり身を丸めた状態で押しこまれていた。雪緒は狂気の展示物から思い切り顔を背《そむ》けた。見なきゃよかった、と心底後悔した。押しこまれている人間も当然、生きていた。肋骨《ろっこつ》の浮き出た胸部が呼吸に合わせてかすかに動いている。

「やあ、おまえたち。少し聞きたいことが」

と、沙霧が身を屈《かが》めて彼らに話しかける。男たちは目をぎょろぎょろさせた。

「傴緇鶩村」

「傴緇鶩村は不浄の村――」

「滅ぶ、滅ぶよ、こんぺいとう」

「母様、父様、ごきげんよう」

「今日《きょう》は楽しい苦しいお祭りび」

「傴緇鶩村」

「傴緇鶩村は不浄の村」

先ほどとは違って、男たちは短い言葉しか口にしない。それを訥々《とつとつ》と繰り返す。

「ここは、有益な話は聞けないようですね」

沙霧は残念そうに言うと、白月に退室を促し、扉を閉めた。最後の、人神部屋の扉を開く。

が、彼はすぐに扉を閉めた。

警戒する雪緒と白月を見て、微笑《ほほえ》む。

「ここは、あなたたちは見ないほうがいいかもしれません」

「は？　……俺もかよ」

「見たいのなら止めませんが。雪緒さんはやめておきなさい」

白月すらも見ないほうがいいなんて、いったいどんな部屋なんだ、と雪緒は戦慄《せんりつ》した。

（……沙霧様の記憶もまざっている可能性があるんだっけ。ということは）

聞くのもやめておこう。

雪緒は賢明な判断をした。が、そんな忠告程度で白月は止まらなかった。

「見るか見ないかは俺が判断するんだ」

と、沙霧を押し退け、扉を開ける。

雪緒もつい室内に目を向けてしまい、今日一番、後悔した。

床も壁も天井も畑になっていて、成人男性がみっちみちに植えられていて、暗くなって明るくなってあっという間に実って朽ちて芽生えて蝶《ちょう》が舞ってこっコケエコッコっこっこと畑人間が歌っていて、中央には小さな御仏様が宙に浮かびくるくる七色の光のシャワー、浴びましたらずんずんずんずん地面が震えて、これが地動説、そうだったそうだった、私は花嫁で、明日生まれる赤いお馬の花嫁さんで野ーの花ーこーの花、おいでませ女郎村、知らずにはいられぬ

のです、庭園には牛の脂肪が詰まっています、あなたは人参になります、ゆうやーけこやけーの、赤い馬の、

「雪緒さんには、少し早いかな。閉めましょうね」

沙霧が雪緒の目元をふわっと片手で覆い隠し、扉を閉めた。

「いやあ、これは僕の記憶がまざっている部屋なのかな」

精神を撹拌《かくはん》されていた雪緒は、正気に返り、頬を引きつらせた。どっと汗をかく。いま、なにがあったっけ？

「……いまのは俺が悪かった」

白月が珍しく本気で謝った。

「扉はなるべく僕が開けたほうがいいですよ。向こうへ落っこちないように」

沙霧が困ったように微笑んだ。

◎陸・どんどん来やらきやら

人参やしきではもう見るものがなくなったので、ひとまず雪緒《ゆきお》たちは外へ出た。大した時間は経《た》っていないだろうが、疲労感が凄《すさ》まじい。

こちらには反応を示さない支配人たちの横を無言で通り抜け、道の様子をうかがう。

「向こうへ行くか」と、白月《しろつき》が指差したのは、かき氷屋だ。喉《のど》の渇《かわ》きを感じたが、さすがにこの村で飲み食いする気にはなれない。餓死する前に帰りたい、と雪緒は切に願った。

かき氷屋には三人の姿がある。浴衣《ゆかた》を着た女客、店主、ベンチの客だ。

「すみません、少しお話をうかがいたいのですが」

彼らにただ近づくだけでは反応しない。声をかけたら、そこでようやくこちらを認識し、なにがしかを語り出す。なので雪緒は恐る恐る問いかけた。

三人は、一斉にこちらを見た。彼らにも、身の一部に蛸《たこ》の吸盤などがあった。

「――アタシ知ってるワ、よそ者が来たのよ。鳥猟に来たのよ。狩猟家が撃っちまったのよ」

「撃っていいのは害獣だけなのに、珍《めずら》かな鳥は禁じているというのに」

「でもバンよ。こわいワ。なにって、女よ。オノレの夫を隣部屋の若妻に寝取られた女が腹いせに嘘《うそ》を教えたのよ。あっちのダムに珍しい鳥がいるワって。伽《とぎ》の合間に狩猟家に教えたのよ。

ダムは女たちの遊び場よ。瑞々《みずみず》しい白い頬《ほお》の女たちよ。着物の袖《そで》ひーらひら。鳥の羽のように
ひーらひら。其れで間違って、アレをバンよ」

「傴緇鴑村《うしどむら》は真実の宝庫です。昨今の経済格差はいったいだれのせいなのか、お前か。もうだめでしょ、テレビは一日二時間まで。ご飯の用意できたわよ。女は三文、抱けば徳が宿ります」

「俺《おれ》は団子汁が好きなんだよ。栄養たっぷり、腹も膨れる」

「お嬢さん、お逃げなさい」

「害獣被害が多かったのよ。狐《きつね》に山犬、山鼠《やまねずみ》。そいつらが畑をよく荒らしていたのよ。だから狩猟自体は歓迎されていたのよ。鳥さえ狙《ねら》わなければ。村を荒らす害獣を撃てば英雄よ。害獣は、村では獣神、ケモノカミ、下物神として恐れられ、嫌われていたのよ」

「両手を上げてイッチニ、イッチニ」

「不浄を封じるには、さらなる不浄をぶつけるしかないので御座ります」

「でもバンなのよ。困った狩猟家は嘘をついたワ。自分は伝道師、新たな神を告げる使者って嘯《うそぶ》いたのよ。栄えあれ！　とりかみ様が下物神から守ってくださったぞ！　こんな寂れた村でも殺人は御法度よ。オノレの犯した罪から逃れたかったのよ。人は神を作るのよ。ニセの神として崇《あが》め続ければ産まれるのよ。穢《けが》れ神様のおなーりー」

「そうとも、だから定着させねばならん」

「アタシ知ってるワ、よそ者が来たのよ。鳥猟に来たのよ」

――彼らに聞けるのは、ここまでのようだ。

「……この方たちの話は有益だった気がします」

雪緒の感想に、白月たちも賛同を示す。

「まるで整合性のない言葉を垂れ流す者もいれば、見てきたように歴史を語る者もいる。おもしろいことだ。偽物の世に、無理やりにでも過去を作って、存在を確立させようとしているのか」

白月はしきりに感心している。

沙霧《さぎり》がちらりと彼を見た。

「……べつの者にも話を聞いてみません？」

それに同意し、雪緒たちはかき氷屋を離れ、廃ビルの前で声高に言い争う男女のもとへ向かった。

「もし、おまえたち」と、白月が声をかける。彼らから聞けたのは、こういう内容だ。

――ここでは毎日、巫女《みこ》様を叩《たた》く会が開かれている。それがホロロロ様を慰める。ホロロロ様の正体は、ホロロロ様に決まっている。巫女様は美しい女でなければならない。ゆき様は狂ってる。おかわいそうに。庄屋様は人買いに村の女を売りまくって富を独り占めした。昔はよくあることだった。人買いなどどこにでもいた。それを皆、神隠しと呼ばわり、ごまかした。

邪悪な風習の村も、時を経れば戦争後の近代化の影響を受けて、なかったことになる。地に埋められる。歴史も神隠しにあう。そういうものだ。

「――白月ではありませんが、人の歴史とは感嘆させられるほど、奥が深いものですね」

言い争いを延々と繰り返す男女のもとを離れ、道を進みながら沙霧が唸る。

「もしかして、伊万里《いまり》さんは、巫女様にさせられているのではないでしょうか」

雪緒は、白月と沙霧の真ん中を歩き、彼らを順に見上げて、村人たちの話をもとに感じたことを口にした。この村は、複数の者の記憶という歪《いびつ》な土台の上に築かれた世界だ。

「伊万里さんの記憶も村形成の下地となっているんですよね。……伊万里さんは常に、だれかに贄《にえ》扱いされてきました。それと――彼女の容姿は優れています」

「ああ、ここでも『巫女』……美しい子、という意で捧げ物の役を押しつけられている可能性は高いでしょうね。むしろそうでないわけがない」

雪緒が言い淀《よど》んだ部分を、沙霧が補足する。

「そうだろうなあ」

白月も狐耳でうなずいている。雪緒は暗澹《あんたん》たる思いを抱き、下を向いた。作り物の世界でも、伊万里は犠牲者としてしか生きられないのか。

「打てば響くように、とまではいかないが、それでも問えば、村人たちはなにかしらの手がかりをもたらしてくれる。この親切さは、雪緒がここにいるためではないかと思う」

白月はふと、そんな推測を漏らした。雪緒は驚き、顔を上げた。

「私が？」

「うん。この村は全体的に『親切』だろ。脅さずとも、村の薄暗い部分をぺらぺらと喋《しゃべ》ってくれるんだぞ。普通は、よそ者には隠したがるだろ。伊万里の意識が、おまえ様に優しくあれと訴えているのではないか？」

白月の判断に、沙霧も、ああ、と納得したように微笑《ほほえ》んだ。

「確かにその説は信憑性《しんぴょうせい》がありそうだ。村人が攻撃してこないのも、雪緒さんへの好意が理由かもしれないですね」

「手間が省けて好都合ではあるが。とはいえ、気になることもある。庄屋らがこぼしていた、『定着させねば』という言葉だ」

「それに、幻の神も崇め続ければ、というくだりにも、なにか意味がありそうですよ」

「そう、それも」

白月が難しい顔をする。が、すぐに憂いを振り切り、ゆらりと尾を振った。

「早く伊万里を探し出したほうがいいかもしれない。この『親切設定』がいつまで通用するのかわからん。いまはまだ、歪《ゆが》みの原因となった伊万里の記憶が最も濃く反映されているだろうが——村がいつ『自立』してしまうか、それが気になる」

自立、というたとえ方に、雪緒は顎《あご》を引いた。いい意味には聞こえない。

「ええ、時間をかけすぎると、村も本物に化けかねませんね。そうなると伊万里さんの無意識下の制御から村が解き放たれ、僕らを追い出しにかかるかもしれません。安全ではいられなくなるでしょう」

沙霧がさらっと恐ろしい可能性を指摘する。

「えっ……でしたら、もうここは村人たちに伊万里さんの居場所をはっきりと尋ねたほうがいいのではないでしょうか」

焦る雪緒に、沙霧が渋い表情を見せる。どこかで、鳥が鳴いていた。

「どうでしょう。それは得策ではないと思いますよ。というのも、たぶん伊万里さんはこの村の『要《かなめ》』です。起源の女ともいうべき伊万里さんの居場所を、さすがに簡単には漏らさないのではないですか。すでに自我に近いものを身につけつつある村人もいるようですしね」

「そう、村はめざましく成長を遂げている……話の中心となっているのは、祭り、巫女、だむ。このへんか。ふうん……なら、そのだむとやらのほうに行ってみよう」

白月がしばし考え、決断する。

「ダム……」

雪緒は脳裏にダムの形を描いた。灰色の大きな塊。白月がダムの知識を持っているかどうかはわからない。少なくとも郷には存在しないものだ。

そこで遅まきながら、雪緒は、些細《ささい》な自分の変化に気づいた。なにがどうとははっきり言えないが、ここへ来て以降ふしぎと思考に曇りがない。勘が冴《さ》え渡っているのとは、微妙に違う。あれはなんだ、これはなんだっけと、意識が引っかかることが少ないというか。それはどんな事柄に対して起きる現象なのかと、もっと真剣に突き詰めるべきか——。

雪緒は気を取り直し、目の前の問題に集中した。

「ですが、ダムはどこに？」

「知らん。適当に歩いていけば、そのうち見つかるだろ。『親切設定』の加護がまだあるんじゃないか」

白月が楽観的な返事を聞かせる。そこは行き当たりばったりなのか。だがほかに良策もない。村人から望んだ情報を引き出せるわけではないのだ。

雪緒たちは、またぞろぞろと歩きまわることになった。

「この村には、いまどの程度の戸数があるんでしょうね」

雪緒はなんとなく尋ねた。少し前に、白月も気にかけていたところだ。

幻術から生じた村の規模など考えたってどうにもならないだろうが、自分も里長《さとおさ》の立場となったためか、知っておきたい欲求が生まれる。戸数によって村の統治の手段も変わる。

「読み取りにくいな」と、白月が薄青のなかに沈む村を見まわす。

やはり御館《みたち》の座にいる白月も、村の様子に幾らかの関心があるようだ。

「ざっと見て、村の規模で判断するなら数千以上の民が存在しないと成り立たないと思っていた。が、人の少なさは見ての通りで、多くとも数百程度の範囲じゃないか」

「そうなんですよね……村の規模に反して、人が少ない雰囲気がありますす」

「だよな。それに、道々で出会った村人の持つ知識も違和感がある」

うんうんと雪緒も深くうなずく。

「対話で感じた彼らの知性と、村の抱える文化の一部は、同じ場に並び立つものではない。風習についても同様だし、建造物の年代もまた落差が見られ、明らかに噛《か》み合っていない」

白月が茶目っけのある笑みを見せた。

「要するに、考えるだけ無駄だ」

複数の者の記憶が入りまじって生まれた村。突貫工事で完成させたようなものだから、そこに秩序を求めても無駄なのだろう。

「やっぱり～」

「まあな、考えたくはなるよな」

「そうなんですよ～」

濁った声で返事をしながらも、こんな話を白月とできるようになるとは、と雪緒は密《ひそ》かにしみじみとした。

(恋心は、殺して正解だったんだなあ)

自分の選んだルートは正しかったと喜ぶべきなのに、胸がすかすかするのはなぜなのか。

「え、なんです。あなたたち、村人を増やしたいんですか？　僕、分裂させてあげましょうか」

話に花を咲かせる雪緒たちを見て、疎外感を抱いたのか、沙霧がそわそわと尋ねた。

「違う、そうじゃない」

白月が真顔になる。

「雪緒、覚えておけよ。たとえばこいつに、『ちょっとあそこの場所が寂しいから、花でも増やしてくれ』って、頼むとするだろ？　そうするとな、こいつは張り切って、里の半分を花で埋め尽くすからな」

「わ……」

「でも花ならきれいだしそこまで害なんかないだろ、と思うか？　違うんだ。言葉通り、花以外は地に生えない。虫も動物も寄せつけない。そこに軽い気持ちで家屋なんぞ建てようものなら、神罰、とか言われるぞ。花に」

花に、と雪緒は口内で繰り返し、震えた。えっ花に……？

「だって花がほしいのでしょう？　ならほかのものが生えてはだめじゃないですか」

不満げに沙霧が反発する。雪緒はふたたび、「わ……」と小さく漏らした。

「いいか、こういう神やら精霊やらになにか頼むときは、絶対に曖昧《あいまい》な表現をするな。とにかく言質《げんち》を取られるな……」と、白月が過去になにかあったに違いない淀んだ目で言う。

「すごくためになる助言をありがとうございます……」

「本当に人族と妖怪《ようかい》族って、無礼で我儘《わがまま》ですね。僕の恩恵をなんだと思っているんだろう」

白月たちとおかしな話し合いをしながらしばらく歩くと、踏切が見えてきた。

「ん？　なんだ、あれ」

「僕、知ってます。踏切です」

沙霧が得意げに、長い髪を片手で払って答える。

向日葵《ひまわり》のように真っ黄色の電車――ではなく、形としてはどう見てもバスが、がたんがたんと音を立てて線路の向こうから走ってくる。

（秩序）

守って、と雪緒はさっきの白月みたいに真顔になった。

「おい、変な物が駆け抜けてくるぞ」

白月がぼわっと尾を膨らませる。

バスに続き、黒や白のカラーの乗用車も走ってきた。馬やキリンまで走ってくる。

（だから、秩序）

それらが通りすぎれば、すぐに遮断棒が上がる。

「隅々まで調べたくなる地だな」

「時間がほしいですね。僕、時を操る神と仲良くなろうかな……」

白月と沙霧が興味深そうに言って、線路を横切る。ある意味、彼らと踏切の組み合わせも、同じ場に並び立つものではない。彼らの恰好《かっこう》のせいか、空気感か。たぶんどちらもだろう。先ほど白月も、古きものと新しきものの振り幅を指摘していた。とにかく両者は噛み合わないが、それでも妙に絵になる、と雪緒は思った。その落差が、ふしぎと郷愁を感じさせた。

（私は、どちら側だろう）

古き側か、新しき側か。雪緒はぼんやりと考え、足を止めて、先をゆく彼らの背を見た。急に、自分の長い髪を切り落としたくなった。肩にもつかないくらいの長さに、さっぱりと。身軽になれるのではないか。どんなに気分がいいだろう。

遅い、と訝《いぶか》しむように彼らが振り向く。雪緒は気を取り直して線路を横切り、彼らを追いかけた。淡い郷愁は呆気《あっけ》なく霧散した。

踏切を越えたあと、たとえるなら、切り取り線で中間部分をカットしたかのように、がらりと景色が変化した。目の前には濃厚な緑。折り重なる山々の線。木々が押し迫ってくる。空模様までが違って見えた。繁華街側よりもこちらの空のほうが、青みが薄く、澄んでいる。

そんな錯覚を抱くくらいの豊かな自然が目の前に広がり、雪緒は思わず何度も前後の景色を見比べた。いや、景色自体はちゃんとつながっている。だが、こうも小気味よいほど村の繁華街側と自然側が切り分けられていようとは。これも落差のひとつか。

「ダムとやらは、向こうのようですね」

沙霧が長い髪を片手で押さえ、踏切の横に立っていた大型の看板をしげしげと見つめた。

そこには赤く太い字で、「傴繦鴦ダム・このまま直進」と記されていた。

✽

険しい山を背負う傴繦鴦ダムは、踏切から徒歩で二十分ほどの場所に設けられていた。距離感については、ここでの常識は自分にとっての非常識、と無理やりにでも受け入れるしかない。ダムまでの道は一応踏みしめられており、迷うこともなかったが、でこぼこしていて細い。並んでの進行は難しいので、一列になって歩く。目の前を山鼠が横切ったときは、驚いて転びそうになった。次第に道が傾斜していくと、木々の合間に黒ずんだ灰色の壁が見えてきた。そちらへ近づけば、きゃあきゃあと騒ぐ女たちの声が聞こえてくる。

石段が組まれ始めた道をさらに進むと、緑の幕が急に開かれ、木々に挟まれたダムの全容が明らかになった。

要塞《ようさい》のように高く聳《そび》えるコンクリートダム。分厚い堤体の中央には滑り台に似た大型ゲートが見られる。洪水吐きからは静かに水が流れていた。水中には、木の端やよくわからないものがまざっているように見えたが、この距離ではそれらの正体を正確に掴《つか》めない。

「大きいな……それに力強い。大きい、というのは、力そのものに変わる、と否応にも理解させられる眺めだ」

白月が堅牢《けんろう》と評したくなる灰色の堤体を見上げ、素直な賞賛をする。

雪緒も不可思議な懐かしさとともに、「はい、とても」と、短く返した。ダムまではまだ離れているのに、この迫力だ。

「人とは本当におもしろいものですね。このダムとやらも、まるで峡谷を統《す》べる化け物のようです。知らぬ者にとっては、まさしく巨大な岩石の怪物だ」

沙霧も優れたものを見る目を向けている。

峡谷を統べる巨大な岩石の怪物。雪緒も、木々に挟まれた堅牢な怪物をじっくりと見た。

ダムの下流側、その左右には、段々畑のような斑《まだら》模様の険しい岩場がある。その周辺には緑がみっしりと生い茂っている。岩場の一部には切り開かれた場所も見られ、滑落防止のためだろうロープが通っていた。雪緒たちは下流の横手側から麓《ふもと》を上がってきた形だ。

上流側の様子は、下流側からではうかがい知れない。

岩場の段差に視線を戻せば、白い着物姿の女たちの姿がある。厳しいダムを彩る清楚《せいそ》な花のようだった。

髪を結い上げた数人の女が、大きな縦長の洗濯板を取り囲み、歓声を上げて汚れ物を叩き洗いしている。彼女たちの横には、水浴びも可能なほどの大型の盥《たらい》もいくつか置かれていた。

「……洗濯中ですか？」

そう口にしながらも、雪緒は強烈な違和感を抱いた。ダムの下池で洗濯？

彼女たちのほうへ足を進めるにつれ、自分の顔が強張《こわば》っていくのがわかる。

「様子が変ですね」

沙霧が訝しむ。全員、自然と歩調が遅くなる。

岩場の開けた場所にいる女たちの総数は、十二、三か。意外と多い。

十代後半から三十代の若い女ばかりだ。洗濯棒を振り上げ、汚れ物に叩きつけているのは四人で、残りの女はというと、岩場に腰掛けたり、下半身を水中に沈めたりしている。

洗濯のついでに水浴びをしているのかと納得しかけたが、すぐに間違った認識だと気づく。

下半身を水に浸した彼女たちは、祈るように両手を合わせている。とても水遊びに興じている姿には見えない。

雪緒はいま一度、洗濯棒を振りまわす女たちのほうに目を向けた。赤い襦袢《じゅばん》でも叩き洗いしているように見えたが、それも違う。洗濯棒が太すぎる。

「ああ、ひょっとしてこれが巫女様お叩き無慈悲会か？」

村人の会話を思い出したのか、ふと気づいた様子で白月がつぶやく。彼の声音には、特別嫌悪も恐怖も乗っていない。ぞっとしているのは雪緒だけだ。

洗濯板の上に乗せられているのは、汚れ物ではない。女だ。棒で、手足を叩き潰《つぶ》している。

たとえこれが現実の出来事ではないとしても、その残酷な行為を正視するのは難しい。彼女らのあいだに漂う表現しがたい不気味さも、雪緒を圧倒していた。
このあたりは、姿こそ見えないが鳥が多く棲息《せいそく》しているのか、ダムの水音よりも鳴き声のほうが耳につく。
そこに、女たちの澄んだ歌声が重なった。歌うのは、棒を振り上げる四人の女だ。
群《むら》の域引《いきび》きおはいよせ
けにゆがえし御忌火《おきび》の熾《おき》に
どんどんひやらひやら
御座に見れば神笑い
巡り恵みし無良茉莉《むらまつり》
――女たちの高い声には、しかし、重く太い恨《うら》みが乗っていた。
雪緒は束《つか》の間放心したあと、白月の制止の声を置き去りにして、彼女たちのほうへ急いだ。
ここへ到着する前に、伊万里が巫女なのではないかといった意見を交わし合っている。だから、あの板の上で無惨に手足を砕かれているのは、ひょっとして伊万里じゃないか。
そう雪緒は思い至り、自分でも思いがけないほど心を乱した。肌が粟立《あわだ》ち、喉が切れるほど叫びたくなるような衝動が体内を駆け巡っている。
「ねえ!!」
雪緒はよろめきながらも岩場の段差を駆け上がり、残酷な儀式を続ける女たちに向かって大声を発した。女たちはぴたっと歌うのをやめると、一斉に雪緒を見た。全員が、目を見張るほど整った容姿をしていた。もしもたおやかな白鳥が女に化けたらこんな容姿になるだろうと思わせるような。下半身を水中に沈めている女のうち、数人は胸をはだけさせている。

どの女にもヒレや吸盤痕《あと》は存在しなかった。真珠のようにまろやかな白い肌だった。薄青の大気のなかで女たちの肌は淡く発光しているかのように美しい。

岩場の段差の険しさが、雪緒をあっという間に疲労させた。

息が切れ、次の言葉がすぐには出てこなかったが、雪緒の存在を認識した女たちはこれまでの村人同様に、好き勝手に話し始めた。

「バンと撃ったのよ、ごきげんよう」

「都市部からいらした学者様なんですって。異国巡りが趣味の方で、鉄砲遊びはそちらで覚えてきたんですって。絶滅寸前の朱鷺《とき》が牛戸村にはまだたくさん棲息していると、前に立ち寄った村で噂《うわさ》を聞いたのですって」

「かつての牛戸村は神村でしたのよ。朱鷺は神の使いでしたのよ。国の宝でしたのよ」

「伝手《つて》の伝手を辿《たど》り、学者様はこの隔離された傴縮鴛村へと参られたので御座います。しかし乍《なが》らそこで繰り広げられていたのは無慈悲な神祭りで御座いました。腰も乳房も丸く黒髪も豊かな美しい女たちはあちらこちらに手を引かれ、鬼さんこちら手の鳴るほうへ、ごきげん傴縮鴛村は今日《きょう》も元気」

「人買いどもは、いい子にしておいでと、わたしたちは神の使者だと、楽土へおいでと、涙に暮れる女たちを膝《ひざ》に乗せ金歯をさらしてげらげら笑っておりました」

「夫を隣部屋の若妻に寝取られた女が、嫉妬《しっと》に我を忘れて邪心にとりつかれたのよ。チョット知ってる？　ネェお前様だけに教えてあげるワ、川の下流に朱鷺が来るのヨ。仕留めりゃきっと高く売れるワと甘い蜜《みつ》を学者様の心に垂れ落としたのよ。学者様は信じたのよ」

「学者様はいそいそと川へ向かったの。そしてひらひら舞う白桃色の翼を見つけ、バンと撃ったの。でも日差しで川が温もる刻、そこにいたのは朱鷺ではなくて女たちなの。歌を歌って、水と踊って、きゃらきゃら爽《さわ》やか傴緇鵞村」

「男は焦った、隠さなきゃいけないと思った、バンバンバンと全部撃った。これは朱鷺だ朱鷺を撃ったのだと、皆の手足を潰し、運びやすくして、下流に流した。魚たちが血に集まり、村人は、ああよかったよかった神の恵みだ、大漁だと魚を釣り上げ、団子汁。おやおかしい、魚などおらぬはずがおやおや、ではこの魚の正体とは」

「これを神話に仕立てねばと村人たちは密談を重ねたので御座います。見立てが肝心なので御座います。そうして異種婚姻譚《たん》の神祭りが生まれたので御座います」

「バンと撃ったのよ、ごきげんよう」

「都市部からいらした学者様なんですって――」

――彼女たちはこの話を何度も繰り返した。

雪緒が気圧《けお》され、一歩引けば、もう存在すら見えていないという態度に彼女らは戻った。また洗濯板の上に寝かされている女の手足を叩き潰す。だが一定の動作のあとには、時を巻き戻したかのように反対送りの動きを取る。潰された女も元通り。

手足を潰されていた女の顔を雪緒は確認した。

――伊万里ではなかった。雪緒はその場にへたりこみそうになった。

「い、伊万里さんはどこに」

反射的に尋ねれば、また女たちが動きを止めて一斉に雪緒を見る。そして、「バンと撃ったのよ」と、同じ話を繰り返す。

唐突に、雪緒は狂いそうな気分になった。もがきたいほど苦しくなった。

「雪緒」と、ふいに後ろから腕を取られる。白月だ。

「あまり真剣に聞くな。呑《の》まれるぞ」

「――はい。でも」

反論の途中で、白月がふっと視線をずらす。途端に表情が厳しくなった。

水干を身にまとったゆき様や庄屋、制服姿の警官たちが、雪緒たちも通ってきた方向から足早にこちらへ近づいてくる。

「まだ六度目の会が終わらんか、うすのろどもめっ」

ゆき様が蛸足化した両手を振りまわし、女たちに向かって怒鳴った。

彼の後ろでは、警官たちが突然制帽を放り投げ、ジャケットを乱暴に脱ぎ始める。靴紐《くつひも》をとき、素足になり、真っ裸になった。彼らの体には、はっきりと蛸足の特徴が出ていた。

「渡りまあす、傴縕鶩村万歳」

「見ずに返りましょうや」

「神に食われりゃ一心同体」

「奉れ、我らを祀《まつ》れ」

そう気合の入った掛け声を放ち、ドボンドボンと次々に下流に飛びこんでいく。青い水面に、彼らの影が映った。人の形はしておらず、完全に蛸の影だった。

庄屋は、警官たちの投水には目もくれず、ゆき様に話しかけた。

「ゆき様、ホロロロ様に早う供物を捧げねば。なあに恐れるものなぞなにもない。これらは女ではないのだ。女は巫女となり巫女は鳥に化ける。飛んでゆかぬように叩くのだ。これは朱鷺。朱鷺の化身。朱鷺は神の使い、滋養もたっぷり。さぞ美味《うま》かろう。さあ肉を落とせ。水に」

保身にまみれた卑怯《ひきょう》な弁明に、雪緒は茫然《ぼうぜん》と彼らを見まわした。無意識にまた、「伊万里さんはどこに」と声に出していた。

それに反応した者がいる。庄屋だ。彼だけが雪緒を見た。そして驚愕《きょうがく》をその目に宿した。

「ああおまえだ、おまえがまことのカミサマか。助けておくれ！」

「は、はあ!?」

いきなり救世主を見るような目を向けられ、雪緒は動揺した。庄屋と視線がしっかり合っているのにも怖気《おぞけ》が立つ。雪緒という個を、認識している。

庄屋がほかの村人とは違うと白月も気づいたらしく、庇《かば》うようにさっと雪緒の前に出た。

「……人形がついに意思を持ち始めたか？」

「あんた、どいてくれ、その子をくれよ。まことの女、神造りの女を待っていたんだ。村のために、その子をくれ！　贄が、贄がいる！」

「……」

どこまでも勝手な言い草に、白月がぶわりと尾の毛を膨らませた。てっきり怒りのままに庄屋を殺害するのかと案じたが、どうもその衝動に耐えているらしい。

先に痺《しび》れを切らしたのは、それまでおもしろそうに静観していた沙霧だ。

「怖じ気づいたんですか、白月。じゃあ僕が代わりにこの不埒《ふらち》者の首を捩《ね》じ切ろう」

「待てこの。――おい、娘を捜しているんだが。赤髪のとびきり美しい女だ。村の維持に貢献した女。知っているだろう？」

攻撃しかけた沙霧を止めて、白月がそう囁《ささや》く。庄屋は見入られたように白月を凝視すると、目玉をぐるぐるさせた。

「とびきり美しいのなら大巫女様だ。そうとも、村を産んだお方だとも。だが、産方の君には村を定着させるほどの力がない。非力な女なのだ。そら、あっちの隧道《すいどう》に封じている。教えてやったのだから、その子をくれ！」

「やらん」

白月が冷たく拒絶すると、庄屋は目玉をまわすのをやめ、顔を真《ま》っ赤《か》にした。彼の左右の眼球は、別々の方向を見ていた。

会話のあいだも、白鳥みたいに美しい女たちは歌を歌い、洗濯棒を振り上げている。ゆき様はそんな彼女たちを怒鳴っている。一定の動作を繰り返す。

しかし、警官たちは水から上がってこなかった。ひょっとしたら、警官たちは次の進化を迎えたのかもしれなかった。村は、人々も含めて急成長している。

「卑怯者っ、問われたから教えてやったのに、ずるいじゃないか！　ずるい者は下等だ、下等な魚はずるい、魚になれ、ヒレ持つ魚にしてくれる」

庄屋が恨みがましく叫んだ直後、ぬるりと、下池の水面にでこぼこした棒が突き出てきた。いや、棒ではなく、蛸の足だ。ぬるり、べちゃっ、と水滴を飛ばして蛸足が岩場に張りつく。大きな青い蛸が水面から胴と頭を覗《のぞ》かせる。胴部分には目玉がいっぱいくっついていた。

「これは不可抗力の殺し合いだぞ、雪緒。致し方ないんだ」

白月がわざわざ振り向いて雪緒に念を押した。

沙霧が呆《あき》れたように白月を見る。

「なに殊勝なふりをしているんですか、あなた」

「ふりじゃない。……雪緒は、殺し合いを好まないんだ。だが、これは身の安全のためにも決して避けられぬ戦いであり」

「だからなにをぐだぐだと言い訳しているんです」

「いいか雪緒、俺はこいつほどひとでなしじゃないからな。……少し離れていろ、うん」

ぐぬ、と白月が耳を動かすと同時に、新たな大蛸が水面から姿を見せた。ゆらめく蛸足に、こちらを襲おうという意思を感じる。

最初に水面に上がってきた一匹が、数本の蛸足をこちらに向けてきた。化け物のような大きさの蛸で、その足の長さと太さも寒々しいほどのものだった。それを叩きつけられたら、一撃で体がぺしゃんこになるだろう。

雪緒はおとなしく白月の助言に従い、岩場の段差をおりて後退した。

最初の一匹の足を吹き飛ばしたのは、白月ではなく沙霧だ。幻の矢をつがえ、次に狙いを定める。

「僕、醜いものはあまり興味が……」

しかしながら沙霧はあまりやる気がなさそうでもあった。白月はというと、なぜかちらちらと雪緒を気にしている。反応が気になる、と全身で語っている。

「……白月様！　私の心はもうなにを見てもゆらぎません！　たぶん！　あなたの残忍さを見ても大丈夫だし、食事の味ももう落ちません！　たぶん！」

「たぶんと言うな！」

安心させようと発破をかけたのに、白月は怒った。

「私の魂は白月様のものなんですよ、そこは本当に不変なんです。ですので万が一、瞬間的にこわがっても、嫌っても、もう気になさらないで！」

「だめだろ、それ！」

なにがだめなんだ、と雪緒は焦《じ》れったくなる。それより、次々と岩場に上がってくる大蛸を早く追い払ってほしい。時間の経過で、重要な問題にも気づいている。ここが偽物の世なのは確かだが、自分たちの存在はどういう位置付けなのか、判明していない。

魂だけが飛ばされている状態なのか、肉体ごと入りこんでいるのか。もしもここで死ねば現実でも死亡確定とかだったら、悔やんでも悔やみ切れない。

「だめじゃないですから、ほら、急いで！」

「俺がだめだと言っているのになんなんだ、おまえ様とはじっくり話し合う必要がある！」

「ですからっ！　そういうのいらないんです！」

「いらなくないだろ！　俺は繊細なんだぞ、傷ついた！」

不満を訴えるかのように白月の尾が大きくゆれている。

「心はもういいんです！　私がこの先、白月様を嫌っても、白月様が私を不要と感じて嫌っても、関係ない！　全部、白月様のものなのだと、何度言えば！」

「嫌だ、俺は好きだ。嫌っていない」

　ふと白月が静かに言った。

「俺は好きなんだ。雪緒があんまり俺を好きだったから、ついに振り向いてしまった。今更あきらめないでくれ、雪緒」

「なにを……」

　雪緒は言葉に詰まった。

「そこのばかども、僕だけに化け物退治を押しつけて、なにを呑気《のんき》に口説き合っているんだ。そこの池に突き落とされたいんですか？」

　苛《いら》ついた沙霧の声が聞こえ、雪緒は我に返った。そうだ、目の前の大蛸を退けなければ。

　白月は渋面を作ったが、沙霧の叱責《しっせき》は尤《もっと》もだ。尾の毛をぷつりと数本抜き、それで狐火《きつねび》を生み出すと、二番目に岩場に上がってきた大蛸の胴体に狐火を投げつけた。

　白月にしては消極的な攻撃に、沙霧が舌打ちし、ぶんっと勢いよく腕を振る。

「今更誠実ぶったところでなんになるんです」

　木々の葉が、強風の刃《やいば》で薙《な》ぎ払われたかのようにざわめく。枝から剥《は》がれた無数の葉がくるくると宙を舞った。それが沙霧の次の合図で矢尻《やじり》のような鋭さを持ち、一斉に大蛸を襲う。

「肝心なときに牙《きば》を使わぬ獣が、女を射止められるわけもないでしょうが」

　沙霧の挑発を受けて、白月もやっと覚悟を決めた顔つきになり、無数の狐火を生み出す。

次々と岩場に這《は》い上がって鞭《むち》のような足を伸ばしてくる大蛸を、その妖《あや》しくゆらめく青い狐火で無慈悲に燃やしていく。大蛸が一瞬で炎にまみれた。暴れまわり、木々を震わせるような断末魔を響かせる。振りまわされる幾本もの蛸足が、岩場を激しく打ち据えた。打撃に負けて割れた石片が四方八方に勢いよく飛び散り、防御のすべを持たぬ雪緒を恐れさせた。

大蛸退治で雪緒の出る幕などない。

彼らの邪魔をしないよう、そして飛散する石片から身を守るためにも、もっと後方に移動したほうがいい。そう考え、移動しかけたところで、こちらの諍《いさか》いをいささかも意に介さず洗濯棒をひたすら振り上げる女たちを視界に捉える。

「ねえ、あなたたち、こっちに」

そこにいたら、いずれ大蛸群の攻撃の犠牲になる。

彼女たちは偽物の世とともに生まれた存在で、本物の人間ではない。だが雪緒は避難を呼びかけていた。しかし、雪緒の声に振り向いた女たちはまた、「バンと撃ったのよ」と、同じ話を垂れ流し始めた。ゆき様も、彼女らを罵倒《ばとう》しては、行きつ戻りつの動作を繰り返している。

それを見て急に無力感のようなものに襲われ、ぼうっとしたとき、目の端になにかがよぎった。はっとそちらに顔を向け、雪緒は全身を緊張させた。

目を血走らせた庄屋が、飛び散る石片や青白い火の粉を避けながらも、こちらに突進していた。蛸化した片足のせいで、飛び跳ねるような動きになっている。

雪緒はぽかんとしたが、そういえばこの人は自分を狙っていた、と思い出し、慌てて足を動かした。しかし、大蛸が暴れまわったことにより、岩場が水浸しになっていたのが災いした。ずるっと沓《くつ》が滑った。雪緒は転倒を防ぐほうに一瞬気を取られ、無防備になった。

こちらに伸ばされた庄屋の手が、いまにも雪緒の肩を掴もうとしていた。

ところがだ。横から庄屋の頭を力いっぱい殴りつけた者がいた。

白月でも沙霧でもない。

庄屋を殴り倒したのは、それまで女たちと同様にからくり人形のごとく一定の動作を延々と繰り返していたはずのゆき様だ。女の手から奪ったらしき洗濯棒で庄屋を殴ったようだった。

「な、なんで!?」

一定の言動以外は不可能ではなかったのか。ある条件下では特殊な行動が取れるのだろうか。この世界のルールがわからない。

(というより、なぜ私を助けようとするの?)

雪緒は感謝よりも警戒を強めた。ゆき様は答えない。蛸足化した手が掴む洗濯棒を放り投げたと思ったら、混乱中の雪緒にすばやく接近する。抵抗する間も与えず、蛸足を伸ばしてきて、こちらの体を荷物のように自身の肩に担ぎ上げる。鮮やかな手口に、雪緒は唖然《あぜん》とした。

「えええーっ!」

ゆき様はこちらの声に反応せず、不安定な足場を気にかける様子もなく、獣のような速さで走り始める。その動きにもためらいはない。

「なんで私、いつも攫《さら》われるのっ!!」

突然のゆき様の奇行についていけず、雪緒は目を白黒させて叫んだ。人間だからなのか？

（人外たちにとっては、攫うというより供物の略奪的な感じ!? だからこっちの意思なんて無関係に、ほいほい連れ去ろうとするわけ？）

そんな非情な真理に辿り着き、やさぐれずにはいられなかった。

「私、里長の威厳なさすぎ……」

雪緒の間抜けな悲鳴に、ずいぶん楽しそうに大蛸を嬲《なぶ》っていた白月と沙霧が振り向いた。彼らはきょとんとしたあとで、こちらの危機を把握したらしく顔を引きつらせる。

「雪緒、おまえ様というやつは……」

「うわあ……」

好きで攫われているわけじゃない！

白月たちはすぐさまこちらを追ってこようとした。が、また予想外の出来事が起きる。からくり人形じみていた女たちまでが急に意思を宿したかのように動き出し、白月らの妨害をし始めた。彼らの体に、ばっ、ばっ、としがみつき、それ以上進ませまいとする。

「雪緒ぉ……、俺の許可なく攫われるんじゃない！ 本気で噛むぞ、このっ!!」

白月の怒声が聞こえた。

許可があってもだめですよおっ！　と、雪緒は叫び返したが、すでにその時点で白月たちとはかなり距離が開いていた。視界は密生する木々に阻まれ、岩場どころか大きなコンクリートの怪物も見えなくなる。

「ど、どっ、どこに⁉」

ゆき様の肩に腹部が食いこみ、息がうまくできない。それでもなんとか声を振り絞って雪緒は尋ねた。

ゆき様は問いに対する答えを寄越さなかったが、例のごとく好き勝手な話をし始めた。獣のような速度で走っているとは思えないくらいの滑らかな口調だった。

「人と贄文化は切り離せぬ。いつの時代も人は祭りをする。それも一瞬の見てみぬふりか。哀《あわ》れと悼むは誤りよ。どの時代もどの場所も、恐るべきものに人は贄を捧ぐのだ。貢いでやるから祟《たた》ってくれるな、か弱き我らはどうぞ見逃しておくれ。ごきげん傴縮鷲村。遠方から来た学者様は、村人にとっては外来神、客神に等しかった。無知な村人の持ち得ぬ知識をその身に備え、姿形も立派で、自信に満ちあふれていた」

「客神……っ⁉」

「学者様は誤射で女の命を奪った事実を隠蔽《いんぺい》しようと、さらなる凶行を重ねた。手足を砕き、川に流して、その血肉を魚に食わせた。村人どもは学者様の並外れた残忍さと冷たい知性を恐れた。これは、人に対する所業ではない、ならばこの男は神なのだ。『あのとき』の再来だ。

言い伝えは正しかった。恐れて、恐れて、村人は神に貢いだ。祀った。呪《のろ》いが生まれた。廃《すた》れよ傴繦鶩村。貢がれて傲《おご》った男は、威を振りかざすようになり、次々と供物を貪《むさぼ》った」

ゆき様は足元の小岩も倒木も軽々と飛び越え、走り続けた。そのたび、振動で腹部に肩が食いこみ、息が止まる。

「貪欲《どんよく》に手を伸ばすその醜悪な姿は魔物のようだった。幾本も手足があるように見えた。これは蛸の神だとされた。女を『鳥』に見立て、贄とし続けたが、それにも限界がある。村から女が減れば、やがては男とて贄になるかもしれぬ。ならば人でなくなればいい。神と同じ蛸に化ければいい。だがヒレ持つ魚はだめだ。そいつらはずるいから」

なんで、ヒレありの魚は、ずるいと妬《ねた》まれるのか。

聞きたいのに、声が出ない。肩に担がれている体勢が悪い。少しでも腹部にもたらされる圧迫感をやわらげようと、ゆき様の肩の腕で身をよじる。

「学者様が女を射殺する様子を木の上から眺めていた者がいた。水辺の守り神、朱鷺だった。哀れな女たちのために朱鷺はホロホロと鳴いた。学者様は朱鷺も撃ち殺した。贄と神が混合された。ホロロロ様は鳥神であり、贄でもあった。女であり男であった。傴繦鶩村には禍《わざわい》来たる」

ゆき様は、語りながらも、迷いなく木々のあいだを突き進む。

「人と贄文化は切り離せぬ。いつの時代も人は祭りをする――」

ああまた話が繰り返しになる。

雪緒は一回大きく息を吸いこみ、無理やり声を振り絞った。

「ゆき様！　私をおろして！　私は、贄にはならない……っ」

「――祭りをする。祀り。祀る。雪緒様、雪緒さん、贄には、贄」

急にゆき様が、人が変わったように高い声を聞かせた。女の声みたいだった。

無意識に、伊万里さん、とつぶやく。同時に、バン！　と強烈な破裂音が周囲に響き渡った。

雪緒はその音のせいで一瞬意識が飛んだ。

気がつけば、ゆき様の肩からごろっと転がり落ち、地面に横たわっていた。

痛む体を無理やりねじって、雪緒は、「ゆき様……！」と名を呼び、顔を上げた。彼もまた、地面に転がっていた。手足を投げ出す形でうつ伏せになり、頭から血を流している。

地面との衝突を起因とした出血ではない。黒い穴がこめかみに開いている。撃たれている。

雪緒は、ぴくりとも動かないゆき様のほうに、両肘《りょうひじ》を使って這い寄った。

ゆき様に手が届く前に、草むらを掻《か》きわける音が近づいてくる。動きを止めて、音のほうへ警戒の目を向ければ、黒い鉄砲を携えた中年の男が躍り出るようにして姿を見せた。藍色《あいいろ》の、それなりに仕立てのいい木綿の着物に、毛皮を羽織っていた。

男は、雪緒と、ゆき様を交互に見て、大いに焦った。

「ち、違うっ、俺はわざと撃ったわけじゃない……！」

そう弁解しながらも、男は恐怖に濡《ぬ》れた険しい顔で、雪緒に銃口を向けた。

その直後、地に伏していたゆき様が、ごきりと首のみを曲げて、中年男を睨み上げた。

「雪緒さん。逃げて。ああおのれ、その娘は神嫁となる定めの者、撃てば祟られようぞ、世という世を穢す祟りが地を蹂躙《じゅうりん》しようぞ!!」

――伊万里の声だ、と雪緒は気づいた。なぜか彼女の声がゆき様の口から放たれている。

ゆき様は呪わしげに男を見据えた。歪んだ顔は獣のように……まるで鵺《ぬえ》のように変わっていた。「ひ……!」と、男が引きつれた声を発し、反射的にゆき様の頭を撃った。銃声が山に響く。近くにいたらしき鳥が銃声に怯《おび》えたのか、鳴き声を上げて飛び出してきた。白桃色の美しい羽を持つ鳥だ。その鳥も、男は恐怖にまみれた指で引き金を押さえ、バンと撃ち落とした。

「違うんだ、俺のせいじゃない。俺が撃ったんじゃない、これは間違いだ!」

男は狂ったようにぶつぶつとこぼしながら、ゆき様の腕を掴み、引き摺《ず》った。

少し離れた場所に立つ大木の裏まで運んでいく。固まって動けないでいる雪緒の耳に、どさっという重い音が届いた。雪緒の位置からでは見えないが、大木の裏側に堀か穴でもあるのか……ゆき様の死体をどこかに投げこむ音のように思える。

「俺は悪くない。撃たれるほうが悪い……だから俺は善《よ》き行いをしたんだ」という独白とともに男が戻ってくる。今度は雪緒の腕を掴み、ゆき様のときと同様に腕を掴んで引き摺り始めた。

大木の裏には、予想通りに大穴――天然の穴ではなく人為的なもの――があり、そこに雪緒は突き落とされた。穴はさほど深くなかった。

雪緒は先に落とされたゆき様の上に乗っていた。飛びのきかけて、ほかのものにも気づく。

ゆき様の死体だけではない。その下にまたべつの死体――女の死体がある！

『カモフラージュ』のつもりなのか、射殺したらしき狐や山鼠、山犬、イタチなどの死骸《しがい》がぎゅうぎゅうに詰まっていた。悍《おぞ》ましさに悲鳴ひとつ上げられない雪緒の上に、なにかが落とされる。男が放りこんだのは、先ほど撃った鳥の死骸だった。いや、まだ息があった。撃たれて失神していたようだが、穴に投げこまれ、雪緒にぶつかった衝撃で目を覚ましたようだ。鳥は狂ったように鳴き声を上げた。狭い穴のなかに鳴き声が充満し、雪緒は頭がくらくらした。穴を覗きこんだ男が、銃口をまた向けてきた。

「――おおい、狩主様よう！」

遠くから、この男を呼んでいるのだろう声が響く。

「狩ったかえ、獣は狩ったかえ！」

男は、呼ばわる声に振り向き、また雪緒たちを見下ろした。

「――ああ、ああ、狩ったとも。大物を狩ったとも!!」

男は声を張り上げた。そこでなぜか鳥が、ぴたっと鳴きやんだ。

「大物も大物、民よ聞け。人の男に化けて女を拐《かどわ》かし悪事を働いておった獣神を、とうとう撃ってやったがよ!!　村のみつかいが、獣神に呪われかけた俺の代わりに身を擲《なげう》って守ってくださった。俺は知っていたとも、これはとりのかみじゃ。鳥神が俺を守ったんじゃあ‼」

恐怖をごまかすようにそんな言葉を興奮した様子でまき散らしながら、男が去っていく――。

雪緒は、駆け去る男の足音が聞こえなくなるまで、息を殺し続けた。自分の心臓の音が太鼓のようにうるさく響いていた。頭に血がのぼり、脈打つ音も大きく響いて、痛みを感じるほどだった。じゅうぶんすぎるほど経ってから、雪緒は腰を上げた。

無意識のうちに抱き抱えていた鳥が、急にまた息を吹き返したようにぎゃあぎゃあと鳴き始め、穴から飛び去った。その際に雪緒は羽で顔を打たれ、痛みに悶絶《もんぜつ》した。

ややして、自分も穴から出るべく腰を上げる。穴はさほど深くはない。自力でなんとか脱出できるだろう。内部の壁に石がまざっていたので、そこに指を引っかけ、体を持ち上げる。足元に積み重なっている死骸は見ないようにした。

四苦八苦の末、泥まみれになりながらも地表に這い上がる。

ひとつ息をついてあたりを見やり、雪緒は唖然とした。景色が一変していた。

山中ではなくなっている。茅葺《かやぶ》き屋根の古く見窄《みすぼ》らしい民家がなぜか目の前にあった。しかも時刻も変化している。強い西日のさす頃《ころ》になっている。焦りながら振り返っても、そこにも う死骸を敷き詰めていた穴は存在しなかった。代わりに石垣がある。穴から這い出たはずが、石垣を上がってきた、という設定に勝手に変更されたかのようだ。

「なにが起きてるの……」

茫然と独白したあとで、いやそうか、ここはつぎはぎだらけの未完成の世だった、と自分を納得させる。一方でその認識は腹が冷えるような恐怖ももたらした。白月たちと合流したいが、闇雲《やみくも》に探しまわるだけでは再会できないような気がする。いま、ひょっとして雪緒だけがなぜか、時間軸のずれた場所に落ちているのではないか――。

民家のほうから物音が聞こえ、雪緒はふらふらとそちらへ歩み寄った。

縁側の障子が少し開いている。なかにだれかいる。西日が障子の向こうの景色を明らかにした。夫婦と思《おぼ》しき男女が交わっている。雪緒は知らぬうちに出歯亀みたいな真似《まね》をしてしまった自分に気づいてぎょっとし、飛び退いた。

「――なによ、自分だけぇ」

ふいにすぐそばから女の声が聞こえ、雪緒はまた仰天した。ぎぎっと錆《さ》びついた動きで振り向けば、三十代くらいの、長い髪をひとつにまとめた女がすぐ近くに立っていた。桜色の着物は洗濯による摩耗が激しく、ずいぶんと褪《あ》せていた。女は悔しげに親指の爪《つめ》を噛んでいた。

西日が、女の顔に影を作っていた。瞳《ひとみ》だけが獣のようにぎらついていた。

「ああ悔しい。私が獣憑《けものつ》きの家系だから、男に見向きもされないんだわ」

女は虚《うつ》ろな調子で言った。

「あの、大丈夫ですか……」

薬師のさがか、雪緒は思わず声をかけていた。女がぎろっと雪緒を見た。

「狩猟家が始まりなのよ」

「あなたは、その、ここの家の……？」

女は返事の代わりに、これまでの村人同様に、好き勝手にしゃべり出した。

「狩主と呼ばれた男が、ほかの女に夫を寝取られた妻の口車に乗せられて、朱鷺を狩りにダムまできたの。男はただの密猟者なの。ダム池で朱鷺を見つけて、バン。でも朱鷺じゃなかった。女だった。夫と密通した女を密猟者に撃たせたの。人殺しを隠そうと、バンバンバン。男はたくさん獣を撃ってごまかそうとした。そうして言った。害獣どもが卑しくも恨みを募らせ、獣神、邪悪な下物神に成り果てた。女たちを攫おうとしたのだ」

雪緒は束の間恐怖を忘れて聞き入った。さっきの男の真実を語っているのだろうか。

「だが、鳥神が命を賭《と》して守ってくださった！　――そうよ、村人たちも密猟者の男の嘘に乗ったの。女の恨みが満ちる村、その恨みから守ってくれる『鳥神様』の話を受け入れたの。あたし？　密猟者の子孫なの。だから、下物神を使役する獣憑きなの。そうだ！　取り殺してしまえばいいわ。みんな殺してしまえばいいわ」

女は急に駆け出した。雪緒は慌ててあとを追った。少し離れた先にある民家の土間に、女が飛びこむ。土間は薄暗かった。

女は入り口のそばにある水甕《みずがめ》に抱きつくように両腕をまわし、なかを覗きこんだ。

「おけもの様おけもの様、起きてくださいまし。女を殺してくださいまし。男を殺してくださいまし。あたしを殺してくださいまし。穢れを穢れで封じてくださいまし。この村は廃れさせねばならないの」

――女の抱える水甕のなかから、獣の鳴き声が聞こえた気がした。大犬、狐、山鼠、イタチの鳴き声が。

そのとき、バンと音がした。バンバンバン。発砲音だった。はっと振り向けば、ふしぎなことに、汗ばむほどの陽気に変化していた。よく晴れた昼の刻に。

「夕刻だったのに！」

雪緒は愕然《がくぜん》としたあと、土間に視線を戻した。が――土間が、というより民家自体が消失していた。

（一瞬で異なる場所に移動させられた？　いや違う、きっと場所は変わっていない。でも、振り向いた瞬間に、一気に時間が経過させられたか、それとも遡《さかのぼ》ったのか……）

雪緒は冷静に判断しようとしたが、それでもこの変事には震えを止められなかった。冷たくなっていく指先をきつく握りしめる。そのとき、またバンと発砲音が聞こえた。

「あっ？　女が、撃ち殺されるって話……」

雪緒は導かれるようにして音のほうへ走った。雑草を手で払い、何度も転びそうになりながら進めば、ぱっと視界が開けた。目の前に、ダム池があった。

池の手前に男がいる。バン。銃を撃つ男のまわりには、複数の白い鳥の死骸が転がっている。

(違う、白い鳥ではなくて)

女たちだ。

雪緒がそう悟ると同時に、鉄砲をさげた男が振り向いた。

さっきの狩主の男とは別人だった。少し垂れた目元に色気が走る、賢そうな若い男だ。端正な顔立ちが、だれかに似ていると雪緒は思った。男がとっさの動きで雪緒に銃口を向けた。バン。耳元で破裂音が響き、視界が真っ白になった。

❁

だれかの膝に頭を乗せる形で眠らされている、と気づいたのは、浮上してきた意識をはっきりさせようと瞬《まばた》きを繰り返したあとのことだ。

がやがやとうるさい。宴会の場のようなこの騒がしさで目が覚めたのかもしれなかった。

雪緒は目を擦《こす》り、頭を起こそうとした。

「まだ寝てろ」と、だれかが、荒っぽいが優しい手で雪緒の頭を押しつける。素直に頭をその者の膝に戻し、軽く伸びをする。

「すみません、絹平《きぬひら》様……夕餉《ゆうげ》の最中に私、居眠りをしたんでしょうか……」

宵丸《よいまる》にもてなせと言われていたのに、気を抜いてしまったか。

「寝ぼけてやがる」

男が笑いながら言ったが、あれほど騒がしかった場が急にしんとなった。

「おい、酒が足りない。肉もない、米もない」

あたりが慌てふためいた様子で一斉に動き出し、ざわめきが遠ざかった。

ここにきて雪緒は強烈な違和感を抱き、恐る恐る顔の向きを変えて視線を上げた。

たくさんの女を撃ち殺していた若い男が、雪緒を見下ろしていた。最後に雪緒にもその銃口を向けた男だ。一瞬、絹平かと思うほど端正な顔立ちをしていた。肌はよく日に焼けていて、羽飾りをつけた髪は黒かったから、別人だとわかる。頬の輪郭も、こちらの男のほうが精悍《せいかん》だ。というよりも、銃口を向けられたときより少し年をとっていないだろうか。それに、やけに豪華な装束を身につけている。宝玉もじゃらじゃらと首や腕につけていた。

「えっ、どっ、どなたですか!?」

雪緒はひゅっと息を呑み、急いで身を起こした。なぜ胡座《あぐら》をかいて座っているこの危険な男に膝枕《ひざまくら》をされていたのだろう。なにもかもわからず、後退りして逃げようとしたが、野蛮な動きで目を細めた男がすばやく腕を掴んで乱暴に引き戻す。

男の肩に顔が激突し、おぶっ、と雪緒は変な叫びを上げてしまった。

「いっ、痛いっ！　乱暴すぎません!?」

目覚めたばかりで、雪緒は理性的に振る舞えなかった。かなり混乱してもいた。

かるなあ」

「お前様はいつまで経っても変わらず、ととりさま、と神扱いされるおれに、平然とくってか

「は……い？」

「お前様はやっぱりこの村の女ではないだろ。いい加減、はっきりしろ。きぬひらとはだれだ？　お前様の男だったのか？」

「はあぁ!?」

「うるせえなあ……おれにこんな態度をとって許されるのは、お前様だけだぞ。ほかの女なら、とっくに食ってやがる」

男――絹平に面差しの似た、ととりさまが、手前の皿に残っていた骨つき肉を鷲掴《わしづか》みにし、ばりっと噛みちぎった。骨ごとだ。というより、生焼けみたいな肉で、まだ血がついている。

全身に汗が噴き出た。恐怖なのか焦りなのか、わけがわからないほど汗が出る。

「な、なん……どう……いえ、あのっ、す、すみません、寝起きで、つまり頭がまわっていなくて、どういう状況なのか、教えていただけると……！」

自分でも吃《ども》りすぎただろうと思った。

「あっ!?　待って、会話しました!?　ちゃんと会話できてる!?　私を認識できているんですか！」

重要なことに気づいて口走ると、ととりさまが不快げに口のなかの肉を咀嚼《そしゃく》した。

「お前様もおれに理性などもう残っていないと嘲《あざけ》るのか？」

「とんでもございません！」

「いいや、どいつもこいつも同じ目でおれを見る。おれを狂った殺人鬼とわかった上で、神とやらに仕立て上げたのはこの村のやつらだというのに」

「さっ、殺人鬼!?」

また逃げかけた雪緒を、ととりさまはしかし、離そうとしなかった。

「この村に来るまでは、そんな下衆《げす》な衝動などなかったんだ。ただ遠い地の動物の生態が知りたくて現地調査に来ただけなのに、どうしてあんなに殺してしまったのか……お前様のことだって殺すはずだった。だが甕のなかに封じている下物神が囁く。お前様は神嫁の女だと囁く。なら、おれの妻だ。でも、お前様はだれなんだ」

雪緒は目を丸くしてから、またどばどばと汗をかいた。

（これってもしかして、私もこの村の一員として認識されつつあるのでは!?　それで会話が成立するようになっているというか、村の進化が進んでいるというか！）

伊万里のように、魂か精神が、村に染まりかけている証拠ではないだろうか。

でも、白月たちといた村の時代とはまた違うような――。

「お前様を囲ったためなのか。おれはこの頃、自分が本当に神になったような気がする。いや、わかっている。信仰をよりどころにして女たちを縛り上げるために、おれは村の男どもに祭り上げられているだけだ。裏では、ただの化け物、妖怪としか思われていない。ああでも、この頃は本当に、遠くまでよく見える。獣どもの声もよく聞こえる。いやだな、本当に妖怪にでもなってしまったか。慰めてくれ、お前様だけがおれを人だと思い出させてくれる」

力いっぱい抱きしめられて、雪緒は圧死の恐怖を味わった。

死なずにすんだのは、次々と料理がこの場に運ばれてきたからだ。ほっとして視線を巡らせば、ここは八角堂みたいな造りの部屋になっている。窓はなく、行灯《あんどん》が土壁の際に置かれている。土壁には、まるで魔封じのような呪文《じゅもん》がぎっしりと記されていた。

「腹が空く」

ととりさまは、雪緒を片手で抱えたまま、むしゃむしゃと手当たり次第に料理を食べ始めた。暴食どころではない食べ方だ。目の錯覚ではなく、彼の影に手が増えていて、蛸足のように好き勝手に伸び、食べ物を掴んだ。影の蛸足に口ができ、ばくばくと食っていく。

雪緒は心の底から、やばい、と危機感を抱いた。この男は人間ではない。過去はどうだったか知らないが、少なくとも悪神とか、妖怪に成り果てている。

夢中で食べ物を貪っていたととりさまだったが、しかし急に動きを止めた。食べかけの肉塊を、皿を運んでいた人物の一人に勢いよく投げつける。その人物も、ほかの運び手も皆、女のように頭から布をかぶっていたので、顔立ちはわからなかった。が、投げつけられた肉塊をばしっと払いのける動作でその人物の頭から布がずり落ちた。雪緒は、目を剥《む》いた。

「しっ、白つ……っ！」

白月だった。狐耳が、ぴっこぴこと元気に動いている。大いなる怒りをたたえて。

「やあやあ、探したぞおまえ様」と、白月が笑顔を見せた。純粋にこわかった。

「おっ……、恐れ入ります……」

「この御堂に潜りこむのに手間取ってなあ！　見ろ、獣封じの呪文が壁にみっちりだろ」

「あっ……、そうですね……」

「それにまあ、なにしろおまえ様ときたら、つぎはぎのこの世の境に連れこまれて、追うのも一苦労だった！　俺以外に追跡などできないぞ。ようやく見つけたと思いきや、どこぞの薄気味悪い野郎の嫁になってやがる。……どういう了見だ？　申し開きはあるか？」

最後はすごく低い声で言われた。雪緒は泣いて気絶したくなった。

「――下物神か、お前様」

ととりさまが、じっと白月を見据えて言った。白月が暗く輝く金色の獣の目を向ける。

「ああ？　俺を獣神だと？　神にもなれぬ人間崩れの蛸妖怪ごときが、俺を見下したのか？」

強烈に腹を立てているらしき白月が、間違いなく八つ当たりをこめて、挑発的にととりさまを見た。

「おれを愚弄《ぐろう》するのか？　おれは牛戸村では鳥の神。朱鷺の守り神。ととりの御神だぞ」

ととりさまがそう名乗ると、蛸足化していた影が、数枚の羽に変化した。影が勝手に動くのか、なんて疑問は今更だった。

「蛸の妖怪にしか見えんが」

白月はつらりと言った。

「鳥の神だ」と、ととりさまが言い返す。が、白月は取り合わない。

「雪緒、いつまで蛸の化け物に抱かれてやがる！　とっととこっちに来い！」

こちらを向いた白月に怒られ、雪緒は、ひっと小さく叫んだ。

「おまえ様、まさかこいつとまことに契《ちぎ》っては……」

「いません!!　おかしなことをいうの、やめてくれませんか！」

「だったらなんでおとなしく抱かれているんだよ、おまえはだれの妻なんだ!!」

「あなたのですけど!?」

勢いで言い返してから、雪緒は、はたと気づいて動揺した。頬が熱くなっていく。

「いえ、元妻でした、はい、あの」

「いまもだよ」

白月が、ふいに優しく言った。

「いまも俺の、唯一の妻だ」

雪緒は耳までが燃え落ちそうなほどに熱くなった。

違うと否定せねばならないのに、本音を言うなら、この不気味な偽《にせ》の世に疲れ切っていたし、一人にされて恐ろしかったし、白桜《しろざくら》の長という重圧にも負けそうだったし、いつ心が壊れてもおかしくない状態だった。手に入らないとわかっていても、ずっと恋する狐様から差し出された愛情は、頑《かたく》なな誓いの殻にひびを入れるほど甘かった。

「力なき妖怪もどきが、大妖《たいよう》たる俺の妻を抱こうとは千年早い」

「おれは鳥の神だ」

「妖怪だ。俺の妻を返せ」

「ここはおれの領域、狐の下物神になど後れは取らない。おれは鳥の」

「戯言《ざれごと》を！」

白月が高らかに笑う。

「どんな領域だろうと知ったことかよ。狐が一度囲った獲物を手放すものか。神相手だろうと手放すものか！　祟って祟って腐らせて、我が身が、ああ、骨まで腐ろうとも奪い返すとも！」

言い方を考えてくれないだろうか。獲物って。嬉《うれ》しくなんかない、……ないはずだ。

ぐぬっと呻《うめ》く雪緒を見て、白月が小さく笑う。本家本元とか言いたくなる、魅了のお手本のような妖しく不穏な美しい微笑だ。

「俺の、妻だぞ。返せ」

白月が、指を振る。するとどうだ、あちこちで狐火が発生した。こん、こん、と狐の鳴き声が聞こえ始める。かさかさと走りまわる音もする。狐火が土壁を溶かす。天井を焼く。ずっと腰を抜かして怯えていた運び手たちも容赦なく燃やしていく。白月はただ金色の目をぎらつかせて美しく笑っている。

ととりさまの影がふいに動いた。ととりさまの身からひとりでに離れ、二対の鳥の形となって床に浮き上がり、白月を襲おうとする。が、その鳥の影さえ呆気なく狐火が燃やしてしまう。火は、ととりさまにも移った。ととりさまは悲鳴を上げ、炎を払うために雪緒を突き飛ばした。いや、そうではなくて、ととりさまは雪緒を庇って押しのけたのだ。

雪緒も思わずととりさまの身を焼く青白い炎を叩き落とそうとした。「雪緒！」と、白月に怒鳴られなければ。

身を硬くした雪緒の腕を、大股《おおまた》で近づいてきた白月がぐいと引き寄せる。

ととりさまが白月を睨み上げた。

「お前様の顔を忘れぬぞ。いつかお前の上に立つ」

「俺は忘れる。ごきげんよう」

白月が憎まれ口を返す。

「おれは忘れない。忘れるものか。——雪緒、雪緒というのか、お前様は。いつか必ず取り返そう。おれとの結びつきをお前様が忘れても、おれはいつか必ず」

ととりさまが呪いをかけるように囁きながら、雪緒を見る。

忘れぬぞ、と狐火に燃やされた二対の影も叫んだ。そちらのほうが、とくに影のひとつが、本体のととりさまよりもよっぽど生臭い感情を迸《ほとばし》らせた。あばずれめ、いつか殺してやる。

もう一対の影は、時は巡ると叫んだ。最後に、ととりさまも青白い祟りの炎に巻かれながら言った。

「下物神、狐神よ。おれを妖怪と呼ぶならそれでもいい。なら妖怪の身で、狐神のお前様より確かな存在になろう。お前様が決して超えられぬ不動の霊になろう。忘れるな――」

ごおっと轟音《ごうおん》を立てて、天井が燃え落ちた。

雪緒はぎゅっと強く目を瞑《つぶ》った。心配ない、守るから、と白月が囁いた。

❁

――そうして、瞼を開けば、雪緒は地面に転がっていた。

そばには、泥まみれの水干や沓が落ちている。だれかが脱ぎ捨てたような形でだ。

そこの横に白いもふもふも転がっていた。白狐姿の白月だ。

「白月様！」

這い寄ってもふもふをゆすってみたが、目を開けない。死んではいないので、ただ気を失っているだけだろう。

「白月様」

あまりゆすらぬほうがいいのかと思って、雪緒は毛並みを丁寧に撫《な》でた。自分を落ち着かせながら周囲を見回す。落ちている水干は、ゆき様の着ていたものだ。

「ということは、もとの場所に戻ってる？」

もう一度、周囲をうかがう。後方に木々の枝に隠されるような形で、剥き出しの岩壁が見えた。そこの一部がくり貫《ぬ》かれ、祠《ほこら》のようになっている。隧道と呼ぶには小さすぎる。女性ならかろうじて屈《かが》まずとも入れそうなくらいの穴で、入り口にはしめ縄が結ばれていた。

視線をふたたびゆき様の水干に移す。苔《こけ》と枯れ草の上に転がっている泥――腐肉。ひどく生臭い。魚が腐ったような臭いだ。

袖の端から、腐肉とはまた異なる黒い塊が飛び出ているのに雪緒は気づいた。

乾燥して硬化し、縮んだヒトデのような形状のものだ。歪な黒い星のようにも見えた。

這いながら近づいて、手繰《たぐ》り寄せ、それを観察する。

（――手？）

もとは人の手だったのではないか。そう察し、雪緒は、あっと叫んだ。

もしかして由良の兄弟の遺品ではないだろうか。

「――雪緒さん」

背後から声がかかり、雪緒は派手に肩をゆらした。

遺品らしきものをすばやく懐につっこみ、振り向く。

しめ縄で境を設けられた真っ暗な祠の奥にだれかが立っている。雪緒よりも少し小柄な女だ。

「伊万里さん!?」

雪緒はいまだ目覚めぬ白狐を気にかけながらも、あたふたと立ち上がり、祠へ駆け寄った。

不透明な闇の満ちる祠のなかへ片手を伸ばせば、向こうからも指が差し出される。ぎゅっと掴めば、あたたかな体温を感じた。雪緒は無意識に、ほっと息をついた。祠内部は真っ暗で、手を握れる距離で向き合っているのに伊万里の姿は確《しか》と見えなかった。輪郭だけがうかがえた。

「私は傴緇鵞村の大巫女で御座います。傴緇鵞村は今日も元気。雪緒さん。傲慢《ごうまん》な青鷺の古き記憶が御座いました。雪緒さん。私はいつも贄で御座いました。惨《むご》たらしいばかりの神の記憶が御座いました。ざまあみろ、お前は罰を受けている。帰ろう。罪を知らぬ幼き人の失われた記憶が御座いました。一緒に帰ろう。邪悪な獏《ばく》が私に囁きます。ここはお前様の居場所ではないのだ」

祠の奥から抑揚のない声が響く。沙霧たちが予想していた通り、伊万里は村の意識に染まっているようだった。だが、完璧《かんぺき》ではない。伊万里の本心もまざっている。

「伊万里さん、正気に戻って。あなたを迎えに来たの」

細い指を掴む手に力をこめたら、同じくらいの強さで握り返された。

「おのれの命を守りたいと願うのは、そんなに身の程知らずなことでしたか。だれかと触れ合い、微笑み合って生きたいと望むことは、許されぬ贅沢《ぜいたく》なのですか。傴繦鴛村は定着したい。私は傴繦鴛村の大巫女で御座います。けれど力が足りぬと詰《なじ》られるのです。いつもそうなのです。だから繰り返されるのです。女の悲劇が何度も繰り返されるのです」

「私の声を聞いて、伊万里さん」

「妬む女がつく嘘。嘘に騙《だま》されたふりをする狡《ずる》い男。欲まみれの幻想を信仰に仕立て上げる者。時代を経ても繰り返されるのです。雪緒さん。傴繦鴛村はいっぱい廃れます。助けて雪緒さん。死にたくない……。聞こえますか邪悪な獏が囁くのです、あっちの水は甘かろう。手の鳴るほうへ」

「助けるから!!」

雪緒は大声を上げた。その瞬間、耳元でリンと音が鳴る。――傴繦鴛村に来てからずっと鳴らなかったために存在すら忘れていた、片耳の鈴の飾りだ。

雪緒はブチッと、もぎ取るようにそれを外し、伊万里のほうに投げつけた。リンと鳴る音。それから、獣の、ギャッと叫ぶ声も。……なんの獣が鳴いたのか？

「伊万――」

呼びかけると同時に、突然、地が震えるほどの雷が響き渡った。

雪緒は硬直し、それから、ばっと空を見上げた。雷が鳴るような空模様ではない。

はて、と考えこむ暇もなく、思いがけない強さで伊万里に手を引っ張られる。雪緒は体勢を崩した。祠の入り口を封じているしめ縄の上に腹部が乗る。

さらに強引に引っ張られたが、思いのほかしっかりと張られているしめ縄のおかげで、体はかろうじて祠側へ落ちずにすんでいた。雪緒は自由なほうの手でしめ縄を掴んだ。

伊万里はめげずに雪緒の手を引っ張った。

「どうして雪緒さんが、人でなしの妖怪どもの後始末をしなくてはいけないの。私は傴緇鵟村の大巫女で御座います。お役目が御座います。ホロロロ様と申します。女は鳥で御座いますから、棒で叩かれねばなりません。手足をちぎらねばなりません。ちぎって、団子にするのです。魚どもが食らうのです。帰ろう。私が守ってあげる。ここを越えればお前は私のもの。贄とは嫁で御座います。異種婚の成立により村人の安全は守られるので御座います。祈願せよ。天神様よ参られませ」

「伊万里さん、痛いっ、手を離して……！」

しめ縄が腹部に食いこむ。どうしてなのか、伊万里に力一杯引っ張られても、体が祠側へは落ちない。いっそ落ちてくれたほうがましだった。このままでは体が真っ二つになりそうだ。

自由な片手でしめ縄を押し下げようとしたが、石のようにびくともしなかった。

「――だったら、あなたが手を離せばいいじゃない」

一瞬伊万里が動きを止め、静かに告げた。

責める響きを感じ取り、雪緒はこんな状況だが、カチンときた。

「ばかじゃない⁉　どうして伊万里さんはすぐにいじけるの。いまだってねえ、あなたを拒絶したんじゃなくて、こっちの体勢が苦しいって話をしてるのに！」

「――」

「あなたのこと全然許していないし、嫌いだけど、死ぬまでそばに置くって私、言ったじゃない！」

いい加減、雪緒は腹が立った。愛想を尽かしてやろうかとも思った。

投げつけた言葉も嘘ではない。伊万里が嫌いだ。我儘女だし自分勝手でことあるごとにひねくれるし、時々鬱陶《うっとう》しいとも思っている。彼女の過去を他人行儀に、うわかわいそうだ、と冷たく同情してもいる。それを雪緒は少しも悪いとも思っていない。伊万里に対してだけはたとえ建前であろうと、「そんな恥知らずな考えを向けちゃだめだ」なんて自戒できない。

それだけのことをされた、と雪緒は自分を甘やかしている。私は悪くない。あっちが悪い！　こんなふうに剥き出しの本音をぶつけたくなる相手は、伊万里しかいなかった。そしてむかつくことに雪緒もまた、秘蔵のおやつをこっそりと一緒に食べる時間が嫌いではなかった。

「――ばかって言わないでよ……‼」

黙りこんでいた伊万里が、やっとこんな返事を寄越す。

つっこむのそこなの、言ってなにが悪いんだ、と雪緒は本当に、途轍《とてつ》もなく腹が立った。

「そっちから手を離せばいいでしょ⁉　伊万里さんて、優しくしたらすぐつけあがる！」

「離さないわよ!!　離さないでよう!!」

「あー、もう!!」

ぎりぎりっと互いに腹を立てて攻防を繰り返す。体が真っ二つになったら呪ってやる。

そう恨みのような誓いを心のなかで遠慮なく立てたときだ。

背中を、だれかに、ドンッと勢いよくどつかれた。

「うえっ!」

次いで、腰部分の布を乱暴に引っ張られもした。

(ああこれ、白月様、白狐様だ!)

雪緒は振り向かずとも理解した。おそらく白狐が目を覚まし、こちらの間抜けな戦いに気づいたのだろう。そして祠のそばから引き剥がすべく雪緒の装束を咥《くわ》えたと。

だけどもだ。いま雪緒は、伊万里と手を握り合っている。負けられない戦いだ。

というよりなんで伊万里はこんなに意固地なんだろう。早く負けてほしい。

「べつに、あなたと手をつなぎたくないって言ってるわけじゃない!　いったん離してって!」

わからない女だなあ!!　と雪緒は心のなかで叫んだ。

溶接でもされているんじゃないかというくらい、手がくっついている。

「だって、離したら、私、またどうなるかわからないのよ!」

「どうにかなったらまたどうにかするから、一度離して！」

「どうにかどうにかうるさいのよ……！」

「あっなたねえ……!!　ちょっとは私を信用したらどうですか!!」

雪緒たちの進展しない話し合いに焦れたのか、白狐が雪緒の装束から口を離したようだった。と思ったら、移動して、雪緒の正面、つまり祠のしめ縄が張られている位置にぐいぐいと頭を突っこんでくる。大きくゆれるもふもふの尾が顔にぶつかってむず痒《がゆ》い！

「――そうじゃなくて！　待って白月様!!」

雪緒は不吉なひらめきに、ぞわっとした。

前にも、こんなことが――白月が境界を破ったことがなかったか。

「伊万里さん、手を！」

離して。

そう言い切る前に、白狐がぐいっと頭を捩じこんでくる。

雪緒は、この冷酷なお狐様にも献身的なところが本当にあるのだと知っている。それが打算的なものであろうとも、命懸けで助けてくれる狐なのだと、わかっている。

普段は冷静なふりをするくせに、意外と直情的というか、我を忘れて動くことがあるのも。

白狐は煩わしいとばかりにしめ縄を噛みちぎった。続け様に祠の奥にいる伊万里の袖を、面倒と言わんばかりの乱暴さでこちら側へ引っ張る。――雪緒はちょっと感動した。伊万里が正

気に返っているのはさっきの喧嘩《けんか》もどきで白狐も察したはずだ。ならもう、「偽物の世をゆるがす」という目的はそこで達成されている。おそらくこの世界はもう長く持たない。

わざわざ伊万里をこちらへ引っ張って、助け出さずともいいのだ。でも見捨てなかった。

大妖の力にはかなわなかったのか、伊万里の体が、地面に落ちたしめ縄を跨《また》ぎ、こちら側へまろび出る。雪緒は反射的に彼女の体を抱きかかえた。重さと勢いに耐え切れず、伊万里を腕に抱えたまま仰向けに倒れる。白狐はそんな雪緒の襟首を遠慮なしにずるずると引っ張った。

「白月様、ひどい……！」

もっと優しくと思ったが、白月が間に合わなければおそらく伊万里側に自分も堕《お》ちていたというのは、うっすらと理解している。だから、本当はなにもひどくない。守ってくれた。

なのに、どうして胸がざわめくのか。

また雷が鳴った。これがきっと偽物の世が崩壊する合図なんだろうと雪緒は察した。白狐も警戒の目を空に向けている。

「伊万里さん、ちょっとどいて……」

腹の上に乗ったまま動かない伊万里をどかそうとして、彼女の顔をここでようやく見た。泣きそうな顔をしている。

すぐそばで、くしゃっと地面の枯れ草を踏む音がした。

視線を上げれば、捜しに来てくれたらしき沙霧が立っていた。眉根《まゆね》を寄せて雪緒たちを見下ろしている。彼は最後に白月をじっと見た。

「――向こうみずなことを」

そう沙霧がこぼした直後、大きな地鳴りがした。雷と地鳴り。交互に音が鳴り響く。地面が急に湿地にでも変わったかのようにぐずぐずになる。

もがく余裕もなかった。あっという間に底なし沼に変わり、雪緒たちの体を呑みこんでいった。

◎漆・聞きていざり八蜘蛛《やくも》立つ

「――どう見る、絹平《きぬひら》」

「純然たる妖怪《ようかい》の絹平様に問うのはひどい。沙霧《さぎり》に聞け」

「だってこいつはろくなことを言わねえだろ」

宵丸《よいまる》が溜《た》め息を落とした。

❁

――雪緒《ゆきお》たちはとりあえず無事に現《うつつ》へ帰還した。

戻った場所は当然、祭り場だ。

設置されていた二十四組の鏡は、すべて粉々に割れていた。

はくりめ申《しん》は行方《ゆくえ》不明で、見つけるのは難しいだろうと判断され、捜索すらしていない。そこに人手を割く余裕がないというのが実情だ。

(私は、はくりめ申は、しばらくは復活しない気がする)

涅盧《ねろ》や絹平の話によると、祭りの半ばで、雪緒と白月《しろつき》、伊万里《いまり》、沙霧の姿が忽然《こつぜん》と消失したのだという。神隠しにでもあったかのようだと。そしてまた忽然と現れたように見えたらしい。

絹平は神隠しにあっていなかったという説明に、雪緒は戸惑った。白月も思い切り怪しんでいたが、絹平は本当になにも知らないように見えた。とぼけていただけなのかもしれない。

中断された本来の隠祭を、雪緒たちは、というより涅盧は、絹平の協力のもと、強行した。祭りを汚せば、祭神の怒りを買う。そうなればさらなる穢《けが》れが白桜《しろざくら》にふり注ぐ。

つまり白桜自体は可もなく不可もなく――停滞したままということだ。

こちらへ帰還しても休みはない。祭り場の片付けがある。それが終わったのは、明け方のことだ。隠祭であるがために、生き残りの民に清掃を頼めないので、時間がかかってしまった。

率先して片付けを行ったのは井蕗《いぶき》たちで、雪緒も手伝いはしたが、後半のほうは彼女らの奮闘を横目で見ながら、体に異変がないかと宵丸に全身の確認をされていた。

問題ないと解放されたのち、転がっていた胡床《こしょう》を見つけて、雪緒はそれにぐたっと腰掛けた。万字屋敷に戻る気力もない。少し休息を取らないと、一歩も動けそうになかった。

雪緒はこめかみをさすりながら、離れた場所の樹幹にもたれかかっている伊万里をうかがった。伊万里は現への帰還後、しばらく錯乱した様子で暴れ、その後は放心状態であそこにずっと座りこんでいる。

時々井蕗が彼女の様子に気を配り、声をかけていたが、反応はないようだった。

(難しい)

自分が長になってはじめてわかる。ひとつの里を統治することの難しさを。

いままでにも雪緒は、望まずとも騒動の数々に巻きこまれている。身も心もぼろぼろになることはあれども、結果を見れば、それなりに解決できている。

（そこからくる慢心が、きっとあったんだ）

悔恨は尽きない。隠祭自体は、涅盧の機転でことなきを得た。だが、呪具《じゅぐ》のはくりめ申を見失っている。貸し出しを許可した白月は、おそらく紅椿《あかつばき》ヶ《が》里《さと》に戻れば古老たちの非難を浴びるだろう。もちろん雪緒のもとにも苦情が届くに違いない。

なんらかの賠償を要求される可能性もある。新たな問題が降りかかる……。

（六六《ろくろ》様を引き抜こう）

雪緒は膝の上に置いた拳《こぶし》に力をこめた。ぐたぐだと言っている時期はすぎた。相手の立場を慮《おもんばか》っている場合でもない。かき口説いて、手に入れねば。そうしないと近いうちに白桜は消滅する。力ある精霊が白桜には必要だ。精霊が不在では、舟雲《ふなぐも》も流れてこない。結局大気の循環がなされず、瘴気《しょうき》が薄まらない。数度の祭り程度で、もはや改善できる段階ではないのだ。

「おーい、眉間《みけん》にすげえ皺《しわ》寄ってる」

背後から影が落ちた。胡床に座る雪緒の後ろから、両手を腰にあてた宵丸が顔を覗《のぞ》きこんでくる。雪緒がのろのろと見上げると、彼は少し笑い、胡床の横の地べたに、どかっと胡座《あぐら》をかいた。装束が土で汚れるというのは今更か。

宵丸が座れば、木の枝にぶら下がって休憩していた絹平も疲労の滲《にじ》む足取りで近づいてきた。

「いやあ、働いた……」

彼も雪緒の横、宵丸とは逆側に胡座をかく。すると白月と井蕗も寄ってきて、最後に、「僕も疲れたので休みます」と、帰ろうとしていた沙霧を涅盧が強引に引っ張ってきた。

(うちの涅盧様って強いなあ)

沙霧に言うことを聞かせるなんて、たいしたものだ。

「なんですかこの、押しの強いでかぶつは。僕の趣味ではない」

「いやあ、私の長《おさ》は、気の強い方々との結びつきがあるのだなあ……」

「は？　私の長？　なに雪緒さんを自分のもの扱いしてるんですか？　僕への非礼では？」

とてもどうでもいいことで涅盧が叱《しか》られている……。

「おまえたちうるせえよ……。つうか、喉渇《のどかわ》いた」

宵丸がとんとんと地面を片手で叩いた。すると木陰から数人の女童が真《ま》っ赤《か》な膳を掲げてやってくる。彼女らは白湯の入った杯を皆に手渡した。

一口含んで、確かに、ものすごく喉が渇いていたことに雪緒は気づかされた。

「──で、どう見る、絹平」と、宵丸が口火を切った。

絹平は、沙霧に聞けよ、と短く答え、そっぽを向く。雪緒は彼らを眺めまわし、尋ねた。

「なんのお話でしょうか」

また新たな問題が浮上してきたのか。雪緒は身構えた。これに答えたのは沙霧だ。多少の疲労が彼にもあるのか、装束が汚れるのも気にせず、皆同様に地面に直接胡座をかいている。

「はくりめ申は、神器に近しい呪具です」

「はい」

「祭りの場において、はくりめ申の力のもと、異界の世を生み出し、そちらへ渡った。もちろん存在しない幻術の世ですが。だが、その偽物の世でも祭りが行われたでしょう？」

「……はい。あの残酷な会が、祭りに相当するのでしたら」

認めたくないという思いが顔に出たのだろう。沙霧が困ったように眉《まゆ》を下げる。

「残念だが、あれも祭りの一種ですよ。……そして伊万里さんですが。彼女は祭りの中心人物であり、大巫女《おおみこ》役を担っていました。ただの巫女ではありません。あの異様な村を産み落とした巫女です。また、巫女とは鳥、贄《にえ》であり神です。……狩猟家と学者の二者が、朱鷺《とき》と間違い、女を撃ったということで。ホロロロ様は鳥神でしょう？」

「沙霧様は、お気づきだったんですね。狩猟家と学者が別人で、なおかつ、べつの時代の話だったって」

雪緒はためらいつつ尋ねた。沙霧が薄く微笑《ほほえ》む。

「はじめから、異なる文化、異なる時代が混在しているとは雪緒さんもわかっていたでしょう」

「ええ、それは……」

「つぎはぎではあったが、村は段階を踏んで歴史をうまく積み上げていましたよ。まず狩猟家が、善《よ》き神と悪しき神の下地を作り上げる。そして学者が踏襲する。神々を確立させ、伝説までに仕立て上げた。どちらもよそ者だというのが興味深い。これは客神を示しています」

「客神……」

「そう。客神とは重要な役割を持っています」

沙霧が意味深に雪緒を見つめる。

「そーんな話はどうでもいい！」と、絹平が嫌そうに口を挟んできた。恨めしげに雪緒を見る。

「だから絹平様は、あの娘をなんとかせよと忠告したのに。もうあの娘を消し去るわけにはいかなくなったぞ」

「……どういうことでしょうか」

絹平は不機嫌そうに、またそっぽを向く。代わりに沙霧が苦笑して雪緒の注意を引く。

「村のなかで、伊万里は神、それも産神であったということです。なので、祠《ほこら》に封じられていた。神とは祀《まつ》るものですのでね。ですがその境界たるしめ縄を、白月が破りましたね」

「それは、私を助けようと」

「どんな理由があってもです。壊したものは壊した。ねえ雪緒さん、わかっていますか。贄として捧げられるのは、そこへ嫁ぐ意をも孕《はら》む」

「……はっ?」

「もちろん、もちろん、しょせんは偽物の世のなかの出来事です。だがこのままなら、白月はなんらかの神罰を受けるかもしれない。そういう話です。それに白月は、雪緒さんの略奪も」

「神罰? な、なぜ!」

雪緒は唖然《あぜん》とし、沙霧の話を遮って尋ねた。寒気もした。

神罰。確かにあのとき、ぞわっと肌が粟立《あわだ》つ感覚を抱いたが——。

「——それならば、白月様のもとに伊万里さんを嫁がせたらよいでしょう」

話を聞いていた涅盧が、驚愕《きょうがく》の提案をする。

「婚姻という契約で、神罰から身を守ればよろしい。ああ、いや、伊万里さんの身が不相応であるというのなら、妾《めかけ》として迎えるだけでも効果があるのでは?」

「それが妥当だろうなあ」

絹平がとても嫌そうに肯定する。

「女の一人、白月のもとに行ったところでなにも変わらん。それよりもだ、雛《ひな》っ子。ぬしは白桜の再興に注力しなさい。ううむ、はくりめ申を制御できなかったのは、多少、多少だぞ、絹平様も責任を感じている。もう少し、ぬしに手を貸してやろう——」

雪緒は頭が真っ白になった。

(婚姻?)

白月と伊万里が？　なんでそんな話に？

膝の上の手が震えた。かつて伊万里は白月との結婚を望んだ。もうその願望はないようだが
――でも、もしもそれが叶《かな》えば、彼女の抱える問題はあらかた解決するのではないだろうか。

「……雪緒」

と、白月が呼びかけてくる。

雪緒は、はっと彼を見た。気がつけば絹平も黙りこみ、静かな表情で雪緒を見ている。

白月が魅惑的な微笑を浮かべ、狐尾《きつね》をゆらす。

「この俺《おれ》が神罰ごときに屈するかよ」

それはいかにも白月らしい堂々とした言葉だった。

「うわ、狐野郎め、傲《おご》りやがって」

宵丸が顔をぐしゃっと歪《ゆが》めて罵《ののし》る。これに白月は笑顔でやり返す。

「うるさい宵丸。おまえなんか雪緒の護衛、失格だからな」

「雪緒～、今夜の飯、狐の丸焼きでおねがぁい」

「気持ち悪い声を出すんじゃない！」

いつものように白月と宵丸が口喧嘩《くちげんか》をし始める。雪緒のための日常を作っている。

――なにをすれば、白月のためになるだろう。

ほかの者を選ばせてくれないくらいに心をめちゃくちゃにしてくれたこのお狐様のために生

きると誓ったのではなかったか。もうそれくらい恋した。

でも恋だけでは白月に振り向いてもらえない。だから、恋すら力に変えると、そう……。

雪緒は勢いよく立ち上がった。左右に座る宵丸と絹平が、雪緒の勢いに仰《の》け反る。

ずんずんと進み、雪緒は、樹幹の横で放心中の伊万里を見下ろす。

「ねえ、伊万里さん」

ゆっくりと身を屈《かが》め、両手で虚《うつ》ろな表情の伊万里の頬《ほお》を挟んで視線を合わせる。

「私、あなたのことが嫌い。でもあなたは最後まで、私に帰ろうって言い続けていた。偽《にせ》の世で気を狂わされても、私がそこにいたから『親切設定』を貫いて、ずっと私を守ろうとした。そんなあなたが、助けてと、私に言った。……結婚してみましょうか、白月様と」

虚空を見ていた伊万里の目がゆっくりと、雪緒を捉えた。

ここで伊万里を救わなければ、時をおかずして彼女はなんらかの生贄《いけにえ》になる。白月への神罰、その凶事を紅椿ヶ里の古老たちは許さない。となれば当然、元凶ともいえる伊万里に目が向く。白月の安全と引き換えに、伊万里は殺されるよりもひどい目に遭うだろう。

嫌いなのに、もう犠牲にできない。雪緒にとって、伊万里はそういう相手になってしまった。彼女は鏡だ。べつの道を歩んだ雪緒自身だ。そう思えてならなかった。そして妹か姉のようでもあった。感情的で、すぐに足を引っ張る面倒な人。私がそばにいなきゃ、と思わせる。

「なに……？」

伊万里が掠《かす》れた声を聞かせる。やがてじわじわと彼女の目に激情が宿る。

「あなた、なんて？」

「白月様と、添い遂げませんか」

雪緒は囁《ささや》いた。

おい、と後方から苛《いら》ついたような白月の声が届く。

「白月様と伊万里さんの両方を守れます。それで、伊万里さんには、紅椿ヶ里の、『くすりや』をあげます。あちらにも薬師が必要ですしね。薬師の立場があれば、いずれはあなたも里に溶けこめる。だれもあなたを蔑《ないがし》ろにはしなくなる。伊万里さんのがんばり次第ですよ」

「……やめて」

「白月様も……これは断れないです。御館《みたち》様が二度も神罰を受けるなんて、古老の方々が認めませんもの」

「やめてったら」

伊万里は恐怖の浮かぶ目で雪緒を見た。雪緒はその瞳《ひとみ》を覗きこんだ。恐怖だけではない。かすかな期待も、苦痛もあった。それに安堵《あんど》と、悔しさ、あきらめを雪緒は感じた。

「私を悪者にしないで」

唇を震わせて言うと、伊万里は急に強い力で雪緒の手を掴《つか》み、自分の頬から離した。でも手は握ったままだ。

「私をこれ以上卑しくしないで！　違うわ、私、雪緒さんと安全な場所で生きたいのよ、姉妹みたいに、平穏に……っ。私たちって美人だもの、そうでしょ、だからどんな場所でも、薬師として成功するわ」

「いやあ、私は美人というほどでは……」

「うるさいわね、そんなのどうでもいいのよ！」

自分から言ったくせに……という文句は声にならなかった。

「ごめんなさい、私が惑わされて、祭りを混乱させた。こんなことになるなんて思わなかったのよ、ねえ、どうしたらいい⁉」

伊万里が甲高い声を上げ、雪緒にしがみつく。

「お願い、私に奪わせないで‼　もう、もうっ、お願いだから、雪緒さんっ」

子どものように伊万里がわんわんと泣き出す。

雪緒も鼻の奥がつんとしてきた。だれが一番つらいだろう。だれもがだろうか。

――耳の奥で嘲笑《ちょうしょう》が聞こえる。

ざまあみろ、我らを殺し尽くした狐め。報いを受けろ。最も失えぬ者を、失ってみろ！　狐を許すものも報いを受けろ！

そんな痛烈な声が体中に響く。

ああ、と雪緒は気がついた。

懐に、遺品が入ったままだった。遺品の憎悪が雪緒を包もうとしている。

そう、報いは受けた。

でもいいのだ。

私はずっと白月様が好き。恋をいまも握りしめている。

遺品の声は、懲りない雪緒に呆《あき》れたのか、沈黙した。

あとがき

お狐様の異類婚姻譚八巻をお手にとってくださり、ありがとうございます。

この巻の裏テーマは村祭です。章タイトルもこれまでと同じく童謡を微妙にもじっています。仄暗い因習のある閉ざされた村に、和風旧支配者的な感じをそっと混ぜ込んでみました。そんな雰囲気になっていたらいいなと思います。

謝辞です。原稿が大変遅れまして、担当様には多大なご迷惑をおかけしてしまい申し訳ございませんでした。いつも本当にありがとうございます。

凪かすみ様にも心から謝罪と感謝を申し上げます。とても素敵なイラストをありがとうございます。この巻のイラストも美しいです！

編集部の皆様や校正さん、書店さんにもお礼を申し上げます。家族と知人にも感謝です。

読者様に楽しんでいただけますように。

IRIS ICHIJINSHA
迅 ICHIJINSHA

お狐様《きつねさま》の異類婚姻譚《いるいこんいんたん》
元旦那様《もとだんなさま》に恋《こい》を誓《ちか》われるところです

2025年1月1日　初版発行

著　者■糸森 環

発行者■野内雅宏

発行所■株式会社一迅社
〒160-0022
東京都新宿区新宿3-1-13
京王新宿追分ビル5F
電話03-5312-7432（編集）
電話03-5312-6150（販売）

発売元：株式会社講談社
（講談社・一迅社）

印刷所・製本■大日本印刷株式会社

ＤＴＰ■株式会社三協美術

装　幀■AFTERGLOW

ISBN978-4-7580-9626-3

この本を読んでのご意見
ご感想などをお寄せください。

おたよりの宛て先

〒160-0022
東京都新宿区新宿3-1-13
京王新宿追分ビル5F
株式会社一迅社　ノベル編集部
糸森《いともり》 環《たまき》 先生・凪《なぎ》 かすみ 先生